WAS BISHER GESCHAH …

Saphira De Angelis ist mit sechsundzwanzig Jahren *capo* einer der zwei mächtigsten Mafiafamilien von Palermo. Sie ist berüchtigt für ihre eiskalte, berechnende Art.

Seit bei einem tragischen Autounfall ihre Eltern und ihr kleiner Bruder getötet wurden, sinnt sie auf Rache. Gleichzeitig leitet sie auch die Geschäfte ihrer *famiglia*. Der gut aussehende, düstere Madox gehört ihrer Wache an, der *guardia*, und ist einer ihrer Leibwächter. Als professioneller Killer beseitigt er Saphiras Feinde. Und obwohl es gegen alle Regeln verstößt, die sie sich selbst auferlegt hat, beginnt Saphira eine heiße Affäre mit diesem Mann. Ohne zu ahnen, dass er eine Gefahr für sie darstellt. Denn Madox ist in Wahrheit ein Varga – ein Mitglied der zweitmächtigsten Mafiafamilie in Palermo – und gehört damit zu Saphiras größten Feinden. Er ist nicht bei ihr, um sie zu beschützen, sondern um sie zu töten.

Während Saphiras Gefühle durcheinandergeraten, muss sie sich auch noch auf einen gewaltigen Waffendeal konzentrieren, der sehr wichtig für ihre *famiglia* ist.

Aber plötzlich geht alles schief. Bei der Übergabe werden sie angegriffen, und Saphira verliert die Waffen an ihren größten Konkurrenten: Giuseppe Varga, *capo* der verfeindeten *famiglia*.

Kurz darauf wird der Vizerepräsentant von Saphiras *fami-*

glia, ihr Cousin Leandro, erschossen. Vom Täter fehlt jede Spur.

Bevor Saphira das Chaos beseitigen kann, bekommt sie einen lang ersehnten Anruf. Der Privatdetektiv, den sie engagiert hat, hat endlich herausgefunden, wer ihre Eltern getötet hat. Es war Giuseppe Varga. Daraufhin beschließt Saphira, ihn noch in derselben Nacht zur Rechenschaft zu ziehen.

Als sie jedoch Giuseppe mit einer Waffe abpasst, taucht plötzlich Madox auf, und Saphira erfährt, dass er Giuseppes Neffe ist.

Von dem Verrat wie gelähmt, versucht Saphira zu begreifen, was passiert ist.

Madox hingegen verfolgt eigene Pläne. Nachdem er sich in Saphiras *famiglia* eingeschleust hatte, in der festen Überzeugung, dass sie für den Tod seines Vaters verantwortlich ist, hat er nun herausgefunden, dass alles ganz anders war. Giuseppe hat nicht nur seinen eigenen Bruder, Madox' Vater, getötet, sondern auch Damiano, Madox' besten Freund.

In dem Moment, als all dies feststeht und die drei sich auf der Straße gegenüberstehen, löst sich ein Schuss …

Kapitel 1

SAPHIRA

»Ich habe dir vertraut«, flüsterte Saphira mit zittriger Stimme und spürte, wie ihr eine einzelne Träne über die Wange lief.

Plötzlich ertönte ein metallisches Klicken, als der Hahn einer Pistole gespannt wurde.

Madox und sie wirbelten beide herum, und Saphira blickte direkt in den Lauf von Giuseppes Waffe.

Giuseppe lächelte sie an. »Endlich kann ich auch die letzte De Angelis töten.«

Ein Schuss zerschnitt die Stille der Nacht.

Alles schien sich wie in Zeitlupe zu bewegen. Sie hörte das Zischen, als die Kugel den Lauf der Pistole verließ, sah, wie Madox nur Sekundenbruchteile vorher nach vorn stürzte. Seine mächtige Schulter krachte in Giuseppes Magen, der Arm mit der Waffe sank nach unten. Schmerz zerriss ihr den Bauch.

Erstarrt beobachtete Saphira, dass Madox wie ein Besessener auf Giuseppe einschlug. Die Pistole glitt ihm aus den Fingern. Er versuchte sich gegen seinen Neffen zu wehren, aber Madox war ein Killer. Und Giuseppe nur ein selbstverliebter Bastard.

Sie spürte warme Flüssigkeit an ihrem Bauch, blickte nach unten und presste eine Hand dagegen. Als sie diese wieder wegnahm, glänzte auf ihrer Haut Blut im Schein einer Straßenlaterne. Giuseppe hatte sie tatsächlich getroffen.

In dieser einsamen Gasse gab es niemanden außer Madox, Giuseppe und ihr. Zwei Straßenlaternen spendeten diffuses Licht. Die Limousine der Vargas stand wie ein verlassenes Schlachtschiff auf der Straße.

Direkt hinter Madox.

Sie blickte wieder zu Madox, der das Gesicht seines Onkels gerade in eine blutige Masse verwandelte. Sie wollte etwas sagen. Oder tun. Sie sollte die beiden erschießen, genau in diesem Moment. Ihre Hand zitterte, als sie die Waffe hob. Die Schmerzen in ihrem Bauchraum wurden mit jeder Sekunde, die verging, schlimmer. Sie war sich durchaus bewusst, dass sie eine Menge Blut verlor, aber in diesem Moment hätte sie das nicht weniger interessieren können.

Giuseppes Stimme war klar und deutlich in ihrem Kopf zu hören.

Er hat sich in meinem Auftrag in deine famiglia *eingeschleust, mit dem Ziel, dich zu töten.*

Sie zielte auf Madox' Rücken. Aber sie konnte verflucht noch mal nicht abdrücken! Jetzt strömten mehr Tränen über ihre Wangen. Wieso war sie nicht stark genug, um den Abzug zu ziehen?

Plötzlich stand Emilio neben ihr und blickte sie mit besorgtem Blick an. Es dauerte nicht lange, bis er ihre Bauchwunde entdeckte.

»Saphira!« Sofort schlang er einen Arm um ihre Taille und zog sie an sich, nahm ihr die Waffe aus der zitternden Hand.

Genau im richtigen Moment. Denn jetzt sackten ihr die Beine weg.

»Ich bringe dich zu unserem Arzt.« Emilio warf einen Blick auf Madox und Giuseppe, der inzwischen aufgehört hatte, sich zu wehren, aber Madox schlug immer weiter auf ihn ein. Vermutlich würde er ihn umbringen.

»Madox …«, murmelte sie und spürte, wie sie schwächer wurde.

Emilio nickte. »Er wird sich um alles kümmern.«

Natürlich musste er das denken. Schließlich wusste er ja noch nicht, dass Madox nicht zu ihnen gehörte. Wusste nicht, dass der Mann, der ihren Körper und einen Teil ihres Herzens in Besitz genommen hatte, in Wahrheit ein Varga war. Dass er der Feind war.

»Nein, ich …«

Emilio schüttelte den Kopf und hob sie auf die Arme. »Ich bringe dich jetzt zu unserem Arzt.« Er warf einen Blick zu Madox hinüber. »Bring Giuseppe lebend zum Anwesen!« Damit drehte Emilio sich um und hastete mit ihr zu dem wartenden Wagen.

Saphira blickte über seine Schulter. Madox suchte sich genau diesen Moment aus, um seine Schläge zu stoppen und sich umzusehen. Ihre Blicke kreuzten sich, und Saphira fiel in Ohnmacht.

MADOX

Er wünschte sich, dass er seine mit Klingen besetzten Schlagringe anhätte. Dann hätte er noch mehr Schaden in Giuseppes Gesicht anrichten können. Aber er wusste es auch durchaus zu schätzen, dass er seinen Onkel nun mit bloßen Händen töten konnte.

Alles verschlingender Zorn hatte sich wie ein roter Schleier über sein Sichtfeld gelegt, als Giuseppe auf Saphira gezielt hatte. Seine Gedanken hatten sich auf einen einzigen Befehl beschränkt: *Töte Giuseppe.*

Immer wieder krachten seine Fäuste ins Gesicht seines Onkels. Unter seinen Fingern brachen Knochen, Blut bedeckte seine Haut. Er grinste, als der Rausch eines nahenden Todes ihn überkam.

Aber dann drangen Stimmen an sein Ohr, und die Schläge wurden langsamer. Schritte entfernten sich, und Madox hielt inne. Sein Blutrausch senkte sich gerade so weit, dass er aufstehen und sich umdrehen konnte.

Saphira wurde von Emilio weggetragen. Ihre Blicke kreuzten sich, und der Schmerz in ihren Augen ließ seinen Zorn wie eine Seifenblase zerplatzen. Ihre Lider flatterten, und ihr Kopf sackte an Emilios Schulter.

Madox' Blick fiel auf den Punkt, an dem sie gerade noch gestanden hatte. Das Licht einer Straßenlaterne fiel auf den Asphalt und spiegelte sich in einer Blutlache. Saphiras Blut.

Sein Kopf schnellte wieder hoch, aber Emilio war bereits mit ihr verschwunden.

Er war nicht schnell genug gewesen. Er hatte Giuseppe nicht aufhalten können. Sein Onkel hatte Saphira angeschossen, und nun rang sie vermutlich mit dem Tod.

Seine Wut kehrte mit voller Kraft zurück, und er drehte sich langsam zu seinem Onkel um. Er ließ die Fingerknöchel knacken. Giuseppe würde lernen, was es bedeutete, wenn man *cerbero* hinterging.

Allerdings musste Madox ihn zuerst hier wegschaffen. Damit er seine Rache vollends ausleben konnte, war Zeit vonnöten, und die offene Straße war sicher nicht der richtige Platz dafür. Aber Madox konnte nicht zum Anwesen der De Angelis zurückkehren. Saphira wusste nun, wer er war, und betrachtete ihn als Verräter. Sobald sie wieder bei Bewusstsein war, würde sie es allen erzählen und ihn damit zum Feind Nummer 1 machen. Jeder De Angelis würde ihn jagen und zu töten versuchen. Dass Saphira nicht mehr aufwachen könnte, daran wollte er nicht einmal denken. Zu groß war der Schmerz bei dem Gedanken daran.

Das bedeutete aber auch, dass er zum Anwesen der Vargas fahren musste, und das war ein Problem. Denn außer Giuseppe und Damiano wusste nur noch Giuseppes rechte Hand von Madox' Auftrag bei den De Angelis. Und den hatte Madox nie getroffen. Für alle anderen Mitglieder der Vargas war er ein Mitglied der De Angelis und damit der Feind. Sie würden ihn wahrscheinlich nicht gerade mit offenen Armen empfangen. Wenn er dann auch noch mit dem bewusstlosen und offensichtlich verwundeten *capo* über die Türschwelle trat, konnte er erst recht nicht mit Verständnis rechnen.

Also musste er sich seine Position bei den Vargas wahrscheinlich erkämpfen. Doch welche Position wäre das, und wollte er das überhaupt? Die Position als *capo*? Diese Verantwortung und die damit verbundenen Machtspielchen hatte er nie gewollt. Er war zum Killer ausgebildet worden. Seine Methoden waren rau und gewalttätig. Er war kein Anführer. Er war ein Mörder.

Und so gefiel es ihm. Er hatte nie etwas anderes gewollt.

Bis zu diesem Zeitpunkt.

Bis zu dem Moment, in dem er in das blutverschmierte Gesicht seines Onkels geschaut hatte, der Madox hintergangen hatte. Sein Onkel war der *capo* der Vargas gewesen. Er hatte das Erbe von Salvatore Varga, Madox' Vater, in den Dreck gezogen. Er hatte seine Macht ausgenutzt. Und das hatte dazu geführt, dass Madox die einzige Frau, die sein Herz berührt hatte, nicht hatte beschützen können.

Er ballte eine Hand zur Faust, einen Fluch auf den Lippen.

Er hatte lange genug im Schatten gelebt. Hatte lange genug Befehle empfangen.

»Madox? Ich komme jetzt raus. Nicht schießen.«

Beim Klang der unbekannten Stimme zuckte er zusammen und zog sofort wieder die Waffe, richtete sie auf die offene Autotür. Er hörte Stoff, der über lederne Sitze glitt, und dann trat ein Mann nach draußen.

Madox schätzte ihn ein. Trainierter Körperbau, durchschnittliche Größe. Vermutlich relativ stark, aber seine Haltung zeigte schlechte Balance. Er belastete ein Bein stärker als das andere, verlagerte das gesamte Gewicht nur auf einen Fuß. Madox hätte ihn mit einem Tritt aus dem Gleichgewicht und zu Boden bringen können. Der Anzug war maßgeschneidert. Das Haar gestylt, der Gesichtsausdruck konnte nur als hochnäsig bezeichnet werden. Wer auch immer dieser Mann war, er machte sich selten selbst die Hände dreckig. Und wenn er es tat, dann wollte er nicht, dass es jemand bemerkte. Er besaß dunkle Augen, das Haar reichte bis auf den Hemdkragen, die Farbe ein dunkles Braun.

Kein Schwächling, aber auch kein Gegner.

Madox ließ die Waffe wieder sinken. »Wer bist du?«

»Antonio Scuderi. Giuseppes rechte Hand.«

»Und du versteckst dich im Inneren wie ein elender Feigling, während dein *capo* in Gefahr ist?«

Abwehrend hob Antonio die Hände. »Giuseppe wollte, dass ich im Wagen warte. Ich wusste ja nicht, was hier draußen passiert.« Er warf einen Blick auf den am Boden liegenden *capo*. »Und ich habe zu lange gezögert, einzugreifen.«

»Und was hast du jetzt vor?«, fragte Madox.

»Nun …« Antonio trat von einem Bein auf das andere. »Ich nehme an, dass du dich nicht dazu überreden lässt, Giuseppe zu verschonen?«

»Nein.«

»Das habe ich mir gedacht«, murmelte Antonio wie zu sich selbst und sah sich einmal in der verlassenen Straße um.

Vermutlich dachte er gerade darüber nach, ob er Madox besiegen und Giuseppe retten konnte. Aber das war unmöglich. Madox war der bessere Kämpfer. Und er würde nichts und niemanden zwischen sich und seine Rache kommen lassen.

Madox machte einen Schritt auf Antonio zu. »Also … Was hast du vor?«

Antonio schien noch einen Moment lang seine Möglichkeiten abzuwägen, dann schob er die Hände in die Hosentaschen und gab sich gelassen. »Niemand mag Giuseppe. Er ist ein schlechter *capo*. Er verdient es nicht, die *famiglia* anzuführen.«

Beinahe hätte Madox gelacht. »Natürlich. Und wen hältst du für einen guten *capo*? Dich selbst?«

»Nun, so weit würde ich vielleicht nicht gehen. Aber du, du bist Salvatores Sohn, nicht wahr?«

Madox betrachtete sein Gegenüber misstrauisch, nickte aber.

»Sohn eines wahren *capo*«, sagte Antonio mit schmeichelndem Ton. »Du solltest die Vargas anführen, und ich bin bereit, dir zu helfen.«

Misstrauisch beäugte Madox ihn. Als er das letzte Mal jemandem vertraut hatte, hatte es Menschenleben gekostet. Und diesem Fremden traute er mit Sicherheit nicht. Das alles roch geradezu nach einer Falle. Wahrscheinlich hatte Antonio nur das gesagt, was ihm gerade in diesem Moment das Leben rettete.

Aber wenn er wirklich Giuseppes rechte Hand war, dann war dieser Antonio seine Eintrittskarte zu den Vargas. Die Unterstützung der rechten Hand seines Onkels würde ihm einen besseren Stand verschaffen. Und sollte sich Antonio im Laufe der Zeit noch als Bedrohung herausstellen, dann könnte Madox ihn immer noch töten.

»Was schlägst du vor?«

Antonio warf einen Blick auf den noch bewusstlosen Giuseppe. »Bist du schon fertig mit ihm?«

»Nein.«

»Dann besorge ich uns einen fahrbaren Untersatz, und wir kehren zurück nach Hause.«

Das geklaute Auto hielt vor dem Anwesen der Vargas. Seinen Beifahrer immer im Blick stieg Madox aus und ging zum Kofferraum. Er hatte Giuseppe dort hineinverfrachtet, und der Stille nach zu urteilen, war der *capo* noch immer ohnmächtig.

Madox hob den Blick und sah sich die alte Villa an, in der er die ersten Jahre seines Lebens verbracht hatte. Sie befand sich nah am Stadtzentrum und war damit deutlich näher an Palermo als das Anwesen der De Angelis. Dadurch war sie aber auch kleiner. Die Villa lag nicht direkt am Meer, die einzige Erfrischung bot ein Pool hinter dem Haus.

Er war sich nicht sicher, was ihn drinnen erwarten würde. Nur um sicherzugehen, ließ er die Hand in eine Hosentasche gleiten und betastete die vertrauten Konturen seines Lieblingsmessers. Er war auf alles vorbereitet.

Madox öffnete den Kofferraum und betrachtete den ohnmächtigen Mann, der darin lag. Es gab Menschen, die seinen Onkel fürchteten, als wäre er ein Dämon. Aber im Moment sah er nicht besonders angsteinflößend aus, mit seinem Gesicht, das bereits deutliche Spuren der Schläge zeigte. Und Madox empfand nur Verachtung für ihn. Wenn es eine Person gab, die er fürchten würde, dann war es Saphira De Angelis. Denn sie war nicht nur skrupellos und tödlich, sie war auch extrem schlau. Das machte sie zu einem weitaus schlimmeren Gegner, als sein Onkel jemals sein könnte.

Madox hievte sich den bewusstlosen Körper über die Schulter und beobachtete dann, wie Antonio aus dem Auto stieg und ihn ansah. Ein Schauer überlief sein Gegenüber, aber Antonio versuchte nicht besonders erfolgreich, ihn zu unterdrücken.

Diese Art von Reaktion kannte Madox bereits. Entweder hatten die Leute Gerüchte über ihn gehört oder ihn schon selbst in Aktion erlebt. Und das Ergebnis war immer das gleiche: Sie hatten Angst.

Antonio ging es nicht anders. Madox wusste nicht, ob Giuseppe geplaudert hatte oder ob Antonio aus einer anderen Quelle etwas über ihn gehört hatte, aber es hatte eindeutig Wirkung gezeigt.

In diesem Moment setzte Antonio ein Lächeln auf. »Gehen wir rein.« Er lief voraus, und Madox betrachtete ihn ganz genau, merkte sich die Art, wie er ging, um eventuelle Schwachpunkte ausfindig zu machen oder sich in einem zukünftigen Kampf besser auf die Bewegungen einstellen zu können. Denn sein Instinkt sagte ihm, dass es früher oder später zu einem Kampf zwischen ihm und Antonio kommen würde. Es war nur eine Frage der Zeit.

Als er das Haus betrat, tauchte sofort ein junger Mann auf und sah Antonio an. Der *soldato* zuckte zusammen, und man konnte ihm deutlich ansehen, dass er sich in Antonios Gegenwart nicht wohlfühlte. Als er Madox entdeckte, erblasste er.

»Was ist hier los?«, fragte der *soldato.*

Antonio deutete hinter sich. »Das ist Madox Varga. Sohn von Salvatore Varga, Neffe von Giuseppe Varga. Giuseppe hat sich einiger schwerer Verbrechen schuldig gemacht, und Madox ist jetzt hier, um ihn zu bestrafen.«

»Aber … Signor Varga ist doch der *capo*?«, stammelte er.

»Jetzt nicht mehr«, verkündete Antonio mit endgültigem Ton in der Stimme.

Der *soldato* stellte Antonios Worte nicht infrage. Madox vermutete, dass das sowieso nicht besonders häufig vorkam. Schließlich war Antonio die rechte Hand des *capo*.

»Begleite Madox in den Keller. Danach sorgst du dafür, dass jemand unser Auto abholt und den Tatort säubert. Dann versammle alle *capodecine* in Giuseppes Büro. Verbreite die Neuigkeit, dass Madox da ist.«

Der *soldato* wirkte, als könnte er jeden Moment in Ohnmacht fallen, bedeutete Madox aber, ihm zu folgen.

Madox lief dem jungen und offensichtlich verängstigten *soldato* durch die Eingangshalle in den Keller hinterher. Giuseppe noch immer über der Schulter. Der Mann trug eine schlecht sitzende Hose und ein Hemd, das ihm viel zu groß war. Er war schlaksig, aber das war nichts, was ein paar Stunden hartes Training in der Woche nicht korrigieren konnten. Seine hellbraunen Haare trug er kurz geschnitten, ein eher lächerlicher Versuch, härter zu wirken. Die Schuhe waren abgewetzt, und Madox vermutete, dass der Junge nicht mit einem silbernen Löffel im Mund geboren worden war.

Viel wahrscheinlicher war, dass er sich auf der Straße herumgeschlagen hatte, bis ihn irgendein verworrener Weg zur Cosa Nostra geführt hatte. Und jetzt war er auf dem niedrigsten Rang und musste für jeden die Drecksarbeit erledigen. Allerdings hatte er jetzt auch immer ein Dach über dem Kopf. Denn kein Mitglied der *famiglia* würde ihn abweisen. Er würde immer etwas zu essen haben und konnte sich nach oben arbeiten. Er konnte dieses Leben zwar nie wieder verlassen, aber jetzt war er immer noch besser dran als vorher.

Auf dem Weg in den Keller begegnete Madox mehr Protz

als Klasse. Eine reine Zurschaustellung von Geld. Auf Marmorsäulen standen Skulpturen, goldgerahmte Gemälde hingen an den Wänden und gläserne Vitrinen beherbergten wertvoll aussehenden Plunder. Hier gab es nicht den Hauch einer anheimelnden Atmosphäre, wie es bei den De Angelis der Fall war.

Saphira.

Madox hielt einen Moment inne. Sie war verletzt, und er war nicht bei ihr. Das versetzte ihm einen schmerzhaften Stich. All seine Instinkte drängten ihn dazu, zu ihr zu eilen. Aber das ging nicht. Denn jetzt wusste sie, dass er der Feind war. Wahrscheinlich jagte ihn inzwischen jedes Mitglied ihrer *famiglia.* Sie würden seinen Tod wollen – und im Gegensatz zu den Vargas kannten sie sein Gesicht. Es war unmöglich, auch nur in Saphiras Nähe vorzudringen.

Er hatte sich dafür entschieden, als er aus den Schatten zu Saphira und Giuseppe getreten war. Er hatte gewusst, dass sein Onkel ihn entlarven würde. Und er hatte den Schmerz und die Enttäuschung in ihren Augen gesehen. Sie würde ihm niemals verzeihen. Egal, was er sagen oder tun würde. Und da gab es nichts. Er hatte getan, was er für richtig hielt, als er noch geglaubt hatte, sie hätte den Tod seines Vaters verschuldet. Und er hatte dementsprechend gehandelt.

Sie hatten niemals die Chance auf eine Beziehung gehabt. Nicht die geringste. Und jetzt war es endgültig aus.

Also tat er besser daran, sich auf sein aktuelles Problem zu konzentrieren.

Vor ihm hielt der *soldato* vor einer schweren eisernen Tür am Ende eines nur spärlich beleuchteten Gangs. Der Mann war jung, vermutlich noch nicht lange dabei. Und mit der aktuellen Situation vollkommen überfordert.

Außerdem konnte er Antonio nicht leiden. Das hatte Madox ihm im ersten Moment ansehen können. Aber das war nicht Madox' Problem. Jedenfalls solange ihm der Kleine deswegen nicht irgendwann Probleme bereitete.

Er betrat den Kellerraum und sah den *soldato* an, der wie angewurzelt neben der Tür stehen geblieben war. »Hilfst du mir mal?«

Die Decke bestand aus kahlem Beton, in den ein Fleischerhaken an einer Kette eingelassen war. Und genau an diesem Fleischerhaken hingen Handschellen.

»Äh …«

Genervt atmete Madox aus. »Wie heißt du?«

Verwirrt blickte ihn der *soldato* an. »Lauro.«

»Also, Lauro, dieser Mann hier *war* einmal dein *capo*. Jetzt ist er nur noch ein Stück Fleisch. Also beweg deinen Arsch hier rüber und hilf mir.«

Lauro sah Madox noch einen Moment unsicher an, bevor er tief durchatmete und an Madox' Seite huschte. Er umfasste Giuseppes Handgelenke und fesselte sie mit den Handschellen, die von der Decke hingen.

Als Madox den Körper von der Schulter gleiten ließ, gab Giuseppe ein schmerzerfülltes Stöhnen von sich.

Madox grinste. Anscheinend wurde sein Onkel genau zur richtigen Zeit wach.

Kapitel 2

EMILIO

Es war bereits das zweite Mal, dass er darauf wartete, dass man ihm sagte, ob Saphira überleben würde oder nicht. Damals war er noch jünger gewesen, unerfahrener. Gerade noch ein Kind, das bang erwartete, ob seine beste Freundin die Folgen des Autounfalls überleben würde, der ihre Eltern und ihren Bruder bereits getötet hatte. Jetzt wusste er mehr, hatte selbst bereits mehrfach getötet. Und doch war es kein Stück leichter als beim ersten Mal.

Er stand in dem weiß gefliesten Gang vor dem Operationssaal des Arztes, der auf der Gehaltsliste der De Angelis stand. Dieser hatte sein Haus in eine Art Privatklinik verwandelt, weswegen es Emilio erspart geblieben war, Saphira in ein öffentliches Krankenhaus zu bringen und dieses mit seinen Männern in einen Hochsicherheitstrakt zu verwandeln.

Kühles Neonlicht erfüllte den Gang, und das leise Surren der Leuchtstoffröhren ließ seine Nervenenden prickeln. Dazu kam noch der leicht beißende Geruch nach Desinfektionsmitteln. Krankenhäuser, egal ob privat oder öffentlich, verströmten immer diesen speziellen Geruch, der ihn an Krankheit und Tod erinnerte. Es gab wahrlich angenehmere Orte, an denen man sich aufhalten konnte.

Seufzend ließ er sich auf einen der Besucherstühle sinken und starrte auf die Fliesen vor seinen Füßen. Er hatte Saphira hereingetragen. Blutstropfen waren auf den Boden gefallen. Emilio starrte die makabre Version der Brotkrumenspur aus dem Märchen *Hänsel und Gretel* an. Leuchtendes Rot auf strahlend weißen Fliesen.

In diesem Moment hörte er Schritte und blickte auf. Eine Krankenschwester kam mit einem Putzeimer in der Hand auf ihn zu.

Sie nickte ihm kurz zu. »Ich mache das hier sauber.«

Emilio konnte ihr nicht einmal ein Lächeln schicken, weil er so mit den Gedanken an Saphira beschäftigt war. Stattdessen beobachtete er einfach, wie die junge Frau auf die Knie ging und damit begann, die Spuren von Saphiras Verletzung zu beseitigen.

Er hatte keine Ahnung, was zwischen Saphira, Madox und Giuseppe passiert war. Schließlich hatte Saphira ihn weggeschickt. Und jetzt lag sie mit einer stark blutenden Bauchwunde im OP-Saal. Er hätte nicht auf sie hören sollen. Er wusste doch, was für ein hinterlistiger Bastard Giuseppe war. Er hätte Saphira nicht mit ihm allein lassen dürfen. Aber Giuseppe hatte ihre Eltern und ihren Bruder Pippo getötet. Sie hatte das allein regeln wollen, und er hatte sie gewähren lassen. Jetzt musste er mit den Konsequenzen leben.

Emilio war nur froh, dass Madox da gewesen war. Egal, wo er hergekommen war. Inzwischen hatte er Giuseppe bestimmt zu ihrem Anwesen gebracht, und Emilio konnte es kaum noch erwarten, nach Hause zu gehen, um sich persönlich bei Giuseppe für die Schusswunde zu bedanken. Allerdings würde er das erst tun, wenn er wusste, dass Saphira außer Lebensgefahr war. Vorher würde er sich nicht vom Fleck bewegen. Denn das war seine Aufgabe: sicherstellen, dass Saphira überlebte. Egal, zu welchem Preis. Egal, was er dafür tun musste.

Sein Handy vibrierte, und er zog es aus der Hosentasche.

Einer der *capodecina*, der Gruppenführer innerhalb der Struktur der *famiglia*, rief ihn an.

»Alles erledigt?«, fragte Emilio ohne Umschweife, als er das Gespräch entgegennahm. Er hatte alle angewiesen, dass über die Geschehnisse der Nacht Schweigen bewahrt werden und das Anwesen stark bewacht werden musste.

Die *famiglia* war bereits durch den geplatzten Waffendeal geschwächt. Es würde sie in eine denkbar schlechte Position bringen, wenn bekannt würde, dass Saphira schwer verletzt war. Das würde die perfekte Angriffsfläche für all ihre Feinde bieten. Und sie hielten gerade den *capo* der Vargas auf ihrem Anwesen gefangen. Da konnten sie sich wahrlich keine Schwäche leisten.

»Ja. Allerdings ist Madox noch nicht aufgetaucht.«

Ein ungutes Gefühl machte sich in seinem Magen breit. »Wie kann das sein? Er müsste längst da sein.«

»Ich weiß es nicht. Ich habe auch zwei Männer losgeschickt, um den Tatort zu überprüfen, aber dort stand nur noch die verlassene Limousine. Keine Spur von Madox oder Giuseppe.«

Emilio spannte sich an. Irgendetwas stimmte hier ganz und gar nicht. »Behalt die Situation weiter im Auge. Die Männer sollen am Tatort bleiben und dort aufpassen, aber sich versteckt halten. Hört den Polizeifunk ab, stellt sicher, dass es keinen Unfall gegeben hat. Ich will stündlich einen Bericht.«

»Verstanden.«

Emilio beendete das Gespräch und steckte das Handy wieder weg. Wieso war Madox noch nicht aufgetaucht? Was war schiefgegangen? Wenn Madox in einen Unfall verwickelt worden war, dann müsste er bald einen Bericht darüber erhalten. Seine Leute würden Madox einsammeln, und alles wäre wieder gut. Eine weitaus schlimmere Möglichkeit wäre aber eine andere: Verrat.

Madox stand nicht mehr auf ihrer Seite. Aber das konnte eigentlich nicht sein. Welche Begründung sollte es dafür geben?

Von seiner eigenen Paranoia genervt, schob Emilio diesen Gedanken beiseite.

Am liebsten wäre er dieser ganzen Sache direkt auf den Grund gegangen, aber Saphira war verletzt, und deswegen würde er sie jetzt nicht allein lassen. Sollte Madox bis zum Morgengrauen nicht wieder aufgetaucht sein, würde Emilio das tun, was er bei jedem abtrünnigen Mitglied der *famiglia* tun würde. Er würde die Jagd eröffnen.

Als sich die Tür am Ende des Gangs endlich öffnete und der Arzt in grüner OP-Kleidung erschien, hatte Emilio das Gefühl, dass er bereits eine Ewigkeit auf diesem Besucherstuhl gesessen hatte. Die Kleidung des Arztes war blutbefleckt, und er sah erschöpft aus.

Emilio sank das Herz in die Hose. Eilig erhob er sich und lief dem Arzt entgegen. »Und?«

»Sie wird es überleben.«

Emilio ließ leise die Luft entweichen. Endlich verschwand der Druck von seiner Brust, und er konnte wieder tief durchatmen.

Der Arzt sah ihn an und schob die feine Drahtgestellbrille auf seiner Nase nach oben. Das hellbraune Haar war an den Schläfen bereits ergraut, und die schrecklichen Bilder, die er in seinem Leben gesehen haben musste, hatten Falten in sein Gesicht gegraben und seinen Blick getrübt.

»Allerdings war ihre Verletzung wirklich schwer. Das Geschoss hat einen Teil der Leber zerfetzt. Daher die starke Blutung. Wir konnten die Kugel entfernen und auch den verletzten Teil der Leber. Alle Blutungen sind gestillt. Jetzt müssen wir ihr Zeit geben, damit sich ihr Körper wieder erholen kann.«

Emilio dachte sofort an die Auswirkungen auf die *famiglia*. »Wann wird sie wieder auf den Beinen sein?«

Der Arzt rieb sich mit einer Hand über den Nacken. »Schwer zu sagen. Aber acht Wochen braucht sie mindestens.«

Emilio ballte eine Hand zur Faust. Das war eine verdammt lange Zeit.

»Sie ist jetzt auf ihrem Zimmer. Eine Krankenschwester ist bei ihr und überwacht ihre Vitalfunktionen. Du kannst dich zu ihr setzen.«

Emilio nickte und ließ sich von dem Arzt zu Saphiras Zimmer führen. Es war das einzige auf dem Gang und daher leicht zu bewachen. Noch ein Vorteil dieser Privatklinik.

Als er die Tür öffnete, erschrak er, obwohl er Saphira bereits einmal in einem ähnlichen Zustand gesehen hatte. Schläuche führten von ihrem Körper zu verschiedenen Geräten, ein Blutbeutel hing neben dem Bett, und sie war extrem blass. Ihre Brust hob sich kaum merklich, und das Piepen der Maschinen machte Emilio schon jetzt wahnsinnig.

Er hatte wirklich gehofft, dass er das nicht noch einmal durchmachen musste. Aber wie beim letzten Mal ließ er sich in einen Stuhl neben ihrem Bett sinken und wartete darauf, dass sein *capo* wieder wach wurde.

Eine Weile saß er da, bis sie stöhnte und sich leicht in den Laken bewegte.

»Madox …«

Überrascht blickte Emilio auf. »Saphira?«, fragte er.

Aber sie nahm ihn gar nicht wahr, stattdessen hatte sie die Augen geschlossen und schien noch das Narkosemittel auszuschlafen. Als das Piepen von einer der Maschinen schneller wurde, sah er auf das Display und beobachtete, wie Saphiras Herzschlag sich beschleunigte. Was war hier los?

»Madox …«, murmelte sie noch einmal, ihre Stimme war kaum verständlich.

Emilio stand auf und trat an ihre Seite. Sie verzog das Gesicht, als hätte sie Schmerzen. Und das nächste Wort, das sie sagte, ließ seinen Atem stocken.

»Verrat.«

SAPHIRA

Schmerz war das Erste, was sie bemerkte, als sie wieder wach wurde. Blinzelnd öffnete Saphira die Augen und starrte an die weiße Zimmerdecke. Ein stetiges Piepen drang ihr an die Ohren, und als sie den Kopf drehte, sah sie die Maschinen und Schläuche, die an ihren Armen hingen.

Ein Krankenhaus.

Sie war schon einmal in einer solchen Situation wach geworden, deswegen erkannte sie die Umgebung sofort. Sie blickte ans Fußende des Bettes, und dort an der Wand hing ein simples Kreuz aus dunklem Holz. Saphira glaubte nicht, dass Gott auf ihrer Seite stand, aber ein wenig Beistand konnte sie trotzdem gebrauchen.

Als sie nach rechts sah, entdeckte sie Emilio, der sie mit seinen dunklen Augen besorgt betrachtete.

»Hallo, Dornröschen«, murmelte er. Seine Mundwinkel bogen sich leicht nach oben, aber die Sorge stand ihm klar ins Gesicht geschrieben.

»He«, murmelte sie zurück und musste sofort husten. Die Bewegung ließ Schmerz durch ihren Körper rasen, und sie verzog das Gesicht.

Sofort war Emilio an ihrer Seite und hielt ihr ein Glas Wasser an die Lippen. Gierig trank sie ein paar Schlucke, bevor sie sich wieder zurücklehnte. Auch ihre *guardia* setzte sich wieder in den Stuhl neben ihrem Bett.

»Wie schlimm ist es?«, fragte sie.

»Die Kugel hat einen Teil deiner Leber zerfetzt. Du hast viel Blut verloren. Aber der Arzt konnte die Kugel entfernen und dein Organ wieder zusammenflicken. Du brauchst jetzt viel Ruhe, wirst aber wieder gesund.«

Saphira schwieg eine Weile. »Wir waren schon einmal in einer ähnlichen Situation, mhm?«

Emilio verzog das Gesicht. »Ich hätte es vorgezogen, das nicht zu wiederholen.«

»Es gibt etwas anderes, worüber wir reden müssen.« Saphira konnte bereits spüren, wie die Schmerzmittel, die vermutlich über den Tropf direkt in ihre Vene flossen, sie wieder müde machten. Sie hatte nicht viel Zeit, bevor sie wieder einschlafen würde.

»Du hast im Schlaf etwas über Madox gemurmelt.«

Sie stockte. »Was habe ich gesagt?«

»Nur seinen Namen. Und das Wort Verrat. Madox ist nicht auf unserem Anwesen aufgetaucht. Was ist hier los?«

Sie nahm einen tiefen Atemzug und ignorierte dabei die Schmerzen im Bauchraum. Am liebsten würde sie keiner Menschenseele von Madox und seinem Verrat erzählen. Die Scham, die sie über ihre Unwissenheit empfand, war riesig. Aber das war jetzt egal, denn ihre *famiglia* war wichtiger als ihre eigenen Bedürfnisse und Gefühle. So war es schon immer gewesen.

»Madox ist ein Verräter. Er ist Giuseppes Neffe. Er hat uns ... die ganze Zeit betrogen. Er war nur bei uns, weil er dachte, dass ich seinen Vater ... umgebracht hätte und er auf der Suche nach dem endgültigen Beweis war, bevor er mich umgebracht hätte. Aber anscheinend hat ... Giuseppe Madox' Vater umgebracht, und jetzt hat Madox sich gegen ihn gewandt.« Saphira musste zwischendurch kleine Pausen machen, um zu Atem zu kommen. Diese wenigen Sätze strengten sie an, als hätte sie gerade eine Trainingssession mit Emilio hinter sich.

Sie begegnete seinem wütenden Blick. Einen Moment lang starrten sie sich nur an, dann seufzte der Chef ihrer Leibgarde.

»Scheiße.«

Saphira nickte. »Er gehört nicht länger zu uns. Er ist jetzt der Feind. Du musst alle informieren. Finde ihn.« Sie musste sich überwinden, die nächsten Worte zu sagen. »Jag ihn. Und wenn du ihn gefunden hast, sorg dafür, dass er überlebt. Ich will ihn persönlich umbringen.«

Emilio nickte grimmig. »Ich kümmere mich darum.«

Erleichtert ließ Saphira die Luft entweichen und kämpfte nicht länger gegen die bleierne Müdigkeit an.

Es musste später sein, wie spät konnte sie nicht sagen, aber Saphira spürte den Moment, in dem sie vom Schlaf in den Wachzustand glitt, und wollte sich dagegen wehren. In der Realität warteten nur Schmerzen, Scham und die Konsequenzen ihres Versagens auf sie.

Dennoch öffnete sie die Augen und starrte erneut an die weiße Zimmerdecke.

»Saphira.«

Beim Klang von Emilios vertrauter Stimme drehte sie den Kopf und sah ihn an. Ein dunkler Bartschatten lag auf seinen Wangen, und tiefe Linien hatten sich in sein Gesicht gegraben. Er sah müde aus, erschöpft. Ausgelaugt.

Noch ein Punkt auf der Liste ihrer Verfehlungen. Sie hatte sich das Leben dieses Mannes gekrallt und ihm jede Chance auf eine Familie und Glück genommen. Denn er war mit Leib und Seele Teil ihrer *guardia*. In seinem Leben hatte es nie Platz für etwas anderes gegeben.

»Wie lange habe ich geschlafen?«

»Einen Tag.«

Sie musste ihn erst gar nicht fragen, was er in dieser Zeit gemacht hatte. Er hatte an ihrem Bett gesessen und darauf gewartet, dass sie wieder wach wurde.

»Was gibt es Neues?«, fragte sie mit belegter Stimme. Sie fühlte sich wie gerädert. Ihre gesamter Bauchraum schmerzte, als wäre sie … nun ja, angeschossen worden. Ihr Mund war trocken, genauso wie ihre Lippen, und die Zunge klebte ihr förmlich am Gaumen.

Als könnte er ihre Gedanken lesen, stand Emilio auf und reichte ihr ein Glas Wasser mit einem Strohhalm. Er hielt das Glas, während sie wenige Schlucke trank, und stellte es dann wieder weg, bevor er sich erneut in den Stuhl sinken ließ.

»Keine Spur von Madox. Aber es gibt Gerüchte.«

Beim düsteren Tonfall seiner Stimme bekam Saphira ein ungutes Gefühl. »Was für Gerüchte?«

Er erwiderte ihren Blick. »Angeblich wird Giuseppe auf dem Anwesen der Vargas festgehalten und gefoltert. Es gab einen Machtwechsel.«

»Madox.« Seinen Namen auszusprechen, verursachte ihr beinahe körperliche Schmerzen.

Emilio nickte. »Das denke ich auch. Wer sollte es sonst sein?« Er fuhr sich mit einer Hand durch die Haare, zerzauste sie noch mehr. »Aber da ist noch mehr.«

Saphira versuchte, sich im Bett etwas aufzurichten, versagte aber kläglich. Ihre Arme konnten nicht einmal ihr eigenes Gewicht halten. Im Moment könnte sie vermutlich sogar der schlechteste Anfänger umbringen.

Emilio wollte ihr helfen, aber sie hielt ihn mit einer Handbewegung auf und ließ sich wieder zurücksinken. »Erzähl mir, was los ist.«

»Eine der Drogengangs, die wir wegen des geplatzten Waffendeals verprellt haben, ist in der Stadt. Sie wollen ihre Waffen oder ihr Geld. Heute Nacht haben sie eines der Cafés unter unserem Schutz demoliert. Ein paar unserer Leute sind da und helfen bei den Aufräumarbeiten. Wir haben eine Nachricht erhalten, dass es so weitergehen wird, bis sie ihre Ware bekommen haben.«

»Verdammt.« Sie presste das Wort zwischen zusammengebissenen Zähnen heraus. »Sind wir stark genug, um es mit der Gang aufzunehmen?« Sie befürchtete, dass sie die Antwort kannte.

»Wir könnten es schaffen«, bestätigte er ihren Verdacht, »aber am Ende wären wir so dezimiert, dass wir ein leichtes Angriffsziel abgeben würden. Ein noch leichteres, als wir es im Moment sowieso schon sind.«

»Und was unternehmen wir jetzt dagegen?«, fragte sie ein wenig hilflos.

Emilio zuckte mit den Schultern. »Ich befürchte, dass wir im Moment nur Schadensbegrenzung betreiben können.«

Saphira drehte den Kopf zur Seite und starrte die fensterlose Wand an. Fenster waren ein Sicherheitsrisiko. Deswegen gab es hier drinnen keine.

Was sollte sie tun? Was *konnte* sie tun? Im Moment war sie wirklich kein besonders guter *capo*.

Aber wenn sie es recht bedachte, war sie in letzter Zeit schon kein guter *capo* mehr gewesen. Wie hatte sie sich nur so von Madox täuschen lassen können? Wie hatte sie so blind sein können?

Sie hatte nicht auf ihren Instinkt gehört, hatte alle Regeln ignoriert. Und damit hatte sie sich selbst und ihrer *famiglia* geschadet. Sie hatte ein wenig Glück gewollt, ein wenig Freiheit. Stattdessen hatte sie Schande über sich gebracht. Hatte alle, die unter ihrer Verantwortung standen, enttäuscht und gefährdet.

Soweit sie es beurteilen konnte, hatte Madox nicht nur die entscheidenden Informationen, die zum Platzen des Waffendeals geführt hatten, weitergeleitet, sondern vermutlich auch Leandro umgebracht. Ihren Cousin, der unter ihrem Schutz gestanden hatte.

Genauso wie die Leute, die jetzt angegriffen wurden, weil Saphira den Deal nicht hatte einhalten können, unter ihrem Schutz standen. Die Menschen, die jetzt von einer Gang bedroht wurden, die Saphira nicht besiegen konnte. Jedenfalls nicht, ohne sich selbst und ihre *famiglia* noch weiter zu schwächen.

Sie hatte sie alle in Gefahr gebracht. Und im Moment konnte sie niemandem helfen. Verdammt, sie würde es im Moment nicht einmal allein zur Toilette schaffen!

Sie hatte Madox vertraut, hatte ihn an sich herangelassen. Er hatte sie benutzt. Sie war für ihn nichts weiter als ein Mittel zum Zweck gewesen. Und der Sex ein nettes Extra. Er hatte ihr etwas vorgespielt. Sie zum Narren gehalten.

Und das alles, um Rache für den Tod seines Vaters zu nehmen.

Folterte er deswegen auch jetzt seinen Onkel? Aus Rache? Und wer war eigentlich dieser Damiano, von dem Madox gesprochen hatte?

Saphira hatte das Gefühl, dass ihr der Schädel platzte, wegen all der unbeantworteten Fragen und des Gefühlschaos in ihrem Inneren.

Plötzlich kam ihr ein neuer Gedanke, und der machte alles nur noch schlimmer. Was war, wenn Madox eine völlig andere Motivation hatte, seinen Onkel zu foltern? Was, wenn er nun *capo* der Vargas war und genau das die ganze Zeit über gewollt hatte? Wenn er sie für seine Machtspielchen benutzt hatte?

Sie hätte Madox nicht so eingeschätzt, aber was wusste sie schon? Alles, was sie über ihn wusste, war eine Lüge. Im Grunde war er ein völlig Fremder.

Oder tat er es für sie? Um sich für sie an Giuseppe zu rächen?

Beinahe hätte sie laut geschnaubt. Als ob. Wenn sie ihm wirklich etwas bedeutet hätte, dann wäre er ehrlich zu ihr gewesen. Spätestens als ihre Affäre begonnen hatte. Da hätte er ihr die Wahrheit sagen müssen. Aber das hatte er nicht getan. Stattdessen hatte er sie weiter hintergangen. Sie war für ihn nur ein Mittel zum Zweck. Nichts weiter.

Die Tür zu ihrem Zimmer wurde geöffnet, und automatisch sprang Emilio auf und griff nach seiner Waffe, als Doktor Marino ins Zimmer trat.

Dieser warf einen Blick auf ihren Chefleibwächter, der sich wieder hinsetzte, bevor er Saphira aufmunternd anlächelte. »Saphira. Wie geht es Ihnen?«

»Als wäre ich angeschossen worden.«

Der Arzt nickte und trat an ihr Bett, schlug vorsichtig die Decke zurück. Sie trafen sich nicht zum ersten Mal. Seit Jahren war er im Dienst ihrer Familie, und Saphira war sich ziemlich sicher, dass sie für ein paar der grauen Haare, die seine Schläfen zierten, verantwortlich war. Und nach dem, was Emilio ihr erzählt hatte, hatte ihre OP ihm wahrscheinlich ein paar neue beschert.

»Ich werde jetzt die Wunde kontrollieren und Ihnen danach ein leichtes Schlafmittel verabreichen. Es ist besser, wenn Sie sich nicht bewegen und sich weiter ausruhen.«

»Aber ich muss bei Bewusstsein …«

»Nein«, fiel Doktor Marino ihr ins Wort. »Ihre Gesundheit

hat Priorität.« Er zog die Augenbrauen zusammen, und die Brille mit dem silbernen Drahtgestell war ein Stück nach unten gerutscht, was ihm das Aussehen eines verärgerten Schulleiters verlieh.

»Hör auf ihn, Saphira«, schaltete sich Emilio ein. »Lass ihn seine Arbeit machen.«

Sie wollte widersprechen, aber die beiden hatten recht. In ihrem Zustand war sie niemandem eine Hilfe. Alles, was sie im Moment tun konnte, war, schnell wieder gesund zu werden.

Sie beobachtete Doktor Marino ganz genau, während er die Verbände entfernte, und betrachtete die gerötete Naht auf ihrem Bauch. Eine weitere Narbe in ihrer Kollektion. Eine weitere Erinnerung an ihr Versagen.

»Alles sieht gut aus. Wir können mit dem Heilungsprozess zufrieden sein.« Er lächelte sie an, bevor er sie erneut verband und dann zu einem kleinen Tablett ging, das er bei seinem Eintreten auf dem Tisch neben der Tür abgestellt hatte. Er nahm die bereitliegende Spritze und injizierte das Schlafmittel in den Katheter auf ihrem Handrücken.

Beinahe sofort spürte Saphira, wie die bleierne Müdigkeit übermächtig zurückkehrte. Sie wollte sich dagegen wehren, hatte aber keine Chance.

»Ruhen Sie sich aus, Saphira«, sagte Doktor Marino mit sanfter Stimme.

Der letzte Gedanke, bevor sie wieder einschlief, war, dass Madox ihr alles genommen hatte. Ihre Rache. Ihre Stärke. Ihr Vertrauen.

Blinzelnd öffnete sie die Augen, und es dauerte einen Moment, bis sie richtig wach wurde. Aber dann drehte sie den Kopf zur Seite und entdeckte den leeren Stuhl, auf dem zuletzt Emilio gesessen hatte.

Sie seufzte erleichtert. Es war das erste Mal, dass sie allein aufwachte, seitdem sie angeschossen worden war, und das war genau das, was sie jetzt brauchte. Etwas Ruhe zum Nachdenken.

Das leise Piepen der Maschinen, an die sie angeschlossen war, hatte etwas Beruhigendes. Allerdings hätte sie inzwischen alles für eine Dusche und ihre eigene Kleidung gegeben. Aber bis dahin würde wohl noch einige Zeit vergehen.

Was sie mit einer einzigen Möglichkeit zurückließ, wie sie die Zeit verbringen konnte: über Madox nachzudenken.

Bei dem Gedanken an ihn wurde ihr schlecht, und gleichzeitig zog sich ihr Herz schmerzhaft zusammen. Sie hatte ihm tatsächlich vertraut. Sie hatte geglaubt, dass er zu ihnen, zu *ihr*, gehörte. Stattdessen war er der Feind und hatte die Informationen, die er bekommen hatte, gegen sie genutzt.

All ihre Pläne waren von Anfang an zum Scheitern verurteilt gewesen, weil sie ihn so nah an sich herangelassen hatte. Es war ihre Schuld, dass ihre *famiglia* nun im schlechtesten Zustand seit der Ermordung ihrer Eltern und ihres kleinen Bruders Pippo war. Ihre Anzahl war stark dezimiert worden, das Anwesen der De Angelis derzeit so gut wie unbewacht, ihr größter Feind besaß interne Informationen, und sie hatten weder genügend Waffen noch Geld, um sich ernsthaft zu widersetzen. Die *famiglia*, die vor wenigen Monaten in der Welt der Cosa Nostra noch mit Respekt und Ehrfurcht behandelt worden war, war jetzt nichts weiter als ein Scherz.

Wie hatte es nur so weit kommen können? Wie hatte sie sich nur so hinters Licht führen lassen?

In ihrem Inneren kämpften Scham und Verzweiflung miteinander, ließen ihre Haut prickeln und Tränen in ihre Augen steigen.

Sie war so dämlich gewesen. So unfassbar dämlich. Und obwohl sie bei Madox nicht von Liebe hätte sprechen wollen, hatte er ihr doch das Herz gebrochen. Und noch viel schlimmer: Er hatte mit seinem Verrat nicht nur ihr Vertrauen verloren, sondern gleichzeitig auch ihr Vertrauen in sich selbst zerstört.

Sie hatte immer geglaubt, dass sie andere Menschen gut einschätzen könnte, dass sie aufgrund ihrer Eiseskälte nicht so leicht hinters Licht zu führen wäre. Aber bei Madox schienen all ihre Selbstverteidigungsmechanismen versagt zu haben.

In diesem Moment wünschte sich Saphira, dass sie den Schuss nicht überlebt hätte.

Sie wischte sich mit einer Hand über die Wangen, entfernte die Spuren der leisen Tränen, die sie vergossen hatte. Wie schon vor so vielen Jahren schob sie ihre Gefühle einfach beiseite. Verschloss sie hinter dicken Mauern in ihrem Kopf.

Denn dafür hatte sie keine Zeit. Sie konnte sich nicht in Selbstmitleid suhlen. Sie war Saphira De Angelis. *Capo* einer der ehemals mächtigsten Mafiafamilien Italiens. Sie hatte jetzt nur eine Aufgabe: schnell gesund werden.

Und dann würde sie Rache nehmen. Bis sie jeden Varga ausgelöscht hätte. Und wenn Madox dann keinen Platz mehr hatte, wo er sich verstecken konnte, dann würde sie ihm zeigen, was es bedeutete, wenn man sich mit ihr, der Eisprinzessin, anlegte.

Kapitel 3

MADOX

Madox zog das Messer aus dem Oberschenkel seines Onkels, wobei er natürlich darauf achtete, dass er die Hauptschlagader nicht verletzte. Es wäre zu schade, wenn ihm sein Onkel einfach so verblutete.

Giuseppe stöhnte auf und starrte ihn hasserfüllt an. »Warum tust du das?«, fragte er, wobei ihm blutiger Speichel aus dem Mund tropfte.

Sie waren jetzt schon über zwölf Stunden hier unten im Keller, und Madox zog große Befriedigung aus dieser Zeit. Es war lange her, seit er jemanden gefoltert hatte, und dieser dunklen Seite von sich nachzugeben, tat ihm gut.

Der Kellerboden und die Wände waren gefliest. Es gab einen kleinen Abfluss in der Mitte und einen Wasserschlauch an einer Wand, was das Säubern des Raums erleichterte.

Sein Onkel hing noch immer am Fleischerhaken von der Decke.

In den Boden waren Fußfesseln eingelassen, sodass man sein Opfer wirkungsvoll fesseln konnte. Aber die würde Madox heute nicht brauchen. Sollte sein Onkel nach ihm treten, würde er ihm einfach die Sehnen durchtrennen.

»Warum ich das tue?« Madox stellte sich mit vor der Brust verschränkten Armen vor Giuseppe und tat so, als müsste er über diese Frage ernsthaft nachdenken. »Wie wäre es damit, dass du meinen Vater getötet hast?«, fragte er und setzte das Messer am linken Rippenbogen an. »Aus. Purer. Machtgier.« Er betonte jedes Wort einzeln und zog dabei das Messer jedes Mal ein Stückchen weiter nach unten, bis er schließlich einen Teil der Haut über den Rippen abgeschält hatte. Giuseppes Schreie klangen bereits heiser. Wie Madox vermutet hatte, steckte nicht besonders viel hinter dem großspurigen Verhalten seines Onkels. Er hatte schon zu schreien begonnen, als er wach geworden war und Madox gesehen hatte.

Inzwischen war Giuseppes Gesicht dank der vorherigen Prügel eine einzige, rote, blaue und blutige Masse. Es war ein Wunder, dass er durch die zugeschwollenen Augen überhaupt noch etwas erkennen konnte.

»Oder damit, dass du Damiano getötet hast?« Madox lehnte sich zurück, holte Schwung und trat seinem Onkel seitlich gegen das Knie, sodass die Kniescheibe mit einem hörbaren Geräusch heraussprang. Giuseppes schmerzhafte Laute waren Musik in seinen Ohren.

Er zog ein weiteres Stück Haut ab, dieses Mal vom Schienbein. Kläglich versuchte sein Onkel, ihn zu treten, wofür Madox ihm das Messer in die Kniekehle rammte und eine Sehne durchtrennte, sodass der Fuß nun nur noch schlaff nach unten hing.

Als Madox nach oben sah, entdeckte er, dass Giuseppe in Ohnmacht gefallen war. Aber das konnte er nicht zulassen. Schließlich war er noch lange nicht fertig mit seinem Onkel. In Madox hatte sich viel Wut aufgestaut, und die wollte jetzt hinausgelassen werden.

Er ging zu dem in einer Ecke bereitstehenden Eimer mit kaltem Wasser hinüber, hob ihn auf und schüttete seinem Onkel den Inhalt ins Gesicht.

Dieser kam Wasser spuckend wieder zu sich. Sein schmerzerfüllter Blick richtete sich auf Madox. »Du bist ein Monster.«

»Dazu wurde ich gemacht«, antwortete er lächelnd.

In diesem Moment tat Giuseppe etwas, womit Madox niemals gerechnet hätte. Er begann zu lachen. So laut, wie es seine wunden Stimmbänder zuließen.

Als er sich wieder beruhigt hatte, sah er Madox grinsend an. »*Ich* habe dich dazu gemacht.«

Madox ergriff das Messer in seiner Hand fester. »Was?«

Giuseppe leckte sich die aufgesprungenen Lippen. »Was glaubst du, wer dich nach Amerika geschickt hat?«

Verwirrt über die Richtung, die dieses Gespräch genommen hatte, runzelte Madox die Stirn. »Mein Vater.«

»Du glaubst wirklich, dass Salvatore seinen kleinen Schatz in ein Untergrundgefängnis gegeben hat? Wo man seinen Sohn zu einem Monster machen würde?« Giuseppe versuchte erneut zu lachen, aber es wurde nur ein Husten. »Nein, das war ich.«

Madox war sich nicht sicher, ob er den Worten seines Onkels Glauben schenken konnte, aber warum sollte Giuseppe jetzt noch lügen?

»Warum hast du das getan?«, fragte er ehrlich verwirrt.

»Meinst du, ich wollte zusehen, wie der nächste *capo* direkt unter meinen Augen heranwächst?« Giuseppe versuchte, seinen Körper in eine bequemere Position zu bringen, aber die Handschellen, die seine Handgelenke unter der Decke befestigten, hinderten ihn daran. »Ich habe so lange auf deinen Vater eingeredet, bis er dich weggeschickt hat. In dem Glauben, dass du auf ein exklusives Internat gehen würdest.« Er grinste. »Ich habe dich zu diesem Monster gemacht.«

Madox starrte in das blutige Gesicht seines Onkels und … glaubte ihm. Vermutlich hätte er in diesem Moment noch zorniger werden sollen. Oder Trauer über die verlorene Kindheit empfinden sollen. Aber stattdessen fühlte er … nichts. Vielleicht ein wenig Erleichterung, dass es nicht sein eigener Vater gewesen war, der ihn diesem Schicksal überlassen hatte. Zwar hatte Madox immer ein gespaltenes Verhältnis zu seinem Vater gehabt, schließlich war er davon ausgegangen, dass Salvatore ihn in dieses gottlose Ausbildungslager geschickt hatte. Aber er war dennoch Madox' Vater gewesen, und Blut war dicker als Wasser.

Bei Giuseppe allerdings …

Lächelnd trat Madox einen Schritt auf seinen Onkel zu. Dieser sah ihn verwundert an. Wahrscheinlich hatte er gehofft, dass diese Enthüllung Madox so weit aus dem Konzept bringen würde, dass er ihm einen schnellen Tod bescheren würde. Aber so leicht würde Madox es Giuseppe nicht machen.

»Dann werde ich dir jetzt zeigen, was ich alles gelernt habe.« Madox begann erneut mit der Folter. Und dieses Mal hörte er erst wieder auf, als sein Rachedurst endlich befriedigt war und sein Onkel an seinem eigenen Blut erstickt war.

SAPHIRA

Mit der Hilfe einer Krankenschwester hatte Saphira sich am Morgen waschen können. Außerdem trug sie jetzt eine bequeme Leggins und einen dünnen, schwarzen Pullover. Das sorgte dafür, dass sie sich gleich viel besser fühlte. Auch wenn ihr morgendlicher Ausflug ins Badezimmer eine gefühlte Ewigkeit gedauert hatte und sie danach eine verdammt lange Zeit erschöpft gewesen war.

In dem weißen Raum sah sie in ihrer schwarzen Kleidung vermutlich völlig fehl am Platz aus. Ein dunkler Fleck in einer hellen Welt. Aber war sie das nicht immer schon gewesen?

Emilio war am Tag zuvor nicht mehr zurückgekommen, aber eine Wache, die er vor ihrer Zimmertür positioniert hatte, hatte ihr gesagt, dass er an diesem Tag wiederkommen würde. Allerdings war es jetzt schon wieder Nachmittag und ihr Chefleibwächter noch nicht aufgetaucht.

Saphira wusste, dass sie noch einige Zeit in diesem Krankenbett verbringen würde. Vielleicht nicht unbedingt in diesem, aber doch in irgendeinem. Und ihr fiel bereits jetzt die Decke auf den Kopf. Besonders, da draußen so viele Probleme auf sie warteten, dass sie gar nicht wusste, wo sie anfangen sollte.

Es gab niemanden, der ihre *famiglia* anführte. Dabei sollte eine Mafiafamilie niemals ohne *capo* sein. Es war wichtig, dass ihre Kontakte weiterhin gepflegt wurden, die Polizei weiterhin ruhig gehalten und ganz generell der Schein nach außen gewahrt wurde. Aber zu nichts von alledem war sie im Moment in der Lage, und das machte sie beinahe ohnmächtig vor Wut.

In diesem Moment klopfte es leise an der Zimmertür. Saphira blickte auf, und herein trat eine Person, mit der sie nicht gerechnet hatte. Rabia Ferrera. Ihre beste Freundin, die sie seit Wochen nicht gesehen hatte.

»Rabia«, sagte Saphira mit leiser Stimme.

Sie hatte sich kaum verändert, seit Saphira sie das letzte Mal gesehen hatte. Noch dasselbe kinnlange blonde Haar und die rosa glitzernden Lippen. Allerdings trug sie jetzt eine enge schwarze Jeans und ein ebenso schwarzes T-Shirt. Früher hatte Rabia nie dunkle Farben getragen. Und auch ihr Gesichtsausdruck war anders. Hatte sie vorher immer ein Lächeln auf den Lippen gehabt, trug sie jetzt einen ernsten Ausdruck zur Schau. Saphira konnte nur vermuten, dass es an Leandros Tod lag.

Vor einigen Wochen war Saphiras Cousin und Rabias Verlobter auf dem Anwesen der De Angelis ermordet worden. Ein Schuss direkt in den Schädel. Rabia hatte die Leiche gefunden. Saphira den Mörder allerdings nicht. Noch nicht. Aber jetzt hatte sie endlich einen Verdächtigen. Danach war Rabia ohne ein Wort des Abschieds verschwunden, und Saphira hatte es ihr nicht übel genommen. Wahrscheinlich hatte ihre Freundin Zeit gebraucht, um den Verlust ihrer Liebe zu betrauern.

Aber jetzt war sie zurück.

»Saphira.« Mit einem traurigen Lächeln kam Rabia neben das Bett und ergriff ihre Hand. »Es tut mir so leid.«

»Was?«, fragte sie automatisch, schüttelte dann aber den Kopf. »Was machst du denn hier? Und woher wusstest du, wo ich bin?«

Rabia ließ sich auf der Bettkante nieder. »Emilio hat mir erzählt, was passiert ist und wo ich dich finden kann.«

»Wann hast du mit ihm gesprochen?«

»Gestern. Ich bin seit zwei Tagen wieder in Palermo und konnte ihn gestern endlich erreichen. Ich wusste sofort, dass etwas nicht stimmt, als ich nach Hause kam und du nicht da warst.« Rabia drückte ihre Hand. »Wie geht es dir?«

»Den Umständen entsprechend.« Sie entzog Rabia ihre Hand. Sie war nie ein Freund von viel Körperkontakt gewesen, und gerade nach den jüngsten Vorkommnissen wollte sie die Menschen lieber auf Abstand halten. Aber vielleicht war sie auch einfach paranoid und sah in jedem Menschen einen potenziellen Feind. Sogar in einer Person, mit der sie zusammen aufgewachsen war. »Wo bist du gewesen?«, fragte Saphira.

»Hier und da. Ich musste einfach mal raus. Nach Leandros …« Sie verstummte und atmete einmal tief durch. »Ich brauchte einfach Zeit für mich selbst.«

»Das kann ich verstehen«, antwortete Saphira. Das tat sie

wirklich. Auch wenn sie niemals die Option gehabt hatte, wegzulaufen.

»Und ich bin hier, um zu helfen, Saphira.«

Bevor sie fragen konnte, was Rabia damit meinte, ertönten zwei Schüsse im Flur. Gedämpft, aber eindeutig Schüsse. Das Geräusch war Saphira vertraut. Schon wurde die Tür zu ihrem Zimmer aufgestoßen, und ein maskierter Mann stürmte hinein. Sie konnte noch einen Blick auf zwei am Boden liegende Männer erhaschen, bevor sie sich mit dem Lauf einer Pistole konfrontiert sah.

In diesem Moment war Saphira sich sicher, dass sie sterben würde. Sie war bereits verletzt und hatte keine Waffe in unmittelbarer Reichweite.

Doch plötzlich sprang Rabia auf, zog eine Pistole hinten aus dem Bund ihrer Jeansshorts und erschoss den Mann. Ein präziser Schuss mitten ins Herz. Als der Mann zu Boden fiel, musste Saphira nicht erst nachsehen, um sicher zu sein, dass er tot war.

Wie oft würde man noch versuchen, sie zu töten?

Rabia hatte Emilio angerufen, und keine fünfzehn Minuten später stürmte Saphiras Chefleibwächter mit einer weiteren *guardia* ins Krankenzimmer.

Es sagte viel über den aktuellen Zustand ihrer *famiglia* aus, dass Emilio nur einen Mann zur Unterstützung mitbrachte. Und durch das Attentat hatten sie noch zwei weitere Männer verloren.

Die Leiche lag noch immer auf dem Fußboden, und Emilio warf einen zornigen Blick darauf, so als wollte er den Mann gleich noch einmal töten. Dann sah er erst Saphira und danach Rabia an.

»Was ist passiert?«

Rabia schnaubte. »Ist das nicht offensichtlich?«

Saphira ignorierte Rabias Einwand. »Ich konnte zwei Schüsse hören, bevor der Mann ins Zimmer stürmte. Ich wäre jetzt mit Sicherheit tot, wenn Rabia nicht sofort eine Waffe gezogen und ihn erschossen hätte.«

Emilio ballte die Hände zu Fäusten und sah aus, als würde er am liebsten etwas kurz und klein schlagen. Sie konnte ihn verstehen. Es war seine Aufgabe, dafür zu sorgen, dass sie sicher war. Und wäre Rabia nicht bei ihr gewesen, dann wäre sie jetzt tot.

»Wie hat er es überhaupt bis hierher geschafft?«, fragte Saphira mit schneidendem Tonfall. Es sollte nicht so einfach sein, bis zu ihr vorzudringen.

»Ich bin mir nicht sicher. Im Moment sieht es danach aus, als hätte jemand den Wachen irgendwie Drogen verabreicht. Denn der Attentäter hat beide erschossen und die scheinen nicht einmal nach ihren Waffen gegriffen zu haben.«

»Ein Verräter unter dem Krankenhauspersonal?«

»Halte ich für unwahrscheinlich, aber es scheint die einzige Möglichkeit zu sein«, gab Emilio zurück.

»Saphira sollte sich nicht länger hier aufhalten«, warf Rabia ein. »Nicht, wenn das Personal nicht auf unserer Seite ist.«

Emilio drehte sich um und sah die mitgebrachte *guardia* an, dessen hellblondes Haar ihn von den meisten anderen *uomini d'onore* der *famiglia* unterschied. »Federico, kümmer dich um die Leiche. Danach komm sofort zurück.«

Der Mann nickte und machte sich an die Arbeit, während Emilio zu ihr trat. »Du bist hier nicht mehr sicher. Sobald Federico wieder da ist, kümmere ich mich um eine Verlegung.«

Kurz danach kam ihr Arzt ins Zimmer und warf einen leicht pikierten Blick auf die Blutlache auf dem Boden. Er war der Arzt einer Mafiafamilie. Er war von dieser Art von Überfällen nicht überrascht, aber anscheinend störte ihn der Dreck, den sie verursachten.

»Ich schicke gleich eine Schwester vorbei, um hier aufzuräumen.«

Saphira nickte. »Es tut mir leid, dass wir Ihnen solche Unannehmlichkeiten verursachen.«

Er trat an ihr Bett, und Saphira betrachtete ihn misstrauisch. Stand er auf ihrer Seite? Oder arbeitete er insgeheim gegen sie? Aber dann wäre es vermutlich einfacher gewesen, sie einfach bei der OP sterben zu lassen. Wahrscheinlicher war also, dass eine der Schwestern sie loswerden wollte.

»Lassen Sie mich die Wunde untersuchen.«

Sie lehnte sich zurück, während der Arzt ihr Oberteil nach oben schob und Rabia sich auf den Stuhl neben dem Bett sinken ließ. Emilio bezog neben der Tür Stellung.

»Alles sieht gut aus«, verkündete der Arzt nach einer Weile und zog sich die Handschuhe wieder ab, bevor er das Zimmer verließ.

Wie versprochen erschien kurz danach eine Schwester und begann zu putzen. Die ganze Zeit über behielt Emilio die Frau genau im Auge, als würde er erwarten, dass sie jeden Moment eine Waffe zog und damit um sich schoss. Nachdem die Krankenschwester wieder gegangen war, verschwand Rabia kurz im Badezimmer, um sich die Hände zu waschen, bevor sie zurückkehrte und sich wieder auf den Stuhl setzte.

Die ganze Zeit über hatten sie alle geschwiegen, und jetzt war es Rabia, die als Erste wieder das Wort ergriff. »Es scheint nicht besonders gut um dich und die *famiglia* zu stehen, Saphira.«

Saphira runzelte die Stirn und suchte nach einer Erwiderung. Aber leider gab es da nichts, was sie hätte entgegnen können, denn Rabia hatte recht. Es sah wirklich schlecht aus.

»Dann ist es ja gut, dass ich wieder da bin«, sagte sie mit einem Lächeln.

»Was meinst du damit?«, fragte Saphira.

»Ich bin zurückgekommen, um dir meine Hilfe anzubieten. Es hat sich viel verändert, seit … dieser Nacht. Ich hatte viel Zeit zum Nachdenken, und ich habe sie genutzt. Nachdem Leandro …« Rabia schluckte. Es war offensichtlich, dass sie Probleme hatte, über Leandros Tod zu sprechen.

Saphira konnte das nachvollziehen. Nach dem Unfall, bei dem ihre Familie getötet worden war, hatte sie jahrelang nicht darüber sprechen können. Zuletzt hatte sie mit Madox darüber geredet. Allerdings war das kein Gedanke, den sie länger verfolgen wollte.

Rabia räusperte sich und holte Saphira damit in die Gegenwart zurück. »Jedenfalls habe ich danach einen Blick auf mein Leben geworfen und all diese Partys und das ganze Shopping erschienen mir plötzlich so sinnlos. Ich brauchte eine Beschäftigung, damit ich nicht komplett durchdrehe. Und da habe ich begonnen, mich mit Leandros Teil der Familiengeschäfte auseinanderzusetzen. So hatte ich wenigstens das Gefühl, dass er noch irgendwie bei mir ist. Und jetzt bin ich endlich bereit, mehr Verantwortung zu tragen.« Sie lächelte Saphira an. »Lass mich die Geschäfte der *famiglia* übernehmen, bis du wieder genesen bist. So kann ich mich um alle Probleme kümmern und alles am Laufen halten, bis du wieder da bist.«

Saphira sah sie überrascht an und blickte dann zu Emilio. Der schien aber weitaus weniger überrascht als sie selbst.

Das war nicht die Rabia, die sie kannte. Diese Frau war viel reifer und schien wirklich bereit, Verantwortung zu tragen, während die frühere Rabia sich nie für solche Dinge interessiert hatte. Aber wer, wenn nicht Saphira, wusste, dass der Tod eines geliebten Menschen einen verändern konnte?

Dennoch war sie von der Vorstellung nicht begeistert, einem anderen die Zügel in die Hand zu geben. Schließlich ging es um ihre *famiglia*, um das Erbe ihres Vaters. Sie hatte die Geschäfte wieder aufgebaut und ihrem Teil der Cosa Nostra zu Respekt verholfen, nachdem bereits einmal alles in Trümmern gelegen hatte.

Aber hatte sie nicht vorhin noch darüber nachgedacht, dass eine *famiglia* niemals ohne *capo* sein sollte? Dass sie eigentlich jemanden bräuchte, der für sie einsprang? Und Rabia gehörte praktisch zur Familie. Sie waren zusammen aufgewachsen. Ihre eigene Mutter hatte auch Rabia großgezogen, und die Freundin hätte beinahe Saphiras Cousin geheiratet. Wenn sie diese Krise überstehen wollte, musste sie Rabia vertrauen. Einen anderen Ausweg gab es nicht.

»Traust du dir das wirklich zu?«, fragte Saphira und meinte das durchaus ernst. Es war kein Kinderspiel, eine *famiglia* zu leiten, und ihre Freundin hatte so etwas noch nie getan.

Rabia nickte eifrig. »Ja, und ich habe sogar einen Beweis dafür, dass ich es kann.«

»Und der wäre?«

»Ich habe mich mit dem Anführer der Drogengang getroffen, die uns Probleme bereitet. Und ich konnte eine Frist aushandeln! Sie geben uns vier Tage, um ihnen das Geld oder die Ware zu beschaffen. So haben wir mehr Zeit, um uns zu überlegen, was wir tun wollen.«

Saphira war sich sicher, dass sie sich gerade verhört hatte. Vielleicht bekam sie plötzlich Nachwirkungen des Narkosemittels, aber Rabia konnte doch nicht ernsthaft gesagt haben, was sie gerade gesagt hatte, oder? Wie war sie in der Lage gewesen, ein solches Treffen zu arrangieren? Das sollte sie doch eigentlich nicht können.

»Wie bitte?«, fragte sie ungläubig und richtete sich auf. Ihr

Magen zog sich schmerzhaft zusammen, und sie ballte eine Hand zur Faust.

Rabia öffnete den Mund, aber Saphira unterbrach sie sofort wieder.

»Wie konntest du das tun? Du hattest kein Recht dazu! *Ich* bin der *capo* dieser *famiglia*. *Ich* treffe hier die Entscheidungen. Nicht du!«

»Aber wenn ich nichts getan hätte, hätten sie wahrscheinlich jemanden getötet. Und du bist doch gerade nicht in der Lage, dich mit ihnen zu treffen.« Rabia straffte den Rücken. »Ich wollte uns nur helfen, Saphira.«

»Sie hat recht«, schaltete sich Emilio in diesem Moment ein, und Saphira blickte ihn ungläubig an. »Ich war dabei.«

»Du warst … was?« Saphira fühlte sich gerade wie erschlagen.

»Es war Rabias Idee, dass wir uns mit der Gang treffen. Ich hielt es für unsere einzige Chance. Und sie hat ihre Sache wirklich gut gemacht.«

Saphira schloss für einen Moment die Augen und zählte innerlich bis zehn, bis sie ihre Gefühle wieder unter Kontrolle hatte. Dann warf sie einen sachlichen Blick auf ihre Situation und auf Rabias Verhalten. War es richtig gewesen, dass Rabia sich einfach über sie hinweggesetzt hatte? Nein. Aber das Ergebnis sprach für sie. Und welche anderen Optionen hatte sie denn schon? Wenn ihre *famiglia* weiterhin führungslos blieb, würde das nur weitere Probleme verursachen und sie außerdem zu einer Zielscheibe innerhalb der Cosa Nostra machen. Denn die reagierte nicht gerade freundlich auf Schwäche. Und sie konnte nicht alles auf Emilios Schultern abladen. Denn der hatte mit ihrer Verletzung und Madox' Verrat schon wahrlich genug zu tun.

Saphira seufzte leise, bevor sie Rabia ansah und nickte. »Na gut. Du übernimmst die Führung der *famiglia*, bis ich wieder gesund bin. Aber ich möchte, dass du alle Entscheidungen entweder mit mir oder Emilio absprichst. Keine Alleingänge. Unter keinen Umständen.«

Rabia lächelte und trat neben das Bett, ergriff erneut ihre Hand. »Ich verspreche es. Es wird alles gut werden, Saphira. Wir sind eine Familie, und ich werde dich nicht enttäuschen.« Damit ließ Rabia ihre Hand wieder los. »Ich gehe jetzt besser. Du brauchst bestimmt Ruhe. Werd bald wieder gesund.« Damit drehte sich Rabia um und verließ das Krankenzimmer genauso schnell, wie sie es betreten hatte.

Saphira blieb mit einem leicht mulmigen Gefühl zurück. Aber so ginge es wahrscheinlich jedem, sagte sie sich, der gerade sein Familiengeschäft in die Hände einer anderen Person gelegt hatte.

Sie sah Emilio an. »Wir müssen reden.«

EMILIO

Bereits als er die Entscheidung getroffen hatte, dass er Rabia zu diesem Treffen gehen lassen und sie begleiten würde, hatte er gewusst, dass Saphira nicht begeistert sein würde. Als sie ihn jetzt ansprach, wurde ihre Wut mehr als deutlich. Es lag nicht so sehr an den Worten, die sie wählte, sondern an der Tonlage. Denn immer, wenn sie wirklich zornig war, wurde ihre Stimme ganz ruhig. Als würde sie das alles überhaupt nicht berühren.

»Ich hatte keine Wahl«, verteidigte er sich.

»Keine Wahl? Du hättest mich verflucht noch mal anrufen müssen, bevor du Rabia zu so einem Trip begleitest! Es ist *meine famiglia*. *Mein* Erbe! Was, wenn die Gang euch beide umgebracht hätte? Wenn es eine Falle gewesen wäre?«

»Du hast recht. Aber welche Wahl haben wir denn, Saphira? Die Gang sitzt uns im Nacken. Wir sind in einer denkbar schlechten Lage. Und frag mich nicht wie, aber Rabia hat es geschafft, ein Treffen mit dem Anführer zu arrangieren. Mir gefällt diese Geschichte auch nicht. Aber was hätte ich tun sollen? Sie allein gehen lassen?«

»Nein, natürlich nicht. Aber …« Sie führte ihren Satz nicht zu Ende, sondern seufzte nur.

Emilio gefiel es nicht, Saphira so zu sehen. Sie waren zusammen aufgewachsen, und sie war für ihn immer so etwas wie eine Schwester gewesen. Noch vor seiner Ausbildung hatte er es sich zur Aufgabe gemacht, sie zu beschützen. Und sie jetzt so … schwach und ohne Kampfgeist zu sehen, tat ihm weh.

Dennoch wusste er, dass er das Richtige getan hatte. Rabia musste mit einigen *uomini d'onore,* Männern der Ehre, wie die Mitglieder der Cosa Nostra genannt wurden, gesprochen haben, denn als er auf dem Anwesen der De Angelis eintraf, hatte sie bereits alles arrangiert. Er wusste nicht, wie es ihr gelungen war, aber er hatte vor, das herauszufinden.

»Beobachte Rabia«, sagte Saphira in diesem Moment und holte ihn damit aus seinen Gedanken. »Ich will ständig über alles informiert werden. Sie hat so etwas noch nicht gemacht und wird wahrscheinlich deine Unterstützung brauchen.«

Er nickte. Das hatte er sowieso vorgehabt, wenn auch aus einem etwas anderen Grund. »Sobald Federico wieder da ist, gehe ich und kümmere mich um alles.« Damit meinte er auch ihre Verlegung. Das Krankenhaus war nicht mehr sicher. Wahrscheinlich kam der Attentäter von den Vargas, die Saphiras Schwäche ausnutzen wollten. Er musste sie an einen Ort bringen, den niemand kannte.

»Geh jetzt. Er ist bestimmt gleich zurück, und ich kann ein bisschen Zeit für mich alleine gebrauchen.«

»Aber …«, protestierte er.

»Kein Aber. Wer auch immer den Mann geschickt hat, wird nicht zweimal an einem Tag versuchen, mich zu töten. Außerdem war es keine Bitte, Emilio.«

SAPHIRA

Mit einem leisen Klicken fiel die Tür ins Schloss, und sie war wieder allein. Saphira ließ sich zurück in die Kissen sinken und schloss die Augen.

Sie hatte die Kontrolle über ihre *famiglia* abgeben müssen. Weil sie zu schwach war, um sie zu leiten. Jedenfalls im Moment.

Und das musste sie bereits zum zweiten Mal erleben. Nach dem Tod ihrer Eltern und ihres kleinen Bruders hatte sie sich auch verstecken müssen, bis sie wieder stark genug gewesen war. Das hatte ihrer *famiglia* geschadet, und sie hatte lange gebraucht, bis sie das wieder in Ordnung gebracht hatte.

Aber dieses Mal würde es anders werden. Dieses Mal würde sich jemand, dem sie vertrauen konnte, um die Geschäfte kümmern. Würde dafür sorgen, dass ihr Erbe nicht schon wieder im Ruin versank. Dieses Mal würde alles gut werden.

Ein gequältes Schluchzen kam ihr über die Lippen. Warum fühlte sie sich dann nur so verdammt schwach? So unglaublich hilflos? Als wäre sie eine einzige Last für alle um sie herum?

All die Schmerzen, die Qualen und die Verzweiflung, die sich in ihr angestaut hatten, brachen sich Bahn, und Saphira weinte. Sie konnte die Tränen einfach nicht länger zurückhalten, und ein Schluchzer nach dem anderen erschütterte ihren

Körper. Dabei schmerzte ihre Wunde und erinnerte sie damit immer wieder an den Grund für ihre Tränen.

Aber als Federico später zurückkehrte, um seinen Posten vor ihrer Tür einzunehmen, war von ihrem Zusammenbruch keine Spur mehr zu sehen. Sie hatte sich zusammengerissen. Wie sie es immer tat. Sie würde keine Schwäche mehr zeigen. Vor niemandem.

Genau in diesem Moment vibrierte ihr Handy auf dem Tisch neben dem Bett. Sie nahm es in die Hand und erstarrte, als sie den Namen auf dem Display sah.

Eine Nachricht von Madox.

Madox: Sag mir, dass du überlebt hast.

Kapitel 4

MADOX

Er hatte den Leichnam seines Onkels im Keller zurückgelassen, als er nach oben zurückgekehrt war. Es war ihm egal, ob Giuseppes Körper dort unten verrottete oder ob man ihn später wegbrachte. Madox hatte bekommen, was er wollte: Rache.

Jetzt, nachdem er sich das Blut abgewaschen hatte, wollte er mit Antonio sprechen, um zu klären, wie es weitergehen sollte. Er war sich zwar sicher, dass er die Führung der *famiglia* übernehmen wollte, wusste aber nicht recht, wie er dies am besten anfangen sollte.

Madox wünschte sich, dass er Saphira fragen könnte. Sie wusste, wie es sich anfühlte, wenn man plötzlich vor dieser Aufgabe stand. Sie hatte es bereits getan, und sie hatte verdammt gute Arbeit geleistet. Aber er war sich ziemlich sicher, dass sie ihm gegenüber gerade nicht in hilfsbereiter Stimmung war.

Dennoch hatte er nicht widerstehen können, sie zu kontaktieren. Seine Sorge war zu groß gewesen. Er schob eine Hand in die Hosentasche und strich mit dem Finger über das Handy. Er hatte einfach wissen müssen, ob es ihr gut ging. Auch wenn die Chancen, dass sie ihm antworten würde, wahrscheinlich im negativen Bereich lagen. Aber er hatte es versuchen müssen.

Also musste er mit seiner zweiten Option vorliebnehmen: Antonio. Da konnte er zwar nicht sicher sein, dass er auch ehrliche Antworten bekam, aber er würde das schon irgendwie hinkriegen. Schließlich konnte man auch aus unehrlichen Antworten eine Konsequenz ziehen.

Seine Schritte wurden von dem dunklen Teppich geschluckt, als er durch die pompöse Eingangshalle ging und die Treppe in den ersten Stock hinaufstieg. Überall hingen Gemälde oder standen Statuen herum. Es wirkte fast, als würde man sich in einem Museum befinden. Fehlten nur noch kleine Schilder, auf denen »Anfassen verboten« stand.

»He, wer bist du?«, ertönte da plötzlich eine Stimme hinter ihm, und er vernahm das metallische Klicken einer Pistole, als der Hahn gespannt wurde.

Langsam drehte sich Madox um. Er hatte ja befürchtet, dass seine Fremdheit zu Problemen führen könnte.

»Madox Varga«, antwortete er ruhig und schätzte dabei ab, ob er es schaffen würde, den Mann zu überwältigen und ihm die Waffe abzunehmen, bevor sich der erste Schuss löste.

»Varga?« Der andere runzelte die Stirn. »Ich hab dich hier noch nie gesehen.«

»Ich war beschäftigt.«

Der Mann, über dessen gesamtes Gesicht quer eine lange Narbe verlief, grinste und schien sich zum Schießen bereit zu machen. »Na klar.«

Madox spannte sich an, bereit, jeden Moment loszustürzen. Aber da erklang eine zweite, ihm vertraute Stimme.

»Was tust du denn da?«

Der junge *soldato*, der Madox in den Keller begleitet hatte, trat neben ihn und sah den anderen wütend an. »Das ist Salvatores Sohn! Er ist unser neuer *capo*! Ich hab es dir und den anderen doch erzählt.«

Der andere ließ die Waffe sinken. »Du hast aber kein verfluchtes Foto dazugelegt, Lauro!«

Der Angesprochene zuckte zusammen, und Madox beschlich das Gefühl, dass der junge *soldato* von allen als Fußabtreter benutzt wurde. Auch Antonio war nicht gerade zimperlich mit ihm umgesprungen. Er erinnerte Madox irgendwie an Damiano. Und das nicht nur, weil er die gleichen grünen Augen hatte. Damiano war am Anfang auch von allen wie ein Außenseiter behandelt worden und hatte für jeden die Drecksarbeit erledigen müssen.

Der Mann mit der Waffe sah sie beide noch einmal abschätzend an, bevor er sich umdrehte und den Gang hinunter verschwand.

»Wer war das?«, fragte Madox, als er weg war.

»Paolo. Er ist einer der *capodecina* und hat eng mit Giuseppe und Antonio zusammengearbeitet.«

Madox nahm sich vor, den Mann im Auge zu behalten. »Wo ist Antonio überhaupt?«

Überrascht sah Lauro ihn an. »Das hat er dir nicht gesagt?« Auf Madox' Blick hin wurde er rot und trat von einem Fuß auf den anderen. »Natürlich nicht, sonst hättest du ja nicht gefragt«, murmelte er.

»Also?«, hakte Madox nach, als Lauro weiterhin schwieg.

»Er trifft sich mit einem potenziellen Abnehmer für die Waffen, die bei dem Deal der De Angelis übernommen werden konnten.«

Madox ballte eine Hand zur Faust. Nein, das hatte Antonio ihm nicht gesagt. Dabei hätte er das machen müssen. Schließlich hatte er ihm doch seine Unterstützung angeboten, oder? Sie hätten zusammen zu diesem Treffen gehen müssen. Und sein Instinkt sagte ihm, dass Antonio ihm das aus einem bestimmten Grund verheimlichte.

Es sah ganz danach aus, als müsste er ein ernsthaftes Gespräch mit Antonio führen.

»Er wollte, dass ich dir noch etwas ausrichte«, murmelte Lauro mit unsicherer Stimme und unterbrach damit seine Gedanken.

»Und das wäre?«

»Er sagt, dass er dir gerne die *uomini d'onore* vom Hals gehalten hat, während du da unten beschäftigt warst.«

Madox hatte sich schon gefragt, warum er im Keller so ungestört gewesen war. Jetzt wusste er, wieso. Dabei wäre es ihm lieber gewesen, wenn Antonio das nicht getan hätte. Dann hätte er direkt eine klare Nachricht verbreiten können.

In diesem Moment vibrierte sein Handy. Madox ließ sich nichts anmerken, aber er verabschiedete sich von Lauro und war innerhalb weniger Minuten in einem der Gästezimmer, das er von jetzt an für sich beanspruchen würde. Denn er wollte mit Sicherheit nicht in Giuseppes Räumlichkeiten wohnen. Dort zog er das Smartphone hervor.

Eine Nachricht von Saphira.

Saphira: Ich werde dich töten.

RABIA

Rabia lief durch den Flur, ein leichtes Lächeln auf den Lippen. Warmes Sonnenlicht schien durch die Fenster, und als sie nach draußen auf das Anwesen der De Angelis sah, konnte sie bereits die ersten Anzeichen des nahenden Herbstes sehen. Die Blätter der Bäume begannen sich langsam zu verfärben, und obwohl die Sonne noch immer Kraft hatte, war es schon merklich kälter als im Sommer geworden. Es war genau der richtige Zeitpunkt gewesen, nach Palermo zurückzukehren.

Es war geradezu perfekt, dass es für Saphira im Moment nicht so gut lief. Rabia hatte ja gehofft, dass der geplatzte Waffendeal ihr in die Hände spielen würde, aber dass es jetzt so schlecht lief, war wunderbar. Jetzt konnte sie sich endlich beweisen. Bis alle merkten, dass sie der bessere *capo* war. Bis alle wussten, dass Saphira völlig überflüssig war.

Grinsend betrat Rabia das Büro des *capo*, das jetzt endlich ihr Domizil war, und setzte sich hinter den großen Schreibtisch.

Wie oft hatte sie auf der anderen Seite gestanden, Saphira beobachtet und sich gedacht, dass das ihr Platz war? Wie oft hatte sie sich gewünscht, dass Saphira endlich verschwand?

Jahrelang hatte sie daran gearbeitet, hatte Schwachpunkte gesucht und war immer wieder gegen eine Mauer gerannt. Nach dem Tod ihrer Eltern und ihres kleinen Bruders war Saphira quasi unverwundbar geworden. Sie hatte niemals jemanden zu nah an sich herangelassen, hatte keine Schwächen offenbart.

Aber jetzt schien Rabias Zeit endlich gekommen zu sein.

Sie ließ die Hände über das glatte Holz gleiten, bevor sie sich im Stuhl zurücklehnte und an die Decke blickte.

Es war nicht immer so gewesen. Sie hatte sich nicht immer nur nach Rache gesehnt. Eine ganze Zeit lang war ihre Freundschaft mit Saphira echt gewesen. Als sie Kinder gewesen waren, Teenager. Aber dann hatte der Autounfall, bei dem Saphiras Familie ums Leben gekommen war, alles verändert. Saphira war verschwunden, und Rabia war allein zurückgeblieben. Warum hatte sie nicht mit ihr gehen können? Vito, Stella, Leandro und Emilio hatten sie begleitet. Aber Rabia hatten sie zurückgelassen.

Natürlich war sie zurechtgekommen. Schließlich war die *famiglia* immer noch aktiv gewesen, wenn auch im Untergrund.

Aber man hatte sich um sie gekümmert. Und als sie dann *ihn* kennengelernt hatte, hatte sich endlich alles zum Besseren gewendet. Jedenfalls hatte sie das gedacht.

Sie hatte Paco im Supermarkt kennengelernt. Er hatte sie angesprochen und auf einen Kaffee eingeladen. Er war älter gewesen und ihre erste große Liebe. Sie hätte alles für ihn getan, so wie er für sie. Dass er Mitglied einer Drogengang war, hatte sie nicht weiter interessiert. Es war einfach nur ein Job. Und schließlich nahm er das Zeug nicht selbst. Also was kümmerte es sie?

Genauso wenig hatte sie es interessiert, dass Pacos Gang auf Palermos Straßen Drogen verkaufte.

Ihre Liebe war stürmisch gewesen, hatte ihr den Boden unter den Füßen weggerissen und sie auf Wolke sieben befördert. Dann hatte Paco ihr auch noch einen Heiratsantrag gemacht, und alles war perfekt gewesen. Sie hatte sich mit Feuereifer in die Hochzeitsplanungen gestürzt. Vergessen waren Saphira und ihre *famiglia*.

Aber dann war Saphira zurückgekehrt. Und was war das Erste gewesen, das sie zu Rabia gesagt hatte, nachdem sie sich so lange nicht gesehen hatten?

Hast du mitbekommen, dass eine Gang Drogen auf meinem Gebiet verkauft? Ich werde etwas dagegen unternehmen.

Seufzend schloss sie die Augen, als die Erinnerung sie überkam.

Paco lächelte sie an, hob die Hand und strich ihr eine verirrte Strähne aus dem Gesicht. »Du bist so schön, cara mia.«

»Du Schmeichler.« Sie lächelte.

Er schüttelte den Kopf. »Nein, es ist die Wahrheit. Schon als ich dich das erste Mal gesehen habe, war ich von deiner Schönheit wie geblendet.«

Sie lagen auf einer Decke am Strand. Möwen kreisten am blauen Himmel über ihnen, sangen zwischendurch ein kleines Lied, bevor sie wieder verstummten. Die frische Meeresluft spielte mit ihrem Haar, streichelte über ihre Haut und kitzelte ihre Nase mit frischem Duft.

Paco lag neben ihr auf der Seite, hatte einen Ellbogen aufgestützt und das Kinn in der Handfläche. Sein sanfter Blick ruhte auf ihr, und sein Lächeln bezauberte sie. Er hatte ein kleines Grübchen auf der linken Seite, das nur auftauchte, wenn er sie anlächelte.

»Du übertreibst doch.«

»Würde ich niemals«, murmelte Paco, beugte sich zu ihr und presste seine Lippen auf ihre.

Wie immer, wenn sie sich berührten, kribbelte ihr ganzer Körper von Kopf bis Fuß. Es fühlte sich immer wieder an, als wäre es das erste Mal. Als würden sie sich zum ersten Mal ansehen, zum ersten Mal an den Händen halten, zum ersten Mal küssen.

So eine Liebe gab es nur einmal im Leben, und Rabia spürte – sie und Paco, das war etwas für die Ewigkeit.

Er löste sich wieder von ihr und sah sie an. »Du weißt, wie viel du mir bedeutest, oder?«

Sie lächelte. »Ich bin mir nicht sicher. Sag es mir noch einmal.«

Schmunzelnd betrachtete er sie, hob die freie Hand und legte sie an ihre Wange, streichelte mit dem Daumen ihre von der Sonne gewärmte Haut.

»Du bist mein Sonnenschein in einer ansonsten dunklen Welt, Rabia. Du bist mein letzter Gedanke am Abend und mein erster am Morgen. Meine ganze Welt bist du. Und ich würde alles für dich tun.« Er neigte den Kopf zu ihr, bis sich ihre Lippen sanft berührten und sich ihr Atem vermischte. »Ich liebe dich, Rabia.«

»Und ich liebe dich«, flüsterte sie zurück, sicher, dass sie platzen müsste vor Glück.

In diesem Moment klingelte Pacos Handy, und er lehnte sich seufzend zurück, kramte in ihrer Tasche und nahm den Anruf entgegen. »Boss. Was gibt es?« Er hörte eine ganze Weile lang zu. »Natürlich. Ich erledige das sofort.« Als er das Gespräch beendete, lächelte er ihr bedauernd zu. »Ich muss los. Der Boss will, dass ich ein paar unserer Dealer neu versorge.«

»Natürlich. Sehen wir uns heute Abend?«

»Das würde ich mir um nichts in der Welt entgehen lassen.«

Rabia war es egal, womit Paco sein Geld verdiente. Er dealte mit Drogen. Na und? Sie war in der Cosa Nostra aufgewachsen. Das konnte sie nicht erschrecken. Und als Paco sie jetzt wieder küsste, hatte sie schon wieder vergessen, was sein Beruf war.

Nichts davon war von Bedeutung. Nur Paco und sie zählten. Nichts und niemand würde sie je trennen können.

Blinzelnd kam Rabia in die Gegenwart zurück. Stille Tränen rannen ihr über die Wangen. Jemand hatte sie und Paco getrennt. Eine Trennung, die nicht wieder rückgängig gemacht werden konnte.

Bevor Rabia Paco hätte warnen können, hatte Saphira ihren Plan schon in die Tat umgesetzt. Um ihre Position wieder zu festigen, hatte sie als Erstes einen Supermarkt in die Luft gesprengt, in dem sich eine Drogengang verschanzt hatte. Paco und seine Leute. An diesem Tag hatte Saphira ihre große Liebe getötet, bevor Rabia eine Chance auf ein glückliches Leben mit Paco gehabt hatte.

Das war der Tag, an dem Rabia beschlossen hatte, Rache zu nehmen. Sie hatte lange überlegt, aber dann hatte sie endlich einen Plan gefasst. Sie würde Saphira das Gleiche antun, was sie Rabia angetan hatte. Sie würde alle Menschen, die Saphira etwas bedeuteten, töten. Und dann würde sie Saphira umbringen.

Rabia lachte leise. Endlich schien ihr Plan in greifbare Nähe gerückt zu sein.

Sie wollte gerade die Eingangstür öffnen, als diese vor ihrer Nase geöffnet wurde und Emilio hereinkam.

Er grüßte sie mit einem Nicken. »Du gehst schon wieder?«

Sie lächelte. »Ich hab noch einen Friseurtermin. Ich bin in ein paar Stunden zurück.« Rabia konnte seinen Blick nicht richtig deuten, aber sie kümmerte sich nicht weiter darum, sondern rauschte einfach an ihm vorbei und stieg in ihr Auto. Im Rückspiegel sah sie, dass Emilio ihr hinterhersah.

Saphiras Chefleibwächter konnte noch zu einem Problem für sie werden. Er war seinem *capo* treu ergeben und würde, anders als bestimmt manch andere Mitglieder der *famiglia*, niemals die Seiten wechseln. Früher oder später würde sie ihn also aus dem Weg räumen müssen. Aber noch wäre das zu auffällig. Außerdem konnte er ihr auch noch nützlich sein. Schließlich hatte er sie bei dem Gespräch mit Saphira unterstützt. Rabia hatte jetzt so viele Jahre Geduld bewiesen. Da würden die nächsten Wochen auch keinen Unterschied mehr machen.

Ihr Weg führte sie aus der Stadt hinaus, bis sie eine großzügig angelegte Finca erreichte. Das Anwesen war von einer hohen Mauer umgeben, aber nachdem sie ihren Namen über die Gegensprechanlage gesagt hatte, öffnete sich das eiserne Tor, und sie konnte dem Kiesweg zur Finca folgen. Der türkisfarbene Pool glitzerte im Sonnenlicht, und das aus hellem Sandstein erbaute Gebäude glich einem kleinen Palast. Palmen säumten die Auffahrt und spendeten an einer Seite des Pools Schatten.

Rabia stellte das Auto ab und stieg aus. Ein von Kopf bis Fuß tätowierter Kerl, der aussah, als würde er zum Spaß Schädel einschlagen, öffnete ihr die Tür. Auf ihrem Weg zu einem der Schlafzimmer warf sie einen flüchtigen Blick auf die mit weißem Pulver gefüllten Päckchen und die Männer, die kleine Pillen in Plastiktütchen verpackten.

Als sie das Schlafzimmer betrat, wurde gerade eine Dusche abgestellt, und kurze Zeit später kam ein Mann ins Zimmer. Seine Statur war die eines Kämpfers. Sonnengebräunte Haut spannte sich über stahlharte Muskeln, die Hände waren voller Schwielen, und die Narben zeugten von vielen Kämpfen. Sie wusste, dass er alle gewonnen hatte. Bis auf einen.

»Rabia«, sagte der Mann mit tiefer Stimme und ließ den Blick über sie gleiten. Ein Grinsen schlich sich auf seine Lippen, und mit dem brennenden Blick aus seinen dunklen Augen tastete er ihren Körper ab.

»Jacob«, säuselte sie.

Er ließ das Handtuch fallen und kam in seiner ganzen, nackten Pracht auf sie zu. Sie widersetzte sich nicht, als er sie in die Arme zog und den Kopf an ihrem Hals vergrub. Es war nie eine gute Idee, sich Jacob zu widersetzen. Außerdem hatte sie auch gar keinen Grund dazu. Schließlich war er ihr Partner in dieser Geschichte.

»Ich habe mit Saphira gesprochen«, flüsterte sie ihm ins Ohr.

Seine Hände umfassten ihre Hüften fester. »Und?«

»Vor dir steht der neue *capo* der De Angelis. Obwohl es bald eher *famiglia* Ferrera heißen wird.« Sie lehnte sich zurück und grinste ihn an.

»Also läuft alles nach Plan«, stellte Jacob zufrieden fest.

»Das tut es. Verkauf du nur weiter die Drogen. Das wird Saphira in Zukunft beschäftigt halten. Denn sobald es ihr wieder besser geht, werden ihr die Drogen auffallen.«

Denn deswegen war Jacob hier. Er hatte zwar auch seine eigenen Pläne, aber die interessierten sie nicht weiter. Was ihr allerdings etwas bedeutete, war, dass Jacob eine Drogengang anführte. Sie kannte nicht viele Details über seine Vergangenheit. Nur, dass er ein berüchtigter Kämpfer in irgendeinem Untergrundkämpferring gewesen war. Aus irgendeinem Grund hatte er sich dann vor einigen Jahren aus dem Kämpferbusiness zurückgezogen und seine Verbindungen zur Untergrundszene genutzt, um einen eigenen Drogenhändlerring aufzubauen.

Und sein eigener Rachedurst sorgte dafür, dass auch er sich an den De Angelis rächen wollte. Oder eher an einer ganz bestimmten Person.

Also hatten sie einen Pakt geschlossen: Jacob war einer derjenigen gewesen, die auf die Waffen aus dem geplatzten Deal scharf gewesen waren. Das versetzte ihn jetzt in die ideale Lage, um Druck zu machen. Gleichzeitig vertickte er seine Drogen in Palermo, um Saphira abzulenken. So würde sie nicht merken, dass Rabia heimlich Stimmung gegen sie machte. Und natürlich auch, um Geld zu machen. Am Ende würde er ihr dabei helfen, Saphira alles zu nehmen, was ihr etwas bedeutete, und Rabia würde ihm im Gegenzug bei seiner Rache helfen. Jedenfalls hatte sie ihm das erzählt.

»Willst du mir etwa Befehle erteilen, Rabia?«, knurrte Jacob ihr ins Ohr und brachte sie damit in die Gegenwart zurück. Plötzlich wurde sein Griff schmerzhaft fest, und sie beeilte sich, ihm einen raschen Kuss zu geben.

»Würde mir im Traum nicht einfallen.«

»Gut.«

Bevor er sie küssen konnte, legte sie ihm einen Finger auf den Mund. »Aber es gibt noch etwas, über das wir sprechen müssen.«

Er sah sie ungeduldig an. »Was denn?«

»Saphira wird die Drogen bald bemerken, und dann wird sie mich fragen, warum ich nichts dagegen unternehme.«

»Denk dir was aus«, murrte Jacob und leckte ihr über den Hals.

Sie gab ein leises Wimmern von sich und rieb ihr Becken an seinem harten Schwanz. »Das habe ich schon«, antwortete sie grinsend. Sie legte den Mund an sein Ohr und flüsterte ihm ihren Plan zu. Als sie fertig war, lehnte sich Jacob zurück und sah sie mit einem breiten Grinsen an.

»Du bist ein Biest«, verkündete er stolz, und sie lachte.

Doch dann schien er endgültig genug geredet zu haben, denn schon machte er sich über ihren Mund her, als gäbe es einen Kampf zu gewinnen. So war es bei ihm immer schon gewesen. Nichts an ihm war sanft. Weder bei seinen Geschäften noch beim Sex. Wie oft hatte sie sein Bett schon mit Spuren verlassen, die sie einige Zeit begleitet hatten? Dabei war das normalerweise gar nicht ihr Ding. Aber Sex war ein wertvolles Instrument der Manipulation, also spielte sie mit.

Rabia stöhnte im richtigen Moment und rieb sich verlangend an ihm. Hitze erblühte in ihrem Unterleib, und sie sprang an Jacob hoch, ließ sich von ihm gegen seine Erektion drücken. Seine Hände umfingen ihren Hintern, drückten ihre Pobacken schmerzhaft fest. Währenddessen dachte sie daran, welches Glück sie doch gehabt hatte, ihn zu finden.

Nach Leandros Tod hatte sie Palermo verlassen müssen, bis sich alles wieder etwas beruhigt hatte. Und sie hatte etwas erledigen müssen, denn es hatten sich erste Risse in Saphiras eisiger Rüstung gezeigt. Risse, die sie Madox verdankte. Irgendwie hatte es dieser Mann geschafft, dass Saphira angreifbar wurde.

Also hatte Rabia versucht, alles über ihn herauszufinden. Da ihre eigene Familie in Madox' amerikanischer Heimat gute Kontakte hatte, war es ihr leicht gefallen, diese zu nutzen. Schließlich hatte sie den Untergrundring gefunden, in dem Madox groß geworden war.

Allerdings hatten ihre Nachforschungen die Aufmerksamkeit einer ganz bestimmten Person auf sie gelenkt: Jacob.

Er hatte sie gefunden, und Rabia hatte beinahe sofort sein Potenzial erkannt. Denn Jacob hatte noch nie einen Kampf verloren – bis auf den gegen Madox. Sie waren beide in diesem Untergrundring zu Kämpfern, zu Monstern, herangezogen worden. Und seit Jacob Madox unterlegen gewesen war, hatte er Rache gewollt.

Das hatte sie einander unmittelbar näher gebracht. Rabia, die immer in Saphiras Schatten gestanden hatte, aber der viel bessere *capo* wäre. Und Jacob, der immer in Madox' Schatten gestanden hatte, sich aber für den viel besseren Killer hielt.

Und wenn Rabia eins konnte, dann war es, Menschen zu manipulieren und für ihre Zwecke zu nutzen. Auch Jacob hatte ihr nicht widerstehen können.

In diesem Moment riss Jacob ihr die Kleidung vom Leib und warf sie aufs Bett. Während er sich über ihren Körper schob und tief in sie eindrang, stöhnte Rabia lustvoll.

Ja, ihre Rache war nah.

SAPHIRA

Bevor Emilio sie an diesem Morgen angerufen hatte, hatte sie geglaubt, dass es nicht mehr schlimmer kommen konnte. Aber sie hatte sich geirrt.

Anscheinend hatte er einen Anruf vom Polizeichef erhalten, der von ihm wissen wollte, wieso Saphira nichts gegen die Drogen auf ihrem Gebiet unternahm. Schließlich hatten sie doch einen Deal, dass sie sich um solche Dinge kümmerte. Saphira hasste Drogen, hatte es schon immer getan. Sie wollte nichts von diesem Dreckszeug auf ihren Straßen. Und das war ihr auch gelungen, seit sie nach dem Autounfall nach Palermo zurückgekehrt war.

Ihre *famiglia* verdiente ihr Geld hauptsächlich mit illegalem

Glücksspiel, Waffendeals und Schutzgelderpressung. Denn genauso wenig wie sie mit Drogen handelte, handelte Saphiras *famiglia* mit Prostitution, was von jedem wahren *uomo d'onore* als verbotenes Geschäft angesehen wurde.

Jetzt war sie ans Bett gefesselt, und jemand schien ihren Regeln keine Beachtung mehr zu schenken. Aber dieses Mal würde Saphira nicht schon wieder klein beigeben. Sie *musste* etwas unternehmen, oder sie würde nicht mehr in den Spiegel sehen können.

Wie auf Kommando wurde die Tür zu ihrem Krankenzimmer geöffnet und Rabia kam herein, brachte den Duft eines blumigen Parfüms mit sich.

»Saphira, wir müssen reden.«

Sie schüttelte den Kopf. »Das muss warten.« Sie hatte Rabia aus einem bestimmten Grund zu sich gerufen. »Es werden Drogen auf meinem Gebiet verkauft. Weißt du etwas darüber?«

Rabia seufzte und setzte sich in den Stuhl. »Ich weiß es nicht. Ich habe doch erst gestern die Führung übernommen und war vorher wochenlang nicht in der Stadt. Ich hatte gehofft, dass du mir weiterhelfen kannst.«

Saphira deutete auf ihre Umgebung. »Ich liege in einer Privatklinik, Rabia! Wenn Emilio mich nicht angerufen hätte, hätte ich gar nichts davon mitbekommen.«

»Ich hätte heute sowieso mit dir sprechen müssen.«

Saphira ignorierte den betroffenen Gesichtsausdruck ihrer Freundin. »Das kann warten. Wir müssen etwas gegen das Drogenproblem unternehmen!« Denn sie waren nicht nur durch Saphiras Verletzung geschwächt, sondern auch finanziell durch den geplatzten Waffendeal. Das bedeutete, dass sie keine neuen Waffen kaufen konnten, und auch daran mangelte es ihnen im Moment. Und als wäre das noch nicht schlimm genug, waren bei den Übergriffen der letzten Zeit viele Mitglieder der *famiglia* getötet worden, was ihre Anzahl stark dezimiert hatte. Daher sollten sie eigentlich jede Unternehmung, die sie weiter schwächen konnte, vermeiden.

»Das geht nicht«, murmelte Rabia und holte sie damit in die Gegenwart zurück.

»Was meinst du damit?«

»Wir können nichts gegen die Drogengang unternehmen. Darüber wollte ich gerade mit dir sprechen.«

»Und wieso nicht?«, fragte sie wütend.

»Weil heute Morgen eine Leiche vor unserem Tor lag, Saphira. Einer unserer Leute. Er war übel zugerichtet, und auf seiner Brust klebte ein Zettel mit einer Warnung.«

Saphiras Magen verknotete sich. Ein weiterer Toter auf der Liste. »Und die wäre?«

»Für jeden Versuch, etwas gegen die Drogen zu unternehmen, wird eine weitere Person sterben.«

Saphira ballte eine Hand zur Faust. Wut verknotete ihren Magen immer weiter, bis alles schmerzte.

In diesem Moment kam der Arzt für seine tägliche Visite ins Zimmer. Saphira wollte ihn gerade wieder hinausschicken, als Rabia aufsprang und kurz ihre Hand drückte.

»Ich kümmere mich darum, Saphira«, versprach sie noch, dann war sie auch wieder verschwunden.

Und Saphira blieb mit dem schlechten Gefühl zurück, dass sie nicht das letzte Wort gehabt hatte.

Kapitel 5

MADOX

Die Stimmen waren leise, beinahe nicht zu verstehen. Dennoch blieb Madox stehen, als er seinen Namen hörte, und lauschte in die darauffolgende Stille.

Er stand in einem der eher weniger frequentierten Flure der Villa der Vargas, von dem nur wenige Zimmer abgingen. Er hatte einen kleinen Spaziergang hierher unternommen, um den ständigen Blicken zu entgehen, die ihm überall sonst auflauerten.

Dass er aber plötzlich Zeuge eines Gesprächs wurde, das man offensichtlich versuchte, geheim zu halten, damit hatte er nicht gerechnet.

»Madox ist ein verfluchter Mistkerl«, zischte eine Männerstimme.

Madox drückte sich mit dem Rücken an die Wand und drehte den Kopf so, dass sein Ohr an der Wand lag. Direkt vor ihm war eine Tür nicht vollständig geschlossen worden, entweder aus Eile oder aus Unachtsamkeit. Und nur deswegen hatte er überhaupt bemerkt, dass er hier nicht allein war. Aber wer unterhielt sich da?

»Ich bin ganz deiner Meinung. Mir gefällt die Art und Weise nicht, wie er sich hier bewegt. Als würde ihm bereits alles gehören.«

Madox runzelte die Stirn. Er hatte diese Stimme schon einmal gehört, konnte sich im Moment aber leider nicht erinnern, wo oder zu wem sie gehörte. Es war auf jeden Fall niemand, den er schon länger kannte.

»Lange kann ich ihm nichts mehr vorspielen. Ich bin mir sowieso schon sicher, dass er Verdacht schöpft.« Das war wieder die erste Stimme.

Und jetzt erkannte Madox sie auch. Das war Antonio.

»Was hast du also vor?«

»Ich bin mir noch nicht ganz sicher. Einen offenen Kampf werde ich wohl kaum gewinnen können«, meinte Antonio.

Der andere lachte. »Stimmt. Der Typ ist riesig. Ob die ihm wohl irgendwelche Drogen gespritzt haben, als er in Amerika war?«

Einen Moment herrschte Schweigen, aber da Madox auch keine Schritte hörte, verließ er seinen Posten noch nicht.

»Ich weiß nicht, was sie da mit ihm gemacht haben, aber hast du ihm mal in die Augen gesehen? Als wäre er eine seelenlose Maschine.«

Beinahe hätte er laut gelacht. Genau das war der Sinn seiner *Ausbildung* in den Staaten gewesen. Man hatte ihn zu einer seelenlosen Killermaschine machen wollen. Und anscheinend war er das immer noch, selbst nach all diesen Jahren.

»Was wäre denn, wenn ...« Das war wieder Antonio.

»Vergiss es. Ich werde ihn bestimmt nicht herausfordern.«

Endlich fiel Madox wieder ein, woher er die andere Stimme kannte. Sie gehörte zu Paolo, dem *capodecina*, der ihn im Flur mit einer Waffe bedroht hatte, weil er Madox nicht gekannt hatte. Und der dank der langen Narben so aussah, als hätte jemand versucht, ihm die Haut vom Gesicht abzuziehen, und wäre dabei gescheitert.

Lauro hatte gesagt, dass er und Antonio eng zusammenarbeiteten. Anscheinend entsprach das der Wahrheit. Es sah ganz danach aus, als wäre der junge *soldato* der Einzige, dem Madox auch nur ansatzweise vertrauen konnte.

»Dann müssen wir noch eine Weile weiter mitspielen. Und ich werde mir etwas überlegen, wie wir ihn loswerden können. *Capo* dieser *famiglia* wird er mit Sicherheit nicht. Denn das werde ich sein.«

»Und ich werde dir dabei helfen«, antwortete Paolo.

»Sprich einfach weiter mit jedem Mitglied der *famiglia*, bei dem es dir irgendwie so vorkommt, als wäre ihm Madox nicht geheuer. Erzähl ihnen alles, was sie dazu bringt, sich nicht Madox anzuschließen und auf unserer Seite zu kämpfen, falls es so weit kommen sollte.«

Danach folgte keine Antwort mehr, dafür aber Schritte. Schnell entfernte sich Madox von seiner Position und versteckte sich im nächstgelegenen Zimmer. Er schloss die Tür nicht vollständig hinter sich und konnte so durch einen dünnen Spalt beobachten, wie Antonio und Paolo den anderen Raum verließen. Beide hatten ein zufriedenes Lächeln im Gesicht. Wie eine fette Katze, die gerade ein Schälchen Sahne ausgeschleckt hatte.

Sie wähnten sich in Sicherheit, hatten nicht bemerkt, dass Madox sie belauscht hatte. Und jetzt wusste er, was hier wirklich vor sich ging.

Sein Instinkt hatte ihn nicht getrogen. Es hatte etwas nicht mit Antonio und seiner aufgesetzten Freundlichkeit gestimmt.

Der kleine Bastard wollte also selbst *capo* der Vargas werden. Madox grinste. Sollte er doch kommen und versuchen, ihm seine Position streitig zu machen. Antonio wäre nicht der Erste, der lernte, woher Madox den Beinamen *cerbero*, Höllenhund, hatte.

Vorerst musste er wachsam bleiben. Jetzt war der falsche Zeitpunkt, um Antonio zu töten. Zuerst musste er sichergehen, dass die Mitglieder der *famiglia* sich nicht von ihm abwenden würden, wenn er Antonio umbrachte. Aber früher oder später, wenn Madox erst seine Position gefestigt hatte, würde es dazu kommen.

Niemand ging am Ende lebend aus der Geschichte hervor, wenn er versuchte, Madox zu hintergehen.

SAPHIRA

Später an diesem Tag sah sich Saphira in dem neuen Geheimversteck um, das Emilio ihr eingerichtet hatte. Es war ein Keller, der sich mitten in der Stadt befand, unweit der Kathedrale. Ohne Fenster und nur durch einen versteckten Hintereingang zu erreichen. Es gab zwei Schlafzimmer, eins für Saphira und eins für die Krankenschwester, die sich um sie kümmern würde. Dazu eine Küche, Wohnzimmer und ein kleines Büro, das mit Monitoren für die Übertragung der Sicherheitskameras vollgestopft war.

Sie zeigten die Gasse, über die man den Eingang erreichte, die schmale Treppe, die herunterführte, und die Straße, an der das Haupthaus seinen Eingang hatte. Außerdem wurde das komplette Haus oberhalb dieser Kellerräume überwacht, sodass sich ihnen niemand unbemerkt nähern konnte.

Es war nicht ideal, aber im Moment konnte sie nicht besonders wählerisch sein. Sie hatten einen Ort gebraucht, der sich gut überwachen ließ und bisher noch nicht bekannt war.

Es wäre unmöglich gewesen, dasselbe Versteck zu nutzen wie damals mit Madox. Denn dort würde er sie bestimmt als

Erstes suchen. Und er war doch auf der Suche nach ihr, oder? Wer sollte ihr sonst einen Attentäter auf die Krankenstation schicken? Jetzt, da er zurück bei seiner *famiglia* war, wollte er sie bestimmt endlich loswerden.

Saphira drehte sich zu Emilio um. »Gut gemacht. Das sollte ausreichen.«

Er nickte. »Ich werde jetzt die Krankenschwester holen. Ihr solltet dieses Versteck nicht verlassen. Wenn ihr etwas braucht, benutzt das Telefon.« Er deutete auf das schnurlose Telefon, das auf dem Couchtisch im Wohnzimmer stand. »Es verfügt über eine abhörsichere Leitung.«

»Emilio?«

Er war bereits auf dem Weg zur Tür gewesen, hielt aber noch einmal inne und sah sie an. »Ja?«

»Madox ist jetzt Freiwild. Jeder, der ihn sieht, darf alles tun, was nötig ist, um ihn gefangen zu nehmen, solange ich ihn am Ende noch töten kann. Sieh zu, dass er diese Nachricht erhält.«

Emilio nickte grimmig und verschwand. Saphira sah ihm hinterher, als er ging, bevor sie sich auf die Couch sinken ließ. Es tat gut, endlich das Krankenbett verlassen zu haben. Allerdings war sie von dem Umzug in dieses Versteck völlig erschöpft. Es war geradezu lächerlich, wie schwach sie im Moment war.

Und ihre Wunde schmerzte jetzt auch wieder. Vorsichtig schob sie das Oberteil nach oben und zog den Verband an einer Seite ab, um die Naht zu begutachten. Etwas Blut war in den Mull gesickert, aber ansonsten sah es nicht allzu schlimm aus.

Nachdem sie sich wieder verbunden hatte, lehnte Saphira sich zurück und schloss die Augen. Ihre Instinkte rieten ihr, aufzustehen, weiterzumachen. All den Problemen den Kampf anzusagen. Etwas in ihr drängte sie dazu, wieder ihre Position als *capo* einzunehmen. Aber dieses Mal musste sie ihre Instinkte ignorieren. Sie musste auf ihren Verstand hören.

Und der sagte ihr, dass sie sich ausruhen musste. Bis sie wieder gesund war. Egal, wie sehr sie es hasste.

Und sie hasste es. Abgrundtief.

In diesem Moment kündigte ihr Smartphone eine eingehende Nachricht an. In Erwartung einer neuen Nachricht von Emilio oder Rabia, entsperrte Saphira den Bildschirm. Ihr Herzschlag setzte einen Moment lang aus, ihre Haut kribbelte.

Madox: Du wirst mich nicht töten. Aber ich werde dich für diese Aussage bestrafen müssen.

EMILIO

Seine Faust traf das Gesicht des Mannes ein zweites Mal, bevor Emilio wieder einen Schritt zurücktrat.

»Also, versuchen wir das noch einmal. Erzähl mir, was Madox vorhat.«

Der Mann spuckte ihm Blut und Speichel vor die Füße, bevor er sich auf dem Holzstuhl, an den er gefesselt war, zurücklehnte.

Sie befanden sich in einem dunklen, feuchten Keller einer kleinen Bar, die den De Angelis gehörte. Die Wände waren schallisoliert, und die Tür konnte nur von außen geöffnet werden. Es war also der perfekte Ort, um eine Befragung wie diese durchzuführen.

Neonröhren waren in die Decke eingelassen und spendeten kaltes Licht. Der grobe Stein war unbehandelt und ließ die Kälte des Erdbodens herein.

Das alles sorgte für eine nicht sonderlich angenehme Atmosphäre.

»Und warum sollte ich das?«

Emilio zuckte mit den Schultern. »Vielleicht, weil dir dein gesundheitliches Wohlergehen am Herzen liegt?«

Der Mann grinste. Seine Zähne waren bereits blutverschmiert, und um sein linkes Auge würde sich jeden Moment ein unschönes Veilchen bilden. »Ich weiß von nichts.«

»Na klar. Und du gehörst bestimmt auch nicht zu den Vargas, mhm?«

»Ganz genau.«

So langsam verlor Emilio die Geduld. Er brauchte die Informationen, die dieser Mann für ihn hatte, aber er musste auch zum Anwesen der De Angelis zurückkehren und Rabia im Auge behalten. Denn auch wenn sie zur Familie gehörte und er einige Jahre mit ihr zusammen aufgewachsen war, war er dennoch misstrauisch. Er hatte sie einfach nie als Geschäftsfrau gesehen, sondern eher als verwöhntes Püppchen.

Wieso also wollte sie jetzt plötzlich die Geschäfte der *famiglia* leiten? Was war seit Leandros Tod passiert?

Emilio plante, das herauszufinden. Es machte ihn misstrauisch, dass Rabia ohne Weiteres ein Treffen mit dem Anführer der Drogengang hatte vereinbaren können. Das erschien ihm irgendwie *zu* einfach.

Aber darum konnte er sich auch noch später kümmern. Zuerst musste er wissen, was bei den Vargas vorging und wie groß die Bedrohung war, die von Madox ausging.

Bei dem Gedanken an den Verräter wurde seine Wut noch größer. Er hatte ihn unter seine Fittiche genommen, hatte ihn zur *guardia* ausgebildet.

Und Madox hatte sie alle betrogen.

Kopfschüttelnd kehrte Emilio in die Gegenwart zurück.

Er durfte sich jetzt nicht ablenken lassen. »Wer führt euch an?«

Der Mann zuckte mit den Schultern, und Emilio schlug ihm ins Gesicht.

»Ist Giuseppe Varga tot?«

Erneutes Schweigen, auf das wiederum ein Schlag folgte. Als der Mann das Bewusstsein zu verlieren drohte, hörte Emilio auf und trat einen Schritt zurück.

Er sah, wie die Lider des Mannes flatterten, bevor sie sich schlossen. Mit Sicherheit würde er gleich wieder wach werden. Und Emilio würde die Zeit nutzen, um sich etwas zu überlegen. Anscheinend kam er mit einfachen Schlägen nicht weiter.

Obwohl er in der Regel gern seine Hände benutzte, musste er jetzt wohl einen Gang höher schalten.

Als der Varga ein paar Minuten später die Augen wieder öffnete, wurde er merklich blasser. Das lag vermutlich daran, dass Emilio jetzt ein langes Messer in den Händen hielt.

»Für jede Frage, die du nicht wahrheitsgemäß beantwortest, wirst du ein Körperteil verlieren«, verkündete er mit leiser Stimme und trat einen Schritt näher.

Ein leichtes Zittern durchlief den Mann. Anscheinend war Emilios Botschaft angekommen.

»Also«, er setzte das Messer am kleinen Finger des Mannes an, »wer ist der *capo* der Vargas?«

»Fick dich, Arschloch!«

Emilio grinste, umfasste den Messergriff fester, und eine geschmeidige Bewegung später fiel ein kleiner Finger zu Boden.

Der Varga starrte ihn erst fassungslos an, blickte dann auf seine rechte Hand und dann auf den abgetrennten Finger am Boden. Dann begann er zu schreien.

Emilio trat einen Schritt zurück und wartete, bis die Schreie zu einem schmerzhaften Wimmern verklungen waren. Erst als der Mann seinen Blick wieder erwiderte, stellte er seine Frage erneut.

»Wer ist euer *capo*?«

»Meinst du, dass du so Antworten von mir bekommst?«

Emilio grinste. »Das war die falsche Antwort.«

Ein zweiter Finger fiel neben dem ersten zu Boden. Dieses Mal riss der Mann sich zusammen und unterdrückte seine Schmerzensschreie, indem er sich auf die Lippe biss.

Emilio wischte das Messer am Hemd seines Gefangenen ab und machte einen Schritt zurück. »Okay, kommen wir noch mal zu einer einfacheren Frage. Ist Giuseppe Varga tot?«

Der Mann musste inzwischen ziemlich starke Schmerzen haben. Schließlich hatte er ihm gerade zwei Finger amputiert. Die offenen Wunden mussten in der kalten und feuchten Luft höllisch brennen. Und Emilio würde dafür sorgen, dass es dem Mann noch viel schlimmer ging, wenn er nicht endlich seine Antworten bekam.

Der Varga schien einen inneren Kampf auszufechten, und sein Blick huschte von Emilio zu seiner verstümmelten Hand und wieder zurück. Schließlich schluckte er so hart, dass sein Adamsapfel geradezu hüpfte.

»Giuseppe ist tot.«

Das war eine gute Nachricht. Jedenfalls auf den ersten Blick. Wenn Saphira davon erfuhr, würde sie wahrscheinlich schrecklich wütend werden. Sie hatte Giuseppe umbringen wollen, und sie hätte auch das Recht dazu gehabt. Schließlich hatte der Bastard ihre Eltern und ihren kleinen Bruder umgebracht und hatte auch versucht, sie umzubringen. Aber daran konnten sie jetzt nichts mehr ändern.

»Wer hat ihn umgebracht?«

Der Mann zögerte, und Emilio trat drohend einen Schritt auf ihn zu.

»Madox. Es war Madox«, rief der Mann, und seine Stimme überschlug sich beinahe.

Das hatte er bereits geahnt, aber es war besser, wenn sie es genau wussten. »Und jetzt …« Er trat wieder einen Schritt näher. »Wer führt euch im Moment an?«

Der Mann presste die Lippen aufeinander.

Emilio setzte das Messer zwischen den Beinen des Mannes an, drückte die Klinge gegen seinen Schwanz. »Du hast noch drei Sekunden für deine Antwort.« Er erhöhte den Druck. »Drei … zwei …«

Der Mann biss die Zähne aufeinander.

»Eins.«

»Ich weiß es nicht!«, rief der Mann zeitgleich aus, und Emilio hielt inne.

»Du weißt es nicht?«, hakte er nach.

»Es ist nicht eindeutig«, presste der Mann zwischen zusammengebissenen Zähnen hervor. Er war ganz eindeutig nicht glücklich mit dieser Situation. Aber das war in Ordnung. Emilio würde das hier bald beenden.

»Was soll das heißen?«

Als der Mann schwieg, drückte Emilio das Messer wieder stärker gegen sein Gemächt, ritzte den Stoff der Hose an.

Dem Varga liefen die Schweißperlen an den Schläfen hinab. Auf seinen Wangen hatten sich rote Flecken gebildet, während er sonst recht käsig aussah.

»Eigentlich soll Madox jetzt der *capo* sein. Aber da gibt es gewisse … Schwierigkeiten.«

Langsam verlor Emilio die Geduld. In einer schnellen Bewegung hob er die Hand und rammte die Klinge durch den Handrücken seines Gefangenen bis in das Holz der Armlehne.

Der Mann schrie gequält und überrascht auf. Als Emilio das Messer wieder herauszog, stöhnte er vor Schmerzen.

»Wenn ich dir weiter jedes Detail aus der Nase ziehen muss, wird das hier noch sehr unangenehm für dich werden.«

Knurrend knickte der Mann ein. »Na schön! Es gibt einen internen Machtkampf. Madox will die Position des *capo* übernehmen. Aber Antonio auch. Noch hält Antonio sich zurück, aber es gibt Gerüchte, dass er sich bald offen gegen Madox stellen wird. Er versucht, möglichst viele Anhänger zu sammeln, und erzählt hinter Madox' Rücken, dass er nur ein hirnloser Killer ist.«

Von diesen Neuigkeiten doch etwas überrascht, trat Emilio zurück und überlegte, was das für sie bedeuten konnte. War es zu ihrem Vorteil? Oder würden Antonio und Madox versuchen, sich gegenseitig zu übertrumpfen und die geschwächten De Angelis dabei zu ihrem Spielball machen?

Emilio konnte in diesem Moment nicht sagen, was der Wahrheit entsprach, aber mehr Informationen würde er von dem Mann auch nicht bekommen.

Wie aufs Stichwort sah der Varga ihn flehend an. »Bitte, das ist alles, was ich weiß!«

»Ich glaube dir«, antwortete Emilio.

»Dann lässt du mich jetzt gehen? Wie du es versprochen hast?«

Emilio starrte auf die Messerklinge, auf der noch das frische Blut im Schein der Neonröhren glänzte. »Das hatte ich versprochen, oder?«, murmelte er mehr zu sich selbst. Dann trat er hinter den Mann. »Zu dumm, dass ich mich in deinem Fall nicht daran halten werde.« Damit schnitt er dem Mann die Kehle durch und sah unbeeindruckt zu, wie dieser an seinem eigenen Blut erstickte.

SAPHIRA

Anna, die Krankenschwester, die mit ihr in dem Versteck lebte, hatte gerade Saphiras Verbände gewechselt, als das Telefon klingelte.

Saphira stand von der Couch auf und nahm das Gespräch entgegen. »Ja?«

»Saphira«, sagte Emilio am anderen Ende der Leitung. Und sein Tonfall ließ vermuten, dass er Neuigkeiten für sie hatte.

»Was gibt es?«, fragte sie.

»Giuseppe ist tatsächlich tot.«

Sie sollte jetzt vermutlich Erleichterung empfinden. Stattdessen war da nur Wut. Sie hätte diejenige sein sollen, die ihm dabei zusah, wie er seinen letzten Atemzug tat. Ihr Gesicht hätte das Letzte sein sollen, das er sah, bevor sich die Hölle vor ihm auftat.

»Madox hat ihn umgebracht«, sagte sie mit monotoner Stimme.

»Aber da ist noch mehr.«

»Und das wäre?«

Emilio schilderte ihr, was er während seiner *Befragung* herausgefunden hatte. Sie musste die Neuigkeiten erst einmal verarbeiten, bevor sie etwas dazu sagte. Im Hintergrund war die Krankenschwester in der Küche dabei, ihnen beiden ein kleines Essen zuzubereiten. Sie war still und fleißig, und Saphira fand ihre Gegenwart erträglich.

Sie war nie gern in der Gesellschaft anderer Menschen gewesen. Schon gar nicht, wenn sie diese kaum kannte. Aber sie befand sich in einer besonderen Lage, weswegen sie sich mit Anna arrangieren musste.

»Das gefällt mir nicht«, sagte sie mit einem leisen Seufzen. »Wir könnten zwischen die Fronten der beiden geraten.«

»Das habe ich auch schon gedacht. Allerdings könnte es vielleicht auch zu unserem Vorteil sein.«

»Wie das?«, fragte sie.

»Vielleicht werden die beiden Krieg gegeneinander führen. Und egal, wer am Ende gewinnt, die Vargas werden dadurch geschwächt.«

Vielleicht ließ sich die Situation ja doch noch zu ihren Gunsten drehen. Saphira konnte sich vielleicht kaum bewegen, ohne Schmerzen zu haben, aber ihr Verstand arbeitete auf Hochtouren, während sie Pläne schmiedete.

RABIA

Sie war über dieses abendliche Treffen nicht glücklich, aber manchmal gab es Momente, in denen selbst sie einem Mann nichts abschlagen konnte.

Und Jacob hatte sie unbedingt bei diesem Treffen dabeihaben wollen. Ihr war keine Ausrede mehr eingefallen, wieso sie nicht konnte. Jedenfalls nicht, ohne Jacobs Unmut auf sich zu ziehen.

Außerdem hatte er ihr den Attentäter besorgt, der Saphira im Krankenhaus angegriffen hatte. Rabia hatte etwas gebraucht, um direkt von Anfang an wieder Vertrauen zwischen Saphira und sich zu etablieren. Und was sagte mehr »Ich stehe auf deiner Seite«, als ihr das Leben zu retten? Dass die ganze Situation von Rabia selbst initiiert worden war, würde Saphira schließlich nie erfahren.

Natürlich hatte sie den Attentäter auch nicht am Leben lassen können. Am Ende hätte Emilio sich noch seiner angenommen und dann herausgefunden, dass Rabia hinter der Sache steckte. Dieses Risiko hätte sie niemals eingehen können. Deswegen hatte der Mann sterben müssen. In einem Krieg gab es immer Opfer.

Das waren die Gründe, warum sie jetzt über eine Straße schlenderte und dabei Jacobs Arm in einer besitzergreifenden Art und Weise über ihrer Schulter duldete. Seine Hand streichelte hin und wieder ihren Oberarm, aber sobald sie auch nur einen Schritt zu weit von ihm wegging, wurde das Streicheln zu einem schmerzhaft festen Griff.

Wenigstens befanden sie sich außerhalb von Palermo, und es war mitten in der Nacht. Hier gab es nichts, was Saphiras Aufmerksamkeit auf sich ziehen sollte, weswegen hier auch kein Mitglied der De Angelis auftauchen und sie entdecken sollte.

Dennoch konnte sie das ungute Gefühl nicht gänzlich verdrängen. Schließlich ging sie gerade ein großes Risiko ein, indem sie sich mit Jacob auf offener Straße zeigte. Wehe, dieser Mistkerl ruinierte ihren Plan. Dann würde sie ihm zeigen, dass nichts gefährlicher war als die Rache einer Frau.

Als ein Kribbeln an ihrer Wirbelsäule nach oben kroch, drehte Rabia unauffällig den Kopf, um sich nach dem Grund für dieses Gefühl umzusehen. Auf der anderen Straßenseite stand eine dunkle Limousine, und ein Mann hatte eine Hand auf das Dach des Wagens gelegt. Er sah sie direkt an.

Verdammt.

Schnell schob Rabia Jacobs Arm von ihrer Schulter und versuchte, ein wenig Abstand zwischen sich zu bringen. Sie kannte den Mann auf der anderen Straßenseite zwar nicht, aber alles an ihm schrie geradezu Cosa Nostra. Der schwarze Wagen mit den abgedunkelten Scheiben; der Mann, der neben ihm stand und gefährlich aussah, der teure italienische Anzug, den er trug.

In der Cosa Nostra aufgewachsen hatte Rabia ein ziemlich gutes Gespür dafür, wer ein Mitglied der Mafia war und wer nicht. Und dieser Mann gehörte dazu.

Dass er nicht zu den De Angelis gehörte, spielte dabei keine Rolle. Er hätte sie trotzdem nicht sehen dürfen.

In diesem Moment beugte sich Jacob ganz nah an ihr Ohr, sodass sie seinen warmen Atem spüren konnte.

»Du sollst dich mir nicht widersetzen. Sonst werde ich dafür sorgen, dass du heute Nacht sehr laut schreien wirst, und das nicht vor Vergnügen.«

Ihr Herzschlag setzte für einen Moment aus, und Rabia blieb stehen. Jacob warf ihr nur ein ungerührtes Grinsen zu und ging weiter. Da sie keine Wahl hatte, beeilte sie sich, ihn wieder einzuholen, bevor sie hinter der nächsten Straßenecke verschwanden.

»Da war jemand«, zischte sie leise.

Gelangweilt sah Jacob sie an. »Na und?« Ihm war es egal, ob sie gesehen wurden oder nicht. Er hielt sich für so viel schlauer und stärker als alle anderen, dass er eine offene Konfrontation nicht scheute. Dabei ließ er allerdings außer Acht, wie viel befriedigender es war, wenn man alle um sich herum hinters Licht führte und bewies, dass man *tatsächlich* viel klüger war.

»Man sollte uns noch nicht zusammen sehen.«

Jacob schnaubte nur. »War es jemand von den De Angelis?«

»Nein«, antwortete sie kopfschüttelnd.

»Dann ist es auch kein Problem. Und jetzt komm.« Er griff nach ihrer Hand und zog sie wieder an seine Seite. »Wir werden erwartet.«

Rabia warf einen abfälligen Blick auf das heruntergekommene Haus vor ihnen. Mussten sich eigentlich sämtliche Drogendealer in irgendwelchen einsturzgefährdeten Hütten treffen? Was sprach gegen ein nettes Hotel? Oder zumindest eine dunkle Seitengasse?

Sie bekam ja bereits Ausschlag, wenn sie nur daran dachte, den Hausflur zu betreten. Dennoch tat sie es und ließ sich von Jacob zu einem der leeren Zimmer führen. Die Beleuchtung war bestenfalls dezent, da sämtliche Fenster zugenagelt waren und nur eine Stehlampe brannte. Auf dem niedrigen Holztisch waren fein säuberlich zehn weiße Linien präpariert worden. Alkoholflaschen lagen auf dem Boden, und bewaffnete Männer standen an den Wänden, bereit, jeden Moment ein kleines Blutbad anzurichten.

Auf einem Sessel gegenüber des niedrigen Tisches saß ein Mann, der in seiner eleganten Kleidung völlig fehl am Platz schien. Das dunkle Haar war nach hinten gegelt, und obwohl es im Raum dunkel war, trug er eine Sonnenbrille. Als er sie mit einem Lächeln begrüßte, konnte Rabia zwei Goldzähne entdecken, die seine Schneidezähne ersetzten.

Heute Abend trafen sie sich mit Bruno, einem von Jacobs wichtigsten Drogenlieferanten. Und der hatte Rabia unbedingt kennenlernen wollen.

»Ah, wenn das nicht die berüchtigte Rabia ist.« Bruno stand auf und gab ihr einen Handkuss.

Sie versuchte, sich ihren Ekel nicht anmerken zu lassen. Der Typ war einfach viel zu schmierig.

»Ich habe schon viel von dir gehört.«

Als würde sie einen Schalter umlegen, wechselte Rabia in ihren Verführungsmodus und schenkte Bruno ein geheimnisvolles Lächeln. »Nur Gutes, wie ich hoffe.«

Er warf Jacob einen Blick zu, der ihr ganz genau mitteilte, worüber sich die Männer unterhalten hatten. Und ihr Verstand war es mit Sicherheit nicht.

»Nur das Beste.«

Jacob, der allerdings gar nicht gern teilte, zog sie an seine Seite und ließ sich mit ihr auf dem Schoß auf der Couch nieder. Dafür war sie ihm tatsächlich einmal dankbar, da sie so den Kontakt mit dem siffigen Leder weitestgehend vermeiden konnte.

»Du wolltest sie sehen, jetzt hast du sie gesehen«, meinte Jacob mit grimmigem Unterton. »Wo ist meine Ware?«

»Befindet sich in diesem Moment auf dem Weg zu uns.« Bruno ließ sich wieder im Sessel nieder. »Wenn du eine Kostprobe der Qualität nehmen möchtest.« Er deutete auf die weißen Linien auf dem Tisch und sah wieder Rabia an. Bei seinem anzüglichen Lächeln konnte einem nur schlecht werden. »Du natürlich auch, Rabia.«

»Nein, danke.«

Jacob allerdings lehnte das Angebot nicht ab und beugte sich über ihre Beine nach vorn. Einen tiefen Atemzug später war das Koks verschwunden. Rabia fluchte innerlich. Sie hasste Jacob, wenn er high war. Denn dann war er unberechenbar, und sie musste sich etwas überlegen, wie sie ihn schnellstmöglich loswurde. Sollte er seine Stimmungsschwankungen doch an seinen Leuten auslassen.

»Fühlt sich gut an«, murmelte er in diesem Moment und legte eine Hand auf Rabias Brust, drückte zu.

»Darauf wette ich«, gab Bruno zurück, der dies ungeniert beobachtete.

»Gentlemen«, meinte Rabia mit sanfter Stimme, »ich würde ja wirklich gerne noch eine Weile mit euch plaudern, aber Jacob und ich haben noch Pläne.«

Verwirrt sah er sie mit riesigen Pupillen an. Um ihm klarzumachen, wovon sie sprach, ließ sie eine Hand über seinen Schritt gleiten und umfasste seinen Schwanz durch den Stoff der Hose.

Sofort grinste er und stand auf, hielt sie ganz nah bei sich, während seine Hand sich langsam, aber sicher einen Weg unter ihr Oberteil suchte.

Auch Bruno stand auf und kam zu ihnen herüber. Er ließ sich von Jacobs besitzergreifendem Verhalten nicht aufhalten und gab ihr erneut einen Handkuss.

»Es war mir eine Freude, Rabia. Ich hoffe, dass wir uns bald wiedersehen.«

»Die Freude war ganz meinerseits«, versicherte sie. »Du bist uns wirklich eine große Hilfe.«

Am nächsten Abend lag Rabia in der Badewanne, genoss den angenehmen Duft nach Lavendel und das warme Wasser, das ihren Körper umspielte.

Am Tag zuvor war sie Jacob schlussendlich doch noch losgeworden, bevor das Kokain seinen Verstand endgültig außer Kraft gesetzt hatte. Sie hatte ihm einfach erzählt, dass Saphira nach ihr hatte schicken lassen und sie im Moment keinen Verdacht erregen durfte. Das hatte er ihr abgekauft. Wenn auch widerwillig. Aber sie war sich sicher, dass er irgendeine Nutte gefunden hatte, die seine Bedürfnisse noch gestillt hatte.

Dennoch taten die Stellen, an denen er sie beim letzten Mal zu hart angefasst hatte, immer noch weh. Aber dafür hatte sie bekommen, was sie wollte. Eine Leiche, die Saphira davon überzeugte, dass sie die Gang noch eine Weile in Ruhe lassen mussten.

Wie sie erwartet hatte, war Saphiras Besorgnis ein wirkungsvolles Mittel, um dafür zu sorgen, dass sie nichts unternehmen würde und Jacob freie Bahn hatte. Aber das würde Saphira nicht ewig überzeugen. Früher oder später würde sie verlangen, dass Rabia sich darum kümmerte, die Drogengeschäfte zu beenden. Aber das konnte sie nicht, denn dass er

Drogen unbehelligt verkaufen durfte, war Teil des Deals mit Jacob. Und sie brauchte seine Hilfe.

Schließlich sollten die Drogenverkäufe von ihren wahren Plänen ablenken. Nur deswegen hatte sie Jacob gestattet, dass er und seine Leute die Drogen hier verkaufen durften. Und alleine hätte sie niemals so viele Drogen beschaffen können. Dass sie das Geld an Jacob abtreten musste, war ein kleines Übel, das sie eingehen musste.

Er sollte für sie einige Menschen töten. Angefangen bei Madox. Und enden würde es mit Saphira. Wenn diese alles verloren hatte.

Da das Wasser langsam kalt wurde, stieg Rabia aus der Badewanne und wickelte sich in ein flauschiges Handtuch. Ihre Haare wickelte sie ebenfalls in ein Handtuch. Sie wollte sich gerade eincremen, als ihr Handy im Nebenzimmer klingelte.

Schon jetzt von dem Anrufer genervt, weil er sie bei ihrer abendlichen Routine unterbrach, stand sie auf und ging durch die Verbindungstür ins Schlafzimmer. Wie alle engen Vertrauten von Saphira hatte Rabia, früher noch zusammen mit Leandro, eine Art eigene kleine Wohnung innerhalb des Hauses besessen.

Es gab ein geräumiges Wohnzimmer mit einer kleinen Küchenzeile, falls sie sich einmal selbst Essen zubereiten wollte, durch eine Tür kam man dann in das Schlafzimmer mit Balkon, der aufs Meer hinaus zeigte. Und von dort aus gelangte man in das Badezimmer, aus dem sie gerade herauskam.

Ihr Handy lag auf dem Nachttisch mit den geschwungenen Beinen. Eine unbekannte Nummer blinkte auf dem Display. Wer rief sie da an?

Skeptisch nahm Rabia das Gespräch entgegen. »Hallo?«

»Rabia Ferrera?«

»Wer will das wissen?«

»Antonio Scuderi. Und ich glaube, dass wir ein paar sehr interessante Dinge zu besprechen haben.«

Dieses Gespräch wurde mit jeder Sekunde verwirrender. »Was zum Teufel ist hier los? Wer bist du?«

»Ich bin ein Mitglied der Vargas.«

Jetzt wurde es doch tatsächlich interessant. Natürlich konnte es auch sein, dass sie gerade mit einem Aufschneider sprach, aber wenn nicht? Wie konnte sie einen solchen Kontakt zu ihrem Vorteil nutzen?

»Woher hast du meine Nummer?«

Der Mann lachte leise. »Es gibt immer Mittel und Wege, wenn man entschlossen ist, etwas herauszufinden.«

»Na gut, nehmen wir mal an, dass ich dir glaube, was hast du mir denn so Wichtiges zu erzählen?«

»Das werde ich bestimmt nicht am Telefon machen. Aber ich habe ein sehr interessantes Angebot für dich.«

»Und wieso sollte ich dir das glauben?«, fragte sie mit skeptischem Unterton und ließ sich auf die Bettkante sinken.

»Ich bin der zukünftige *capo* der Vargas. Und wir haben einen gemeinsamen Feind«, knurrte Antonio ins Telefon.

Sie konnte ihm nicht vertrauen. Aber es interessierte sie, was dieser Mann ihr anzubieten hatte.

Außerdem gab es ein altes Gesetz in der Welt der Mafia: Halte deine Freunde nah bei dir, deine Feinde noch näher. Das Ideal: Alle stehen auf deiner Gehaltsliste.

Vielleicht konnte sie Antonio, falls er sich als hilfreich herausstellte, ebenfalls dieser Liste hinzufügen.

Auf jeden Fall war er aber ihr Feind, und sie musste herausfinden, wie er an ihre Nummer gekommen war, deswegen sollte sie ihn nicht einfach so vor den Kopf stoßen.

»Na gut«, antwortete sie. »Wir sollten uns treffen.«

Kapitel 6

MADOX

Wütend saß er in Antonios Büro und wartete auf den Mistkerl. Nach dem Gespräch, das er vorgestern mitgehört hatte, wusste er jetzt endgültig, dass er Antonio nicht vertrauen konnte.

Aber jetzt war Madox im Vorteil. Denn er wusste, was Antonio wirklich vorhatte, ohne dass dieser es mitbekommen hatte.

Schließlich öffnete sich die Tür, und Antonio trat ein. Wie auch beim ersten Mal, als er ihn gesehen hatte, trug Antonio einen wahrscheinlich maßgeschneiderten Anzug.

Er sah Madox überrascht an. »Was machst du denn hier?«

Huschte da etwa so etwas wie Angst über sein Gesicht? Madox verkniff sich ein Lächeln.

»Ich wollte mit dir reden.«

»Warum hast du das denn nicht gesagt? Dann hätten wir einen Termin gemacht.« Antonio war direkt hinter der Tür stehen geblieben und hatte diese auch nicht geschlossen, als wollte er sich einen Fluchtweg offen halten. Das taten viele Menschen in Madox' Gegenwart. Saphira hatte es nicht getan.

Madox vertrieb die Gedanken an die Frau, die er verraten hatte. »Hätte ich. Aber du gehst mir aus dem Weg.«

Antonio lächelte und kam endlich näher in den Raum, trat hinter den Schreibtisch und ließ sich dort auf dem Stuhl nieder. »Das ist doch lächerlich. Ich war die ganze Zeit hier.«

»Ach wirklich? Also hast du dich vorgestern nicht mit einem potenziellen Abnehmer der Waffen aus dem De-Angelis-Deal getroffen? Und warst deswegen bis tief in die Nacht unterwegs?«

Antonios Lächeln bekam leichte Schräglage. »Es war ein dringlicher Termin, der sich nicht verschieben ließ, und ich wollte dich nicht stören. Schließlich warst du ja mit Giuseppe beschäftigt.«

Madox lächelte. »Natürlich.« Er sah Antonio ins Gesicht und schwieg.

Mit jeder Sekunde, die verging, schien sein Gegenüber nervöser zu werden. Die Luft war beinahe zum Zerschneiden dick. Denn sie beide wussten, dass Antonio nur eine fadenscheinige Ausrede hervorgebracht hatte. Er hatte sich allein um dieses Treffen kümmern wollen. Und inzwischen wusste Madox ja auch, warum.

Antonio trieb ein Machtspiel mit ihm, indem er nur so tat, als stünden sie auf derselben Seite. Madox konnte keinem Wort aus dem Mund dieses Mistkerls Glauben schenken.

»Du …« Antonio musste sich räuspern. »Du wolltest also mit mir reden?«

Madox ließ ihn noch einen Moment zappeln, bevor er schließlich antwortete. »Wo sind die Waffen aus dem De-Angelis-Deal?«

»Oh.« Antonio schien sich zu entspannen. »Das weiß ich nicht.«

Misstrauisch sah Madox ihn an. »Du weißt es nicht?«

Antonio schüttelte den Kopf. »Leider nein. Giuseppe hat in dieser Sache niemandem vertraut. Er hat sich ganz alleine darum gekümmert. Ich weiß nicht, wo er die Waffen gelagert hat.«

»Aber du wolltest sie verkaufen?«

Antonio zuckte mit den Schultern. »Ich habe ja nicht gesagt, dass man es nicht herausfinden kann.«

Einen kurzen Moment lang erging sich Madox in der Vorstellung, wie er Antonio über den Tisch hinweg am Kragen packte, ihn zu sich rüberzog und dann seinen Kopf ein paar Mal auf die Tischkante knallte. Aber noch wusste er nicht, ob er diesen Idioten nicht doch noch einmal gebrauchen könnte. Außerdem hatte er ein paar Anhänger unter den Vargas. Wie zum Beispiel diesen Paolo.

Daher war klar, dass Antonio zu töten ein klassisches Eigentor war, denn er selbst hatte noch nicht genügend Fuß bei den Vargas gefasst.

Vorerst musste er sich also noch beherrschen.

»Dann finde heraus, wo die Waffen sind. Und danach kommst du als Erstes zu mir.« Madox stand auf. »Verstanden?«

Antonio nickte, ein Lächeln auf den Lippen. »Aber natürlich. Schließlich bist du doch jetzt hier der *capo*, oder?«

Beinahe hätte Madox bei Antonios Tonfall die Stirn gerunzelt, konnte sich aber gerade noch davon abhalten. Er durfte sich nicht anmerken lassen, dass er wusste, was hier wirklich vor sich ging. »Genau. Und es ist besser, wenn du das nicht vergisst.«

Damit verließ Madox das Büro und schlenderte ein wenig durch das Haus der Vargas. Vor so vielen Jahren war das hier sein Zuhause gewesen, und auch wenn er noch heute beinahe jeden Winkel aus dem Gedächtnis genau beschreiben konnte, wollte sich doch kein richtiges Heimatgefühl einstellen.

Stattdessen fühlte er sich immer mehr wie ein Besucher, als wäre er nur auf der Durchreise. Und je länger er in diesem Haus war, desto stärker wurde das Gefühl. Merkwürdigerweise war es ihm bei den De Angelis nicht so ergangen. Auch wenn er dort nur als Verräter gelebt hatte, hatte es sich doch nach einer Weile so angefühlt, als wäre er nach Hause gekommen.

Wieso erging es ihm hier also anders?

Vielleicht lag es an den Blicken, die ihm zugeworfen wurden, wenn er wie jetzt im Haus unterwegs war. Am Anfang war er eher mit Neugier betrachtet worden. In den fragenden Blicken hatte er lesen können, dass die *uomini d'onore* wissen wollten, wo er in den letzten Jahren gewesen war und was er getan hatte. Inzwischen aber schien die Neugier verschwunden zu sein. Stattdessen hatte sich jeder eine Meinung über ihn gebildet – war entweder für ihn oder gegen ihn.

Wie aufs Stichwort kam ihm ein unbekannter *soldato* entgegen, lief an ihm vorbei und warf ihm dabei einen feindseligen Blick zu. Das passierte Madox ungefähr in der Hälfte aller Fälle.

Entweder er bekam ein scheues Lächeln oder ein anerkennendes Nicken, oder aber man versuchte, ihn geradezu in den Boden zu starren.

Lauro, der unsichere *soldato*, den er bei seiner Rückkehr kennengelernt hatte und der sich irgendwie wie Madox' persönlicher Assistent verhielt, hatte ihm gesagt, dass es daran lag, dass manche *uomini d'onore* der Vargas hinter Antonio standen und ihn für den besseren *capo* hielten. Und das verstärkte nur Madox' Verdacht, dass Antonio ein Spielchen mit ihm spielte.

Allerdings traute sich auch niemand, ihn direkt herauszufordern. Alle schlichen um ihn herum, als könnte er bei der ersten falschen Bewegung ein Massaker anrichten. Das war natürlich nicht völlig abwegig, trotzdem hatte Madox nichts dergleichen vor.

Würde ihn allerdings jemand herausfordern, dann würde er auch keine Gnade zeigen. Das hatte er noch nie getan, und er würde jetzt nicht damit anfangen. Stattdessen versuchte er, sich mit möglichst vielen Mitgliedern der *famiglia* bekannt zu machen. Dabei hatte er vorsichtig vorgehen müssen. Madox hatte nicht den Eindruck erwecken wollen, dass er verzweifelt auf der Suche nach Unterstützung war. Das hätte genau das Gegenteil bewirkt. Oder dass er sofort alles an sich reißen wollte. Das hätte nur Misstrauen geweckt.

Gleichzeitig hatte er, entgegen seiner normalen Vorgehensweise, Feingefühl beweisen müssen. Erst wenn er festgestellt hatte, wer für ihn und wer gegen ihn war, konnte er sein Verhalten, seine Strategie innerhalb der *famiglia,* anpassen.

Zudem hatte er damit begonnen, sich in die Familiengeschäfte einzuarbeiten, wobei ihm Lauro erstaunlicherweise eine große Hilfe war. Das hätte er bei ihrer ersten Begegnung nicht erwartet. Inzwischen hatte Madox einen ziemlich guten Überblick darüber, womit die Vargas ihr Geld verdienten. Seit seiner Kindheit hatte sich dabei nicht viel verändert, nur dass Giuseppe wohl auch Geschäfte in den Bereichen Prostitution und Drogen betrieb, was Madox' Vater nie getan hätte. Und was Madox auch wieder ändern wollte. So schnell wie möglich.

Es schien, als wäre ungefähr die Hälfte der Männer froh über sein Auftauchen und die andere Hälfte … Nun ja, es war wahrscheinlich besser, wenn er in Zukunft mit einem Messer unter dem Kopfkissen schlief. Aber das tat er ja sowieso.

Und auch wenn die Blicke ihm langsam auf die Nerven gingen, konnte er das Anwesen nicht einfach so verlassen. Also ertrug er diesen Zustand noch für eine Weile länger.

Aber es gab etwas anderes, das er tun konnte. Und genau deswegen klopfte er jetzt an Lauros Tür.

Beinahe sofort öffnete der junge Mann. Seine grünen Augen wurden groß, als er Madox entdeckte, und er beeilte sich, Platz zu machen, damit Madox eintreten konnte.

»Wie lief dein Gespräch mit Antonio?«

Madox zuckte mit den Schultern. »Ich habe ihn zumindest angetroffen.«

Lauro war schlau genug, nicht weiter nachzufragen. »Und was kann ich dann jetzt für dich tun?«

Abschätzend glitt sein Blick über den jungen *soldato*. Nicht besonders groß, nicht besonders muskulös, nicht besonders gefährlich, nicht besonders aufmerksamkeitserregend. Letzteres konnte für die kommende Aufgabe allerdings hilfreich sein. Generell würde Lauro wohl von niemandem als Gefahr eingeschätzt werden, weswegen er auf unauffällige Art und Weise an Informationen kommen könnte.

Trotzdem war Madox nicht sicher, ob Lauro wirklich der Richtige für diesen Auftrag war. Allerdings hatte er auch keine große Auswahl an Leuten, die er losschicken konnte.

»Ich habe einen Auftrag für dich.«

»Wirklich?«

Madox nickte. »Allerdings muss das unter uns bleiben. Und sollte ich herausfinden, dass du jemandem davon erzählt hast, werde ich dich töten. Verstanden?«

Lauro schluckte hörbar und nickte. »Natürlich. Ich habe verstanden.«

Madox ließ ihn noch einen Moment zappeln. »Ich will, dass du herausfindest, wie es Saphira De Angelis geht. Die Schwere der Verletzung, wie es ihr jetzt geht. Alles.«

Fragend sah Lauro ihn an, sagte aber nichts weiter dazu. Als Madox schon gehen wollte, hielt Lauro ihn noch einmal auf. »Oh, bevor ich es vergesse. Ein Kurier hat vorhin ein kleines Päckchen gebracht, als du weg warst. Ich habe es in dein Zimmer gebracht.«

Madox war verwirrt. Wer sollte ihm ein Päckchen schicken?

Als er, gefolgt von Lauro, in sein Schlafzimmer zurückkam, entdeckte er sofort das rechteckige Päckchen, das auf dem Bett lag. Es schien keine Gefahr zu bergen, und als er näher herantrat, konnte er auch kein Ticken hören.

Madox zog sein Lieblingsmesser hervor und reichte es an Lauro weiter. Er deutete auf das Paket. »Öffne es.«

Lauro zögerte nur einen kurzen Moment lang, bevor er sich daran erinnerte, dass Madox sein *capo* war und er Befehle zu befolgen hatte. Lauro schnitt das durchsichtige Klebeband durch, welches das Paket zusammenhielt. Vorsichtig nutzte er die Klinge, um das Päckchen zu öffnen und einen Blick ins Innere zu werfen.

»Was ist drin?«, fragte Madox.

Lauro trat einen Schritt zurück und sah ein bisschen grün um die Nase herum aus.

Madox trat an das Bett und sah in das Päckchen. Was er dort entdeckte, bestätigte nur die Vermutung, die er bereits gehabt hatte.

Eine tote Ratte lag in dem Paket und direkt auf ihr ein Zettel mit einer einfachen, aber dennoch deutlichen Botschaft.

Ratten müssen sterben.

Die Notiz war nicht unterzeichnet, aber das war auch nicht nötig. Sie kam von den De Angelis und war eine Warnung, dass man Jagd auf ihn machen würde.

Denn er war die Ratte, der Verräter. Und er musste sterben.

RABIA

Das gemütliche Café außerhalb von Palermo war nicht besonders groß, aber immer gut besucht. Weiß lackierte Stühle und Tische standen sowohl drinnen als auch draußen. Blumenampeln mit farbenprächtigen Blüten hingen von der Decke des Cafés, ihr süßlicher Duft hing leicht in der Luft. Eine Kellnerin huschte von dem gläsernen Tresen, hinter dem kunstvoll dekorierte Törtchen und anderes Gebäck ausgestellt wurden, zu den Tischen und wieder zurück. Das Aroma von frisch gemahlenem Kaffee hing in der Luft.

Als Antonio einen abgelegenen Treffpunkt vorgeschlagen hatte, hätte sie beinahe laut gelacht. Glaubte er, dass sie wirklich so dämlich war und sich mit einem fremden Mann an einem solchen Ort treffen würde? Das war schon in der normalen Welt keine besonders kluge Idee. Aber in der Welt der Cosa Nostra? Nein, danke. Sie konnte darauf verzichten, vergewaltigt und in Stücke geschnitten zu werden.

Kurz hatte sie überlegt, Jacob mitzunehmen, sich aber dann dagegen entschieden. Er musste schließlich nichts von eventuellen weiteren Abkommen wissen, die sie traf.

Rabia führte ihre Tasse an die Lippen und ließ den Blick schweifen. Das hier konnte das letzte geheime Treffen sein, das Rabia in nächster Zeit abhalten würde. Denn als sie Emilio vorhin begegnet war und ihm etwas von einem Shoppingtrip erzählt hatte, hatte er definitiv misstrauisch gewirkt. Wie viel von Saphiras Einverständnis mit Rabias Vorschlag, die Position des *capo* zu übernehmen, war echt gewesen?

Zu diesem Zeitpunkt musste sie zumindest darauf vorbereitet sein, dass Saphira sie überwachen ließ. Auch wenn sie es eher für unwahrscheinlich hielt. Sie war jetzt schon so weit gekommen. Sie musste einfach mit allem rechnen.

Wenn Saphira sie wirklich überwachen ließ, bedeutete das, dass sie vorsichtig sein musste. Nach heute keine geheimen Treffen mehr. Weder mit diesem Antonio noch mit Jacob. Wobei sie Jacob hin und wieder wahrscheinlich dazwischenschieben musste. Sonst könnte sie ihre Kontrolle über ihn verlieren, und das war ein Risiko, das sie nicht eingehen durfte. Aber alles andere sollte sie von jetzt an lieber telefonisch klären. Auch einen Boten zu schicken, war zu gefährlich. Denn einem anderen zu vertrauen, bedeutete auch immer, dass man hintergangen werden konnte.

Wer wusste das besser als Rabia? Schließlich hinterging sie ihre angeblich beste Freundin seit Jahren, und niemand hatte es gemerkt.

Eine schwarze Limousine fuhr vor dem Café vor und erregte Rabias Aufmerksamkeit. Ein Mann stieg aus. Auf den ersten Blick erkannte sie, dass der Anzug eine Maßanfertigung war. Die Schuhe waren frisch poliert, und ein zur Krawatte passendes Tuch steckte in der Brusttasche des Jacketts. Er hatte dunkelbraunes Haar und einen durchaus ansehnlichen Körper. Jedenfalls nach dem, was sie von ihrer Position aus sehen konnte. Eine Sonnenbrille verbarg seinen Blick, als er das Café betrat. Aber als er in Rabias Richtung sah, breitete sich ein Lächeln auf seinen Lippen aus.

Selbst wenn sie sich bis dahin nicht sicher gewesen wäre, ob der Mann Antonio war, jetzt war sie es.

Er kam auf sie zu, nahm die Sonnenbrille ab und legte sie auf den Tisch, an dem sie saß, bevor er wie selbstverständlich Platz nahm.

»Rabia«, begrüßte er sie, und seine dunkelbraunen Augen blickten freundlich.

»Antonio, nehme ich an?«

»Der einzig wahre.«

Die effiziente Kellnerin hatte ihn bereits bemerkt und stand prompt an ihrem Tisch. »*Buongiorno Signor,* was kann ich Ihnen bringen?«

»Einen Espresso, bitte.«

Die Kellnerin nickte und verschwand wieder. Kurz danach

ertönte das zischende Geräusch der Kaffeemaschine, die wahrscheinlich Antonios Getränk zubereitete. Rabia schwieg. Warum sollte sie auch als Erste etwas sagen? Schließlich wollte Antonio etwas von ihr und nicht anders herum.

Sie sahen einander an, versuchten sich gegenseitig einzuschätzen. Dieses Treffen war gefährlich. Wenn die falschen Personen sie zusammen sahen, konnte das schwerwiegende Konsequenzen haben.

Sie wussten eigentlich nichts voneinander. Rabia war sich ja nicht einmal sicher, was Antonio ihr bieten würde oder was er über ihre Ziele zu wissen glaubte.

Sie hingegen war sich bei ihm ziemlich sicher. Er hatte sich als zukünftiger *capo* der Vargas bezeichnet. Deswegen war sein Ziel offensichtlich: Madox aus dem Weg schaffen.

Was er sich dabei allerdings von ihr erhoffte, war ihr noch nicht richtig klar. Aber spätestens am Ende dieses Treffens würde sie es wissen. Und dann würde sie sich überlegen, wie sie das für sich nutzen konnte.

Die Kellnerin erschien und servierte mit einem gemurmelten »*Prego!*« Antonios Espresso, bevor sie sich wieder ihren anderen Gästen widmete.

Antonio nahm sich noch einen Augenblick Zeit, um einen Schluck zu trinken, bevor er endlich etwas sagte. »Es freut mich, dass wir so kurzfristig ein Treffen arrangieren konnten.«

Sie lächelte. »Für interessante Angebote habe ich immer Zeit.« Rabia lehnte sich nach vorn, stützte den Ellbogen auf den Tisch und das Kinn in die Handfläche. »Also, was genau willst du von mir?«

»Direkt zum Geschäft. Ganz nach meinem Geschmack.« Dabei warf er ihr ein anzügliches Lächeln zu, das vermutlich anziehend auf sie wirken sollte.

Beinahe hätte sie mit den Augen gerollt. Sie hatte noch immer wunde Stellen von ihrer letzten Begegnung mit Jacob und wollte so schnell keinem Mann mehr nahe kommen. Es sei denn, es ging nicht anders.

»Ich hatte ja bereits erwähnt, dass wir einen gemeinsamen Feind haben«, begann Antonio.

»Madox Varga.« Sie neigte den Kopf etwas zur Seite. »Da du dich als zukünftiger *capo* vorgestellt hast, gehe ich davon aus, dass du ihn töten willst. Denn bestimmt will er diesen Posten, jetzt, da er wieder daheim ist.«

Etwas überrascht sah Antonio sie an. »Dafür, dass du länger nicht in der Stadt warst, bist du ziemlich gut informiert.«

Rabia zuckte nichtssagend mit den Schultern. Er musste ja jetzt noch nicht wissen, dass sie einen sehr guten Grund hatte, um stets bestens informiert zu sein.

»Aber du hast recht. Ich will Madox loswerden.«

»Und warum tötest du ihn dann nicht einfach?«

Antonio sah sich um, als wollte er sichergehen, dass ihnen niemand zuhörte. Die Tische im Café standen weit genug auseinander, und die Geräuschkulisse, bestehend aus den Gesprächen der anderen Gäste und der Kaffeemaschine, verhinderte, dass sie belauscht wurden.

»Weil ich nicht kann. Es gibt einige sehr traditionsbewusste *uomini d'onore* bei den Vargas. Und die halten Madox, als Salvatores Sohn, für den idealen Kandidaten.«

»Und du konntest keine Anhänger hinter dir versammeln?«, fragte sie mit süßlichem Tonfall.

»Doch, natürlich«, erwiderte Antonio leicht gereizt. »Aber das Problem bleibt dennoch bestehen.«

Rabia hatte so eine Vermutung, warum das so war, aber sie fragte dennoch. »Warum?«

»Weil ich Madox nicht offen herausfordern und gewinnen kann. Aber nur so könnte ich mir die Unterstützung seiner

Anhänger sichern. Und wenn er jetzt plötzlich ermordet wird, werden seine Unterstützer mich sofort verdächtigen und sich abwenden.«

»Also soll ich jetzt die Drecksarbeit für dich erledigen?«, fragte sie mit gerunzelter Stirn, bevor sie sich daran erinnerte, dass das Falten gab, und ihre Gesichtszüge wieder glättete.

»So würde ich das nicht sagen«, erwiderte Antonio aalglatt. »Im Moment kann ich noch nichts gegen Madox unternehmen. Ich muss ihn noch eine Weile in Sicherheit wiegen, aber wenn es dann so weit ist, könnte ich deine Hilfe gut gebrauchen. Ich bin mir sicher, dass du für solche Jobs einen geeigneten Kandidaten kennst.«

Kurz hatte Rabia die Befürchtung, dass Antonio damit Jacob meinen könnte. Aber das konnte unmöglich sein. Sie achtete stets penibel darauf, dass man sie nicht zusammen sah.

»Nehmen wir mal an, ich könnte dir bei deinem Plan helfen. Wieso sollte ich? Und wieso bist du dir so sicher, dass ich dich nicht in der Sekunde verraten werde, in der du dieses Café verlässt?«

Mit einem Lächeln lehnte sich Antonio zurück und trank in aller Seelenruhe seinen Espresso aus, bevor er ihr antwortete. »Weil du das Gleiche willst wie ich: Macht. Ich weiß bereits, dass du als vorläufiger *capo* der De Angelis eingesetzt wurdest. Und auch wenn ich nicht weiß, wie du das gemacht hast, bin ich mir ziemlich sicher, dass du dafür gesorgt hast, dass es so kommen wird.«

Rabia achtete darauf, dass sie keinerlei Reaktion auf seine Worte zeigte. Auch wenn sie genau ins Schwarze trafen.

»Aber es gibt noch immer eine Person, die deinem Erfolg im Weg steht. Saphira De Angelis. Und wenn du mir hilfst, Madox aus dem Weg zu räumen, werde ich dir den gleichen Gefallen erweisen. Und ich weiß, dass es derzeit nicht sehr gut um die De Angelis steht. Aber bei den Vargas sieht das anders aus. Wir haben Waffen. Geld. Männer.«

Da gab es nichts drauf zu erwidern. Es war die Wahrheit.

Rabia lächelte. »Angenommen, ich hätte ein Problem mit Saphira, warum sollte ich Madox loswerden wollen?«

»Weil er dir, anders als ich, nicht noch mehr Macht anbieten wird.«

Sie hob eine Augenbraue. »Mehr Macht?«

Antonio nickte. »Genau. Denn wenn ich erst *capo* der Vargas bin und du *capo* der De Angelis, dann können wir uns zusammentun und gemeinsam über Palermo herrschen.« Er sah sie mit einem zufriedenen Lächeln an.

Eins musste Rabia ihm lassen: Er hatte verdammt viel Selbstbewusstsein. Und sein Angebot klang durchaus verlockend. Dabei gab es allerdings ein kleines Problem: Sie würde ihre Macht nicht teilen. Mit niemandem.

Aber das musste Antonio ja nicht wissen.

Lächelnd lehnte sie sich zurück und verschränkte die Arme vor der Brust. »Das klingt ja alles ganz interessant. Aber wie genau willst du mir helfen?«

Kurz fragte sie sich, was sie tun würde, wenn Antonio sie an Madox verraten würde. Denn das war schließlich ein Risiko, das sie bedenken musste. Auch wenn sie sich eigentlich sicher war, dass Antonio Madox wirklich hasste. Dennoch … Sollte Madox aus irgendwelchen Gründen von dem eventuellen Deal zwischen ihr und Antonio erfahren, würde sie ihm einfach mit Saphiras Tod drohen. Schließlich wusste sie, im Gegensatz zu ihm, wo Saphira sich aufhielt. Und da alle sie noch für die beste Freundin hielten, würde sie niemand aufhalten, wenn sie mit Saphira allein sein wollte. Das war ihre Lebensversicherung.

Denn sie war sich sicher, dass zwischen Saphira und Madox mehr passiert war, als Saphira zugegeben hatte. Rabia war schon immer eine gute Beobachterin gewesen, und sie hätte wirklich blind sein müssen, wenn sie die begehrlichen Blicke, die die beiden ausgetauscht hatten, nicht bemerkt hätte.

Außerdem hatte Madox noch keinen Schritt gegen die De Angelis unternommen, obwohl das im Moment eigentlich der perfekte Zeitpunkt war. Warum sollte er das tun, wenn er nicht etwas für Saphira empfand?

Antonio zuckte mit den Schultern. »Wie ich bereits sagte, kann ich dir Waffen, Geld und Männer bieten. Alles, woran es den De Angelis im Moment mangelt. Und egal, was dein Plan vorsieht, mindestens eines dieser Dinge wirst du dabei brauchen.«

Er hatte recht. Aber das musste sie ihm gegenüber ja nicht zugeben. Dennoch eröffneten sich mit diesem Deal neue Möglichkeiten. Bei Bedarf konnte sie die von Antonio angebotenen Dinge tatsächlich in Anspruch nehmen. Gleichzeitig hatte sie damit einen weiteren ihrer Feinde auf ihre Seite gezogen und konnte ihn somit ganz leicht im Auge behalten, ohne Verdacht zu erregen. Und am Ende würde es umso einfacher werden, auch Antonio zu töten.

Rabia nickte. »Gut möglich. Allerdings stehe ich vor dem gleichen Problem wie du und kann Saphira aktuell noch nicht aus dem Weg räumen.«

»Dann warten wir beide auf den richtigen Zeitpunkt. Wenn es dann so weit ist, werden wir uns gegenseitig unterstützen. Und am Ende werden wir beide als Sieger hervorgehen.«

Werde ich als Siegerin hervorgehen, fügte Rabia im Stillen hinzu, reichte Antonio aber dennoch über den Tisch hinweg die Hand. »Einverstanden.«

Lächelnd ergriff er sie. »Dann haben wir einen Deal.«

MADOX

Es vergingen ein paar Tage, bevor Madox eine Nachricht von Lauro bekam, dass er Neuigkeiten für ihn hatte.

Es klopfte an der Tür zu seinem Zimmer. Es war nicht wirklich *sein* Zimmer. Es war einfach irgendein Raum, den er zum Schlafen nutzte. Nichts hier drin deutete auf seinen Bewohner hin. Es gab keine Fotos, keine Andenken, keine herumliegenden Gegenstände, die man mit ihm in Verbindung bringen konnte. So war es auch bei den De Angelis gewesen.

Wahrscheinlich lag es daran, dass er eine ganze Weile in einer einsamen Zelle gelebt hatte. Zu der Zeit, als man ihn in Amerika zum Killer ausgebildet hatte. Damals hatte er keinerlei persönliche Gegenstände besessen, und auch heute hielt er es noch so.

Mit einer einzigen Ausnahme. Madox stand auf und ließ die Hand in die Hosentasche gleiten, in der er sein Lieblingsmesser trug. Damit hatte er zum ersten Mal getötet. Und damit hatte er Saphira geschnitten, als sie sich vor Lust unter ihm gewunden hatte.

Schnell vertrieb er diese Erinnerung und konzentrierte sich auf das Hier und Jetzt. Es klopfte erneut, und endlich machte er die Tür auf und sah sich Lauro gegenüber.

»Du hast Neuigkeiten für mich?«, fragte er ohne Umschweife.

Lauro nickte, und Madox machte ihm Platz, damit er eintreten konnte. Während Madox sich wieder auf das breite Bett setzte, nahm Lauro an dem hölzernen Schreibtisch Platz, der an der gegenüberliegenden Wand stand.

»Es war schwierig, etwas herauszufinden«, begann Lauro.

»Ich bin mir nicht sicher, was genau gerade bei den De Angelis passiert, aber sie haben alles abgeriegelt. Viele Mitglieder der *famiglia* scheinen untergetaucht zu sein, und alle halten sich ziemlich bedeckt, als wollte niemand unnötige Aufmerksamkeit auf sich ziehen.«

Madox nickte. Das ergab Sinn. Mit Saphiras Verletzung und dem geplatzten Deal befanden sie sich gerade in einer schwachen Position. Bei dem Gedanken daran, dass er eine Mitschuld an der Situation trug, durchfuhr ihn ein Stich der Reue. Die *famiglia* bedeutete Saphira alles. Sie war das Erbe ihres Vaters, und sie wollte es in Ehren halten. Genauso, wie er jetzt das Erbe seines Vaters ehren wollte.

Lauro, der nichts von seinem inneren Zwiespalt mitbekam, redete einfach weiter. »Dass ich dann doch tatsächlich etwas herausgefunden habe, lag an einem Informanten, der für viel Geld zu reden bereit war.«

Madox spannte sich an. »Was hat er dir erzählt?«

»Anscheinend wurde Saphira in einer Privatklinik behandelt. Ich kann dir nichts Näheres zu ihren Verletzungen sagen, aber sie wurde wohl operiert und ist jetzt auf dem Weg der Besserung.«

Madox konnte sich gerade noch davon abhalten, erleichtert auszuatmen. Lauro musste nicht wissen, dass er … etwas für Saphira fühlte. Niemand musste das.

Lauros merkwürdiger Blick und wie er nervös die Hände im Schoß verknotete, ließ Madox allerdings wieder wachsam werden. »Was?«, fragte er und klang dabei mürrischer, als er es beabsichtigt hatte.

»Da ist noch etwas.« Lauro mied seinen Blick.

»Und das wäre?«

»Es scheint, als hätte es einen Angriff gegeben«, murmelte er so leise, dass Madox ihn beinahe nicht verstanden hätte.

Aber was er hörte, sorgte dafür, dass er eine Hand zur Faust ballte. »Angriff?«

Lauro nickte. »Es muss ein Attentat gegeben haben. Der Informant wusste nicht genau, wann.«

Madox zwang sich dazu, langsam ein- und auszuatmen. Saphira war angegriffen worden. Es war blutig gewesen. Aber Lauro hatte am Anfang dieses Gesprächs gesagt, dass sie auf dem Weg der Besserung war. Also war sie dabei nicht verletzt worden. Es ging ihr gut. Jedenfalls besagten das die Gerüchte. Und es machte ihn wahnsinnig, dass er sich nicht selbst von ihrem Wohlbefinden überzeugen konnte.

»Hat er noch etwas gesagt?«, fragte Madox, als er sicher war, dass seine Stimme nichts von seinen Gefühlen verriet.

Lauro nickte. »Ja. Anscheinend wurde Saphira kurz nach dem Attentat verlegt.« Der junge *soldato* seufzte. »Es tut mir leid, dass ich nicht mehr für dich habe.«

Madox schüttelte den Kopf. »Nein, schon gut. Aber ich nehme nicht an, dass du weißt, wo Saphira sich jetzt befindet?«

»Nein«, erwiderte Lauro kopfschüttelnd, bevor er aufstand und sich unsicher umsah. »Ich sollte jetzt gehen.«

»Danke für deine Hilfe.« Und dann, nachdem er einen Moment darüber nachgedacht hatte: »Du solltest etwas mehr Selbstbewusstsein an den Tag legen. Sonst wird man dich hier nie respektieren, Lauro.«

Der junge *soldato* wurde tatsächlich rot, bevor er nickte und sich beeilte zu verschwinden.

Madox starrte noch einen Moment die geschlossene Tür an, bevor er sich mit einem Seufzen rückwärts auf das Bett fallen ließ. Ohne wirklich etwas zu sehen, starrte er an die Zimmerdecke.

Saphira war angegriffen worden. Aber sie hatte überlebt. Und das war alles, was zählte, oder? Warum fühlte er sich dann so … machtlos? Doch nicht etwa, weil er sich ihr verpflichtet fühlte und sie tatsächlich beschützen wollte? Das waren bestimmt nur Nachwirkungen der Rolle, die er so viele Jahre lang gespielt hatte.

Dennoch wollte er ihr alles erklären. Natürlich nur, um einen klaren Strich unter die Sache zu ziehen, und nicht etwa, weil sie ihm wirklich etwas bedeutete.

Kapitel 7

Zwei Monate später

RABIA

Es war doch immer wieder schön, wenn sich harte Arbeit bezahlt machte. In diesem Fall hatte ihre harte Arbeit aus einer weiteren Nacht in Jacobs Bett bestanden. Weswegen sie an diesem Tag ein seidenes Halstuch und sehr breite Armbänder an beiden Handgelenken tragen musste. Wenigstens hatte sie sich für die Fesselspuren an den Fußgelenken nichts Besonderes mehr einfallen lassen müssen. Die waren ja sowieso bedeckt. Aber jetzt lag das Ergebnis ihrer Bemühungen blutüberströmt vor ihr auf dem Boden. Direkt vor dem eisernen Tor, welches das gesamte Anwesen der De Angelis umgab. Ein weiteres Mitglied der *famiglia* war tot. Und ein blutiger Zettel war mit einem rostigen Nagel an seiner bloßen Brust befestigt.

Lasst uns in Ruhe, sonst werden weitere Leichen folgen.

Eine einfache Botschaft, aber durchaus wirkungsvoll.

Rabia achtete darauf, dass sie einen betroffenen Gesichtsausdruck zur Schau stellte, als sie die *guardia* neben sich ansah. Wie war noch gleich sein Name? Er war damals auch bei Saphira im Krankenhaus gewesen. Ach ja, Federico.

»Wann wurde er hier abgelegt?«

»Irgendwann während der Dämmerung. Wahrscheinlich, als das Tor gerade unbesetzt war.«

Federico hatte diese ruhige Art und Weise zu sprechen. Was Rabia tierisch auf die Nerven ging, da ihr seine Art erschwerte, seine Gefühle einzuschätzen.

Die morgendliche Sonne schien auf sie herunter, und die leblosen Augen des Toten blickten in einen wolkenlosen Himmel. Im Hintergrund rauschte das Meer, und die salzige Luft vermischte sich mit dem Geruch nach Blut und Tod.

»Hatte er Familie?«

Federico schluckte, und beinahe hätte Rabia gelächelt. Sie hatte ihr Opfer mit Bedacht gewählt, um einen möglichst großen Schaden bei Saphira anzurichten und sie dazu zu bewegen, rein gar nichts zu unternehmen.

»Ja. Eine Frau, zwei Töchter. Willst du mit ihnen sprechen?«

Rabia fasste sich mit einer Hand an den Hals, zauberte Tränen hervor, ohne dass sie auch nur einen Hauch von Traurigkeit verspürte. »Würde ich. Aber Saphira kehrt heute zurück. Und ich bin mir sicher, dass sie das übernehmen möchte. Sorgt nur dafür, dass der Leichnam bis dahin verschwunden ist und er mit dem nötigen Respekt behandelt wird. Den Zettel könnt ihr in mein …«, widerwillig korrigierte sich Rabia, »in *Saphiras* Büro bringen.«

Federico war eine weitere *guardia*, neben Emilio, bei der sie äußerst bedacht handeln musste. Seine Treue gegenüber Saphira war unangreifbar. Er würde sich niemals gegen sie stellen, was ihn automatisch zu Rabias Feind machte. Generell waren die *guardie* ein eingeschworener Haufen, die mehr oder weniger den Boden anbeteten, über den Saphira schritt. Es war zum Wahnsinnigwerden.

Aber wenn Rabia sie nicht auf ihre Seite ziehen konnte, würde sie eben eine andere Lösung für diese Männer finden müssen.

Sie drehte sich um und überließ den hellblonden Federico

seiner Arbeit. Ihr Blick fiel auf die Villa, die bereits seit Jahren im Besitz einer Mafiafamilie war. Und dementsprechend ausgerüstet war. Rabia lächelte.

Ja, für die *guardie* würde sich schon eine Lösung finden.

SAPHIRA

Saphira schloss den Reißverschluss des Rocks und schlüpfte in ihre High Heels. Es war jetzt über zwei Monate her, dass Madox' Verrat sie ins Krankenhaus gebracht hatte. Und heute würde sie endlich auf das Anwesen der De Angelis zurückkehren.

Es war an der Zeit, dass sie den Scherbenhaufen beseitigte und sich ihre Rache holte.

Ihre Wunde war gut verheilt, und es hatte, außer einer kleinen Entzündung, keine Komplikationen gegeben. Jetzt war sie wieder auf den Beinen, und es tat gut, endlich wieder ihre übliche Kleidung zu tragen. Endlich wieder die Person sein zu können, die sie wirklich war.

Anna hatte sich am Morgen verabschiedet, und Emilio würde sie jeden Moment abholen kommen. Endlich konnte sie dieses kleine Versteck hinter sich lassen. Saphira hatte das Gefühl, wenn sie nur noch einen Tag länger hier hätte verbringen müssen, wäre sie durchgedreht.

Abgesehen von kurzen Spaziergängen in der Zeit, kurz bevor die Sonne auf- oder unterging, um ihre Kondition zu stärken, war sie nie draußen gewesen. Sie hatte die Sonne kaum gesehen, war seit Wochen nicht mehr am Meer gewesen und hatte außer mit Emilio, Rabia und Anna mit niemandem gesprochen.

Es war an der Zeit, dass sie sich ihr Leben zurückholte.

Wie aufs Stichwort öffnete sich die Tür zu ihrem Versteck und Emilio kam herein. Er lächelte, als er sie sah.

»Bereit?«, fragte er.

Saphira nickte. Und als Erstes würde sie mit Rabia sprechen. Sie war jetzt endlich stark genug, um wieder selbst *capo* ihrer *famiglia* zu sein.

Als Emilio vor dem Haus hielt, das seit so vielen Jahren im Besitz ihrer Familie war, durchlief sie ein aufgeregter Schauer. Endlich war sie zurück.

Saphiras Blick glitt über die helle, aus Sandstein erbaute Fassade. Keine Spur mehr von den Schäden, die der Bombenanschlag auf sie vor einigen Monaten verursacht hatte. Damals war sie zwar sicher gewesen, dass die Bombe von Giuseppe platziert worden war, hatte aber nicht gewusst, dass Madox auch involviert war.

Warum hatte er sie dann damals gerettet? Warum hatte er sie mit seinem Körper vor der Wucht der Explosion abgeschirmt? Sie wusste es nicht, und es interessierte sie auch nicht mehr. Es *durfte* sie nicht interessieren. Denn Madox war der Feind. Egal, wie sehr ihr verräterisches Herz bei diesem Gedanken schmerzte.

Emilio schaltete den Wagen ab, stieg aus und kam zu ihrer Seite, um ihr die Tür zu öffnen. Sie ließ sich von ihm aus dem Wagen helfen. Draußen begrüßte sie Sonnenschein, der allerdings seine Kraft aus dem Sommer verloren hatte. Inzwischen befanden sie sich mitten im Herbst, und der Winter war bereits auf dem Weg.

Da sie sich hier in Palermo befanden, würde es verglichen mit dem Norden des Landes nicht richtig kalt werden, aber kalt genug für Saphira.

Als sie die Stufen zur Eingangstür hinaufging, wurde diese

bereits geöffnet und Rabia kam heraus. An ihrer Seite war ein *soldato*, der Saphira mit einem verhaltenen Lächeln begrüßte. Auch Rabias Gesichtsausdruck war eher zurückhaltend, und sofort überkam Saphira ein ungutes Gefühl.

Etwas stimmte nicht. Rabias nächste Worte bestätigten ihre Vermutung.

»Wir müssen uns unterhalten.«

Saphira nickte. »Gehen wir in mein Büro.«

Sie ließen Emilio und den *soldato* an der Eingangstür zurück und gingen gemeinsam in das Büro des *capo*. Alles war noch genauso, wie sie es zurückgelassen hatte. Die Gerüche waren dieselben, die Möbel, die gesamte Atmosphäre. Nur der Schreibtisch war unordentlicher, als es Saphira gern gehabt hätte. Aber Emilio hatte ihr ja gesagt, dass Rabia daran gearbeitet hatte.

Um gleich den richtigen Eindruck zu vermitteln, ging Saphira hinter den Schreibtisch und ließ sich dort auf dem Schreibtischstuhl nieder. Damit zwang sie Rabia dazu, auf einem Besucherstuhl Platz zu nehmen.

Natürlich war sie Rabia dankbar, dass sie sich um die Geschäfte der *famiglia* gekümmert hatte, während Saphira unpässlich gewesen war. Aber jetzt war sie zurück und würde wieder ihren Job erledigen.

»Es gibt ein Problem«, begann Rabia.

»Es sieht so aus, als hätten wir nur Probleme«, gab Saphira zurück. »Und als Erstes sollten wir uns um die Drogengang kümmern. Ich will, dass sie von meinem Gebiet verschwindet.«

»Genau darüber wollte ich mit dir reden.«

»Du hast eine Idee, wie wir sie von hier vertreiben können?«

»Nein«, gab Rabia kopfschüttelnd zurück. »Ich befürchte sogar, dass wir sie noch eine ganze Weile länger dulden müssen.«

Saphira richtete sich auf. Wut ließ ihre Stimme scharf klingen. »Wieso?«

»Weil heute Morgen noch eine Leiche aufgetaucht ist. Wieder einer von uns. Die gleiche Nachricht. Lasst uns in Ruhe, oder es folgen mehr Leichen.«

»Woher wissen die überhaupt, wer zu uns gehört und wer nicht?«, fragte Saphira erbost. Kurz dachte sie daran, dass es noch einen Verräter geben könnte. Aber die Wahrscheinlichkeit dafür lag eigentlich bei null. Aber was war, wenn Madox mit der Gang zusammenarbeitete? Wenn er sie benutzte, um die De Angelis weiter zu schwächen, bis er sie ganz einfach auslöschen konnte?

Das war durchaus möglich. Als ehemalige *guardia* hatte er auch genügend Informationen, um einigen Schaden anzurichten. Er wusste, wo Mitglieder ihrer *famiglia* zu finden waren.

»Ich weiß es nicht«, murmelte Rabia leise und senkte den Blick auf ihre im Schoß verschränkten Hände. »Ich weiß es wirklich nicht.«

Immer mehr Menschen starben unter Saphiras Obhut, und das war etwas, das sie für immer belasten würde. Egal, wie stark sie ihre Emotionen in sich verschloss, es war nie einfach, wenn man den Tod eines Menschen zu verantworten hatte, mit dem man näher bekannt war.

»Wer war es?«, fragte sie schließlich.

»Luigi. Er war ein *soldato*. Und er hat eine Frau und zwei Töchter. Bisher hat noch niemand mit der Familie gesprochen. Ich war mir nicht sicher, ob du das nicht lieber persönlich übernehmen möchtest.«

Saphira nahm einen tiefen Atemzug. »Natürlich. Ich werde sofort losfahren.«

Es sah ganz danach aus, als müsste Saphira die Drogengang wirklich gewähren lassen. Und das machte sie wahnsinnig. Sie hasste den Gedanken, Drogen verkaufen zu lassen, aber ihre *famiglia* war in einer schlechten Situation. Sie hatte keine Wahl. Jedenfalls noch nicht.

»Saphira?«

Sie blickte auf und begegnete dem Blick ihrer Freundin. »Ja?«

»Was ist eigentlich mit Madox passiert?«, fragte Rabia mit vorsichtigem Ton. »Emilio hat gesagt, dass man ihm nicht trauen kann. Dass er uns betrogen hat. Aber mehr wollte er mir nicht verraten. Was ist passiert, nachdem ich gegangen bin?«

Am liebsten hätte Saphira in diesem Moment den Raum verlassen. Diese ganze Geschichte war nicht nur peinlich, sie war auch noch schmerzhaft. Wann immer sie an Madox dachte oder jemand seinen Namen erwähnte, zog sich ihr Herz zusammen. Als wollte es einen Schlag aussetzen.

Dabei hatte das mit Madox doch von Anfang an nur Sex sein sollen. Mehr nicht. Ein bisschen Vergnügen auf beiden Seiten. Dass er ihr so unter die Haut ging, war niemals Teil des Plans gewesen.

»Es ist genau das passiert, was Emilio gesagt hat. Er hat sich bei uns eingeschleust und wichtige Informationen an Giuseppe weitergegeben. Dadurch ist der Deal geplatzt, und auch Leandro …« Saphira verstummte, denn bei der Erwähnung seines Namens zuckte Rabia zusammen.

»Also ist das alles seine Schuld?«, fragte Rabia nach einem Moment des Schweigens.

Saphira verschränkte die Arme vor der Brust, versuchte, Schmerz und Unwohlsein in sich einzuschließen. »Ja. Es war alles seine Schuld.«

»Dann werden wir ihn zur Rechenschaft ziehen, sobald wir dafür stark genug sind.«

Saphira schüttelte den Kopf. »Nein. Das mit Madox duldet keinen Aufschub. Sein Verrat muss sofort bestraft werden.«

»Aber …«, begann Rabia, doch Saphira schnitt ihr das Wort ab.

»Nein. Sobald ich mir einen Plan überlegt habe, werden wir ihn durchziehen. Madox wird noch bereuen, dass er uns hintergangen hat.«

»Saphira«, setzte ihre Freundin an und richtete sich auf. »Ich halte das für keine gute Idee. Wir sind geschwächt und dürfen uns keine Blöße geben. Einen Krieg gegen die Vargas können wir nur verlieren. Und was dann? Dann wird diese *famiglia* untergehen, und wir stehen ohne etwas da. Wir sollten jetzt Ruhe bewahren.«

Es gefiel Saphira nicht, dass Rabia ihr widersprach. Dazu war sie nicht in der richtigen Position. Saphira war der *capo*. Ihr Wort war Gesetz. Man widersprach ihr nicht.

Dennoch musste Saphira zugeben, dass Rabias Worte nicht völlig an der Wahrheit vorbeigingen. Einen offenen Krieg gegen die Vargas konnten sie zu diesem Zeitpunkt nicht gewinnen.

»Dann müssen wir uns etwas anderes überlegen. Wir müssen sie hinterrücks angreifen. Und ich habe da schon eine Idee.«

RABIA

Beinahe sofort nach ihrem Gespräch hatte Saphira das Büro verlassen. Sie wollte mit den anwesenden *uomini d'onore* ihrer *famiglia* sprechen, um sich bei allen nach dem aktuellen Befinden zu erkundigen. Rabia hielt das für eine kluge Idee. Saphira war lange weg gewesen und musste jetzt ihre alten Verbindungen wieder stärken. Und danach würde sie die Familie des letzten Opfers besuchen.

Wie gesagt, das war eine kluge Idee. Wenn es nur nicht gegen Rabias eigene Pläne gegangen wäre. Sie hatte jeden einzelnen Tag, den Saphira nicht hier gewesen war, dafür genutzt, um ihre eigene Position bei der *famiglia* zu stärken. Hier und da ein paar geheuchelte Mitleidsbekundungen. Geflüsterte Worte, dass Saphira ja so geschwächt war. Gefakte Telefonate, wenn sie wusste, dass man ihr zuhörte, in denen sie leise Zweifel an Saphiras Führungskraft säte. Sie hatte alles getan, um die Leute auf ihre Seite zu ziehen, ohne dabei offen gegen Saphira zu rebellieren.

Doch der Plan, die Vargas anzugreifen, konnte alle Bemühungen zunichtemachen. Gerade erst hatte sie einen Deal mit Antonio geschlossen, und der würde es gar nicht gern sehen, wenn Saphira plötzlich kampfbereit vor seiner Tür stand.

Sie wollte Antonio nicht so kurz, nachdem sie sich geeinigt hatten, vor den Kopf stoßen. Auch wenn sie das über kurz oder lang tatsächlich tun musste. Allerdings bestand jetzt die Möglichkeit, dass er sie an Madox verriet, und auch wenn sie auf ihre geplante Lebensversicherung vertraute, wollte sie nicht so schnell auf seiner Abschussliste landen.

Also musste sie versuchen, Saphira von diesem Plan abzubringen. Rabia lächelte. Sie wusste, wie sie Saphiras Pläne durchkreuzen konnte.

SAPHIRA

Sie genoss es, wieder in ihren eigenen Räumlichkeiten auf dem Anwesen der De Angelis zu sein. Alles hier war vertraut und gab ihr Sicherheit.

Auch wenn ihr erster Tag nicht besonders angenehm verlaufen war. Sie sah noch das tränenüberströmte Gesicht der

Witwe vor sich, als Saphira ihr vom Tod ihres Mannes erzählt hatte. Und sie hatte nicht mehr für die Familie tun können, als einen Umschlag mit Geld auf dem Tisch zu hinterlassen.

Der Mann war ein Mitglied der Cosa Nostra gewesen. Jeder Tag hatte das Risiko seines Todes in sich getragen. Und auch wenn ihr das Schicksal der Frau und ihrer Töchter leid tat, durfte Saphira das nicht zu nahe an sich heranlassen. Es war nicht das erste Mal, dass sie eine solche Nachricht hatte überbringen müssen, und es würde auch nicht das letzte Mal gewesen sein.

Besonders wenn sie die Dinge nicht langsam wieder in Ordnung brachte.

Sie tauschte Rock und Bluse gegen bequemere Kleidung und ließ sich mit einem Glas Rotwein von ihrem eigenen Weingut auf dem Sofa nieder.

Sie brauchte einen Hinterhalt. So viel war klar. Aber wie sollte sie es schaffen, dass nicht sofort jeder Varga sich aufmachte und sie und ihre Männer sprichwörtlich überrannte?

Dieses Mal durfte sie sich keinen Fehler leisten. Und auch wenn sie bei dem Waffendeal sicher gewesen war, dass sie alles richtig gemacht hatte, hatte sie ein wichtiges Detail übersehen: Madox. Also durften dieses Mal noch weniger Menschen über ihren Plan Bescheid wissen. Absolut nichts durfte nach außen sickern.

Eigentlich konnte sie nur Emilio und Rabia davon erzählen. Ihre Leute würde sie dann erst am entsprechenden Tag benachrichtigen.

Aber bevor sie irgendjemandem überhaupt etwas erzählen konnte, musste sie zuerst einen Plan haben.

Saphira nahm gerade einen Schluck Rotwein, als es an der Tür klopfte. Da Madox sich nicht länger auf dem Anwesen befand, konnte sie ohne langes Zögern darauf reagieren.

»Herein!«, rief sie, und Emilio kam ins Zimmer.

Als er sie auf dem Sofa sitzen sah, lächelte er. »Es tut gut, dich wieder hier zu sehen.«

Sie beugte sich vor und stellte ihr Weinglas auf dem Couchtisch ab. »Es fühlt sich auch gut an, wieder hier zu sein. Das hier ist mein Zuhause, und ich habe es vermisst.«

Emilio schloss die Tür hinter sich. »Das kann ich verstehen.«

»Möchtest du auch ein Glas Wein?«, fragte sie und stand auf, als er nickte.

»Gerne.«

Sie ging zu der auf einem gläsernen Beistelltisch stehenden Weinflasche und nahm sich eines der dort bereitstehenden Gläser, um auch Emilio etwas einzuschenken.

»Gibt es etwas, das du mit mir besprechen möchtest?«, fragte sie und ging wieder zu ihm hinüber.

Emilio nahm das ihm dargebotene Glas entgegen und setzte sich zu ihr auf die Couch. »Nein, ich wollte nur sehen, wie es dir geht.«

Seit dem Unfall vor über einem Jahrzehnt war er ihr gegenüber sehr fürsorglich gewesen, und sie war sich sicher, dass die kürzlich erfolgten Anschläge auf ihr Leben ihm stark zugesetzt hatten. Weil sie seit ihrer Kindheit miteinander befreundet waren, ließ sie ihm diese Fürsorge durchgehen. Jeden anderen hätte sie jetzt zurechtgewiesen, hätte demjenigen gesagt, dass sie der *capo* sei und auf sich selbst aufpassen könne.

So aber lächelte sie nur still und trank einen Schluck Wein.

Aber Emilio kannte sie zu gut. »Ich bemuttere dich mal wieder, mhm?«

»Ein wenig«, gab sie zu.

»Verzeih mir. Die letzten Wochen waren einfach schwierig.«

Saphira winkte ab. »Es ist in Ordnung. Es ist dein Job, auf mich aufzupassen.«

»Du weißt, dass ich das nicht nur wegen des Jobs mache. Du stehst mir sehr nahe, Saphira. Wir kennen uns, seit wir Kinder waren.«

Ihr waren solche Zurschaustellungen von Gefühlen immer unangenehm. Besonders, weil sie diese nicht erwidern konnte. Seit ihre Eltern gestorben waren und sie die Hand ihres kleinen Bruders Pippo gehalten hatte, als er seinen letzten Atemzug getan hatte, hatte sie alle Emotionen in sich verschlossen. Jedenfalls war sie davon überzeugt gewesen, bis sie Madox getroffen hatte. Denn wäre sie wirklich so kalt gewesen, hätte sie Madox niemals so nahe an sich herangelassen.

Aber auch das kannte Emilio von ihr. Er erwartete nicht, dass sie etwas darauf erwiderte. Stattdessen saßen sie einfach in einvernehmlichem Schweigen auf der Couch und jeder hing seinen eigenen Gedanken nach.

Saphira dachte wieder an das Problem mit ihrem Plan. Was sollte sie tun? Was *konnte* sie tun?

»Woran denkst du?«, fragte Emilio in diesem Moment.

Sie sah ihn an, und plötzlich kam ihr eine Idee. »Daran, dass du dich nützlich machen könntest.«

Er nahm einen Schluck vom Rotwein und hob fragend eine Augenbraue. »Ach ja?«

Sie nickte. »Madox.«

Bei der Erwähnung dieses Namens verdunkelte sich Emilios Blick, und Saphira machte sich kurz Sorgen um das Weinglas in seiner Hand. Sollte er es zerbrechen, wäre eine neue Couch fällig.

»Wir müssen uns an ihm rächen. *Ich* muss mich an ihm rächen. Er hat uns betrogen und hintergangen. Er trägt die Schuld daran, dass wir im Moment so schlecht dastehen.«

Emilio nickte grimmig und stellte das Weinglas ab. »Woran denkst du?«

»Wir brauchen einen Plan, um ihn vom Anwesen der Vargas zu locken. Dort kommen wir nicht an ihn heran. Gleichzeitig darf unser Plan nicht zu viele Vargas auf einmal auf den Plan rufen, da wir sonst unterliegen könnten.«

Ihr Chefleibwächter fuhr sich mit einer Hand durch die Haare. Seine dunklen Augen blickten nachdenklich an ihr vorbei. Vielleicht sah er nach draußen zum Meer, beobachtete die Wellen, wie sie es so oft tat, wenn sie nachdachte.

»Wir brauchen einen Hinterhalt«, stellte Emilio fest und sah sie wieder an.

»So weit war ich auch schon«, gab Saphira zurück.

Er gab ein summendes Geräusch von sich und starrte wieder über ihre Schulter zum Fenster hinaus.

»Und du musst bedenken, dass wir wenige Waffen und noch weniger Männer haben«, warf Saphira ein.

»Alles andere wäre ja auch zu einfach.« Seine Stimme troff geradezu vor Sarkasmus.

Sie trank den letzten Rest des Rotweins aus, bevor sie das Glas neben seins auf den Couchtisch stellte.

»Warum greifen wir nicht einen Laden an, der unter dem Schutz der Vargas steht?«

»Und was soll das bringen?«, fragte sie mit gerunzelter Stirn. »Das wird Madox nicht aus der Deckung locken. Ich würde ein paar Männer losschicken, damit die die Situation dann regeln.«

»Also brauchen wir etwas, bei dem ein *capo* auf den Plan treten muss«, sinnierte Emilio.

Plötzlich kam Saphira eine Idee, und sie sah ihn lächelnd an. »Und was ist das Wichtigste für einen *capo*? Oder sollte es zumindest sein?«

»Ich bin mir nicht sicher, dass ich verstehe, worauf du hinauswillst«, antwortete Emilio mit einem verwirrten Unterton in der Stimme.

»Sein Ruf. Wie bei uns besteht ein großer Teil der Einnahmen der Vargas aus Schutzgelderpressung. Die Leute bezahlen dafür, dass er sie beschützt. Und genau damit ist er erpressbar.«

Endlich begann auch Emilio zu lächeln, er setzte sich auf. »Ich verstehe. Du willst ihm also eine Drohung zukommen lassen.«

Saphira nickte. »Genau. Wir bringen einen Laden, der unter dem Schutz der Vargas steht, mit einigen wenigen Männern unter unsere Kontrolle. Zwangsweise wird Madox seine Leute schicken, um die Situation zu klären. Dann werden wir alle töten. Bis auf einen. Wir schicken einen der Mitarbeiter mit einer Nachricht zu Madox. Das Leben des *capo* gegen das Leben seines Mannes in dem Laden. Sollte er nicht kommen, werden wir weitertöten. Wir werden so viele Menschen töten wie nötig. Mitglieder seiner *famiglia* und Unschuldige.«

Emilios Lächeln verschwand genauso schnell, wie es gekommen war. »Du willst Unschuldige in diese Sache hineinziehen?«

Saphira spürte Wut in sich aufsteigen. Welches Recht hatte er, über sie zu urteilen?

Inzwischen war die Sonne untergegangen, und Dunkelheit hatte sich im Zimmer ausgebreitet. Einzig der Schein der Lampe aus dem angrenzenden Schlafzimmer spendete gerade genug Licht, dass man sehen konnte. Es war nun merklich kühler, und Saphira stand auf, um die Fenster zu schließen, bevor sie sich zu Emilio umdrehte.

»Welche Wahl haben wir denn?«, fragte sie aufgebracht. Sie konnte die Enttäuschung in seinem Gesicht sehen, und das fachte ihren Ärger weiter an. Wieso war er nicht genauso auf Rache aus wie sie? Wieso wollte er Madox nicht genauso dringend tot sehen?

Sie ging zurück zur Couch, auf der Emilio noch immer saß, und ließ sich so weit wie möglich von ihm entfernt in die Polster sinken.

»Madox muss sich als *capo* noch beweisen«, fügte Saphira hinzu, als er nichts weiter sagte. »Wenn das mit dem internen Machtkampf stimmt, dann ist das sogar noch wichtiger für ihn. Er kann das nicht einfach ignorieren, sonst verliert er jeglichen Respekt, den er sich bereits verdient hat. Das heißt, er *muss* kommen. Und das bedeutet auch, dass niemand sterben wird. Außer Madox natürlich.«

Emilio sah sie noch immer skeptisch an. »Das gefällt mir nicht. Es kann zu viel schiefgehen.«

Saphira schüttelte den Kopf. »Hast du eine bessere Idee?«

Mit zwei Fingern massierte er sich die Nasenwurzel und schloss für einen Moment die Augen. Es hatte ganz den Anschein, als suchte er ernsthaft nach einer anderen Lösung. Aber Saphira war sich sicher, dass er keine finden würde.

Der Plan war perfekt. Und er musste einfach funktionieren.

»Dann gib mir wenigstens ein paar Tage Zeit, um die Sache in Ruhe zu durchdenken.« Er seufzte. »Außerdem muss ich ein paar Männer losschicken, die das Gebiet der Vargas überprüfen und einen geeigneten Laden finden. Und es ist wichtig, dass du erst einmal richtig ankommst, bevor wir so etwas durchziehen. Du warst lange weg, Saphira.«

»Darauf musst du mich nicht extra noch mal hinweisen.«

Emilio stand auf. »Ich verstehe.« Seine Stimme hatte jeden freundschaftlichen Ton verloren und war jetzt bar jeder Emotion. Wie ihre selbst es so oft war. Sie hatte ihn verletzt. Aber manchmal musste sie einfach *capo* sein und keine Freundin.

»Du hast eine Woche«, sagte sie mit leiser Stimme und erwiderte seinen Blick. »Eine Woche, um alles Nötige zu arrangieren. Danach ziehen wir es durch.«

Emilio nickte, bereits auf halbem Weg zur Tür. »Eine Woche«, stimmte er zu.

Er verschwand, und Saphira war wieder allein. Sie blickte auf die Kommode, die rechts von ihr stand, und erinnerte sich plötzlich an das erste Mal mit Madox. Sie hatte von Anfang an gewusst, dass er nicht sanft zu ihr sein würde. Das war einfach nicht seine Art. Und sie hatte sich nicht geirrt.

Bei der Erinnerung daran, wie er ihr die Kleider vom Leib *geschnitten* hatte, überlief sie ein warmer Schauer, und ihre Bauchmuskeln spannten sich unwillkürlich an. Er hatte sie nicht sanft angefasst, und am nächsten Tag hatte ihre Haut die Spuren seiner Hände getragen. Er hatte sie mit seinem Gürtel gefesselt, sie benutzt wie ein Spielzeug, das nur seiner Lust diente.

Und sie hatte es genossen. Bei Gott, wie sehr sie es genossen hatte.

Aber selbst damals hatte sie ihre Gefühle direkt nach dem Sex wieder vor ihm verschlossen. Sie hatte nicht zugelassen, dass Madox sie in dem Sessel, der unweit der Kommode stand, hielt. Hatte nicht zugelassen, dass er sie umsorgte, sie tröstete.

Denn das hätte zu weit geführt. Von Anfang an hatte sie für die Geschichte mit Madox klare Regeln gesetzt. Jedenfalls hatte sie es versucht.

Mit einem Seufzen ignorierte Saphira die Reaktion ihres Körpers auf diese Erinnerung. Ignorierte das lustvolle Pulsieren zwischen ihren Schenkeln und wie sich ihre aufgerichteten Brustwarzen am Stoff ihres Oberteils rieben. Madox war jetzt der Feind, und man schlief nicht mit dem Feind.

Auf leisen Sohlen ging sie ins Schlafzimmer. Dort begrüßte sie nur Stille. Und aus irgendeinem Grund konnte sie genau das gerade nicht ertragen. Mit schnellen Schritten ging sie zum Nachtschränkchen, um dessen Schublade zu öffnen. Dort bewahrte sie die Fernbedienung für die Musikanlage auf, und sie wollte ihre angespannten Nerven mit den Klängen klassischer Musik beruhigen.

Emilio hatte ja recht. Normalerweise gefährdete sie das Leben unschuldiger Menschen nicht. Natürlich war sie auch keine Heilige. Das war in der Welt der Cosa Nostra unmöglich. Aber sie brachte normalerweise wenigstens auch keine Menschen in Gefahr, die mit dieser Welt nichts zu tun hatten.

Madox hatte sie betrogen. Sie hatte seit Jahren wieder einen Menschen an sich herangelassen, und er hatte ihr Vertrauen missbraucht.

Aber sie durfte nicht länger an Madox denken. Jedenfalls nicht auf diese Weise. Sie musste sich jetzt auf ihr Ziel konzentrieren.

Und Maßnahmen ergreifen, die sie im Normalfall nicht einmal in Betracht ziehen würde. Emilio würde das schon verstehen. Er würde seinen Job machen und den perfekten Laden finden.

Währenddessen musste Saphira Ruhe bewahren. Sie konnte sich um ihre *famiglia* kümmern und überlegen, was sie gegen die Drogengang unternehmen wollte. Die stand nämlich an zweiter Stelle ihrer Problemliste.

Da sie dafür heute keine Lösung mehr finden würde, öffnete sie die Schublade und wollte gerade die Fernbedienung in die Hand nehmen, als ihr ein Zettel ins Auge stach. Auch ohne ihn zu öffnen, wusste sie, was darauf stand.

Madox hatte diese Nachricht hinterlassen, nachdem sie das erste Mal miteinander geschlafen hatten. Zusammen mit seinem Gürtel, der ebenfalls in der Schublade lag.

Ich komme wieder.

Mehr hatte er nicht geschrieben. Aber er hatte sein Versprechen gehalten. Er war zurückgekehrt. Mit einer ruckartigen Bewegung schloss Saphira die Schublade wieder.

Auch sie würde ein letztes Mal zu Madox zurückkehren. Aber nicht zum Vergnügen. Sondern um ihn zu töten.

Und daran würde auch Madox' letzte Nachricht nichts ändern. Er würde sie bestrafen? Sie schnaubte. Das würde er nie wieder tun.

Kapitel 8

EMILIO

Emilio verließ die Villa, um einen letzten, nächtlichen Rundgang zu unternehmen, bevor er schlafen ging.

Die Frist von einer Woche war abgelaufen. Morgen früh würde Saphira ihren Plan gegen die Vargas in die Tat umsetzen. Er hatte seine Aufgabe erfüllt und einen Laden gefunden, der sich perfekt für ihren Racheakt eignete. Er war noch immer nicht der größte Fan dieser Aktion, da es eigentlich nicht Saphiras Stil war, auch Unbeteiligte in eine Sache der Cosa Nostra hineinzuziehen. Aber er verstand auch, dass sie sich an Madox und den Vargas rächen mussten. Was Madox getan hatte, durfte nicht ungesühnt bleiben.

Der Mond stand voll und strahlend hell am dunklen Himmel, als Emilio nach draußen trat. Er warf genug Licht auf den Weg vor ihm, um sich problemlos orientieren zu können. Die Meeresoberfläche glitzerte in der Ferne, das leise Zirpen einiger Grillen erfüllte die Luft. Es war ihm nicht nur selbst ein Bedürfnis, das Blut des Verräters zu vergießen, sondern es gebot auch das Gesetz der Cosa Nostra. Auge um Auge, Zahn um Zahn. Madox hatte sie betrogen, er hatte sie um Geld und Waffen gebracht, und er trug das Blut der Ihrigen an seinen Händen. Es war an der Zeit, Gleiches mit Gleichem zu vergelten. Und Emilio würde dabei an Saphiras Seite stehen. Das würde er immer. Egal, welchen Weg sie einschlagen würde.

Er war auf seiner üblichen Route unterwegs, als plötzlich eine gedämpfte Stimme an sein Ohr drang. Stirnrunzelnd sah er sich um, konnte aber niemanden entdecken. Vielleicht hatte er sich das Ganze nur eingebildet? Seit Wochen stand er unter größter Anspannung. Das musste irgendwann Spuren hinterlassen.

Einen Blick war es wert, beschloss er. Immerhin war er nicht erst seit gestern Saphiras Chefleibwächter und sicherte sich lieber doppelt ab.

Vorsichtig, um bloß kein Geräusch zu verursachen, bewegte sich Emilio über das Gras und schlich um die Häuserecke. Hier standen große Bäume, die es bereits länger gab als das Haus.

Noch immer konnte er niemanden entdecken und wollte gerade zurückgehen, als die Stimme erneut erklang. Sie war jetzt deutlicher zu vernehmen, und er konnte einzelne Worte ausmachen.

»Nein … morgen … ausnutzen.«

Irritiert blieb er stehen. Rabia? Was machte sie um diese Uhrzeit hier draußen? Er folgte der Stimme in Richtung der Bäume und wollte gerade nach Rabia rufen, als ihr nächster Satz ihn innehalten ließ.

»Saphira wird noch bereuen, was sie mir angetan hat.«

Er stockte. Wovon sprach sie denn da? Und viel wichtiger: mit wem?

Sein Magen zog sich zusammen, und Emilio versteckte sich hinter einem Baumstamm und belauschte das Gespräch.

»Es kommt zwar eher als geplant, aber wir können die Situation für uns nutzen. Ich habe einen Spion bei den Vargas.«

Was zum Teufel …?

»Ich werde ihm erzählen, was sie vorhat, dann können wir die ganze Geschichte zu unserem Vorteil nutzen. Aber du musst dich morgen raushalten. Ich regle das alleine.«

Was ging hier vor sich? Er konnte kaum glauben, dass es Rabia war, die da sprach. Schließlich war sie Saphiras beste Freundin. Warum handelte ausgerechnet sie gegen den *capo*?

»Nach dem morgigen Tag wird Saphira endgültig machtlos sein. Was ist mit den Drogengeschäften? Läuft da alles weiter nach Plan?«

Eine kurze Pause entstand, und als Rabia wieder sprach, konnte er das Lächeln in ihrer Stimme hören.

»Sehr gut. Ich melde mich morgen wieder bei dir.«

Kurz leuchtete etwas in der Dunkelheit vor ihm auf, und Emilio vermutete, dass es der Smartphonebildschirm war, als Rabia das Gespräch beendet hatte.

Er hörte Schritte und trat aus dem Schatten, verließ sein Versteck. So gern er wissen würde, mit wem Rabia gesprochen hatte, es war zu gefährlich, sie einfach so ziehen zu lassen. Sie hatte bereits genug Schaden angerichtet, und Emilio konnte nicht zulassen, dass sie damit weitermachte.

Vor ihm stand tatsächlich Rabia auf dem Rasen. Ihr blondes Haar glitzerte beinahe im Mondlicht. Wie oft hatte er früher zusammen mit ihr und Saphira gespielt und später über die beiden Frauen gewacht? Und jetzt auf einmal war Rabia der Feind? Es ergab keinen Sinn.

»Rabia«, rief er mit tonloser Stimme.

Für einen Moment schienen ihre Bewegungen wie eingefroren, bevor sie sich langsam zu ihm umdrehte. Sie standen nicht besonders weit voneinander entfernt. Vielleicht ein oder zwei Schritte.

Sie lächelte. »Emilio. Was machst du denn hier?«

Er trat einen Schritt auf sie zu. »Mit wem hast du telefoniert?«, fragte er ohne Umschweife.

»Hast du mich etwa belauscht?« Sie schnalzte mit der Zunge. »Das ist aber nicht besonders höflich.« Sie griff mit einer freien Hand hinter sich, und Emilios Hand griff nach der Waffe.

»Was machst du da?«

»Ich? Oh, ich schaffe nur ein Problem aus dem Weg.«

»Welches Problem?«, fragte er und beobachtete mit Misstrauen, wie sie langsam einen Schritt auf ihn zu machte.

»Weißt du, diese ganze Geschichte mit Saphira …«

»Was ist damit?« Noch immer lag seine Hand am Griff der Waffe, aber noch zögerte Emilio. Schließlich kannte er Rabia seit seiner Kindheit. Sie würde die *famiglia* doch nicht wirklich verraten. Oder?

Inzwischen stand Rabia nah bei ihm, sodass sie sich beinahe berührten. Sie schien die Hände hinter dem Rücken zu verschränken und sah zu ihm hoch.

»Sie ist in Gefahr, Emilio.«

Sofort übernahm sein Beschützerinstinkt, und er konzentrierte sich völlig auf die drohende Gefahr für seinen *capo*. »Wer bedroht sie?«

Rabia lächelte. »Ich.«

Schneller, als er es ihr jemals zugetraut hätte, trat sie an ihn heran. Metall blitzte im Mondlicht auf, und dann spürte er einen Stich im Hals.

Ungläubig blinzelte er Rabia an, die von ihm wich, als hätte sie sich verbrannt, und eine Spritze in der Hand hielt. Sie war leer. Zu ihren Füßen lag eine durchsichtige Schutzkappe im Gras.

Schon sackten seine Beine unter ihm weg. Bleierne Müdigkeit floss ihm plötzlich durch die Adern, und sein Mund fühlte sich an, als wäre er mit Watte gefüllt.

»Was hast du getan?«, fragte er, aber er war sich nicht sicher, ob er die Worte noch richtig herausbrachte. Seine Zunge fühlte sich so schwer an, als hätte er eine Flasche Wodka getrunken.

»Du warst schon immer ihr Liebling und würdest dich nie gegen sie stellen. Aber das spielt jetzt keine Rolle mehr. Schlaf gut, Emilio.«

Kaum hatte sie die Worte ausgesprochen, sackte er in sich zusammen, seine Augen fielen zu. Schwärze umfing ihn, und sein letzter Gedanke war, dass er Saphira nicht mehr rechtzeitig warnen konnte.

RABIA

Sie schwitzte, als sie Emilio schließlich sicher in einem unbenutzten Raum der Villa gefesselt und versteckt hatte. Es war weitaus schwieriger gewesen, seinen muskelbepackten Körper hierher zu zerren, als sie erwartet hatte.

Wie ungeschickt, dass er sie in dieser Nacht belauscht hatte. Aber es hatte sich ausgezahlt, dass Rabia immer auf alles vorbereitet war. Das starke Betäubungsmittel in der Spritze trug sie jetzt schon eine Weile mit sich herum. Für Fälle wie den, der nun eingetreten war.

Emilio war ihr schon länger ein Dorn im Auge gewesen, aber jetzt war er betäubt, und wenn er wieder zu sich kam, würde er bewegungsunfähig sein. Dann konnte er ihr nicht mehr in die Quere kommen, und sie konnte in Ruhe ihren Plan ausführen. Wenn sie jetzt so darüber nachdachte, dann war es eigentlich ein Glücksfall gewesen, dass Emilio sie bei ihrem Telefonat belauscht hatte. Jetzt hatte sie ein Problem weniger. Sobald er wach werden würde, konnte sie ihn für ihren Plan benutzen, wie sie es von Anfang an geplant hatte: Saphira jeden Menschen nehmen, der ihr jemals etwas bedeutet hatte. Deswegen hatte sie an diesem Morgen auch zwei Nachrichten verschickt. Aber das hatte noch Zeit. Jetzt musste sie sich erst einmal um den Plan kümmern, den sich Saphira für den kommenden Tag überlegt hatte.

Rabia hatte bereits mit ihren Anhängern unter den De Angelis gesprochen. Was das anging, war alles vorbereitet. Wenn Saphira morgen einen Krieg gegen die Vargas beginnen wollte, würde sie ihr blaues Wunder erleben.

Das Einzige, was jetzt noch fehlte, war Antonio. Er war das letzte Puzzlestück, damit am morgigen Tag tatsächlich alles nach *ihrem* Plan verlief und nicht nach Saphiras.

SAPHIRA

Weit vor Morgengrauen wachte sie auf. Die Aussicht darauf, dass sie bereits in wenigen Stunden endlich Rache an Madox üben konnte, hatte sie wirkungsvoll vom Schlaf abgehalten.

Sie hatte wach gelegen und sich sein Gesicht vorgestellt, wenn sie ihm sagte, dass er sterben würde. Leider hatte sich das erwartete Hochgefühl bei diesem Gedanken nicht eingestellt. Stattdessen hatte sie sich ausgemalt, was er sagen würde. Würde er sie um Verzeihung bitten? Würde er sie anflehen? Oder würde er sie überwältigen und bestrafen, wie er es in seiner letzten Nachricht angekündigt hatte?

Also hatte sie nicht geschlafen. Mit wild schlagendem Herzen und einem Bedürfnis nach Rache, das mit der Sehnsucht nach einem Mann, den sie töten musste, kämpfte.

Dennoch war sie nicht müde gewesen, als sie aufgestanden war, um den Tag zu beginnen, an dem sich alles entscheiden würde. Sie war hellwach, ihre Sinne geschärft und bereit für einen Kampf. Heute würde sie sich zurückholen, was Madox ihr genommen hatte. Ihren Stolz. Ihre Stärke. Ihre Rache.

Etwas später klopfte es an der Tür zu ihrem Wohnzimmer, und kurz danach trat Rabia ein. Sie wirkte erwartungsvoll.

»Bist du bereit?«

Saphira nickte.

»Ich auch«, erwiderte Rabia lächelnd.

»Wo ist Emilio?« Die Abwesenheit ihres Chefleibwächters machte Saphira stutzig. Eigentlich sollte er jetzt bei ihr sein oder zumindest irgendwo im Haus sicherstellen, dass alle bereit waren. Aber sie hatte ihn an diesem Tag noch nicht zu Gesicht bekommen.

»Oh, der ist schon vor etwa einer Stunde losgefahren. Er hat gesagt, dass er die Lage vor Ort überwachen will, damit uns keine Überraschungen erwarten.«

»Übervorsichtig wie immer.«

»Du sagst es. Emilio entgeht wirklich nichts.«

Saphira schnappte sich ihre Beretta vom Couchtisch und verstaute sie in dem Holster, das sie über einem dünnen schwarzen Pullover trug. Anders als sonst trug sie an diesem Tag eine enge Hose und flache Kampfstiefel. Natürlich alles in Schwarz. Eine andere Farbe gab es in ihrem Kleiderschrank nicht. Auch wenn sie sich in ihrer üblichen Uniform aus Rock, Bluse und High Heels wohler gefühlt hätte, bot ihr jetziges Outfit doch eine bessere Ausgangslage für einen bevorstehenden Kampf. Und heute mussten sie jeden Vorteil nutzen, den sie bekommen konnten.

Rabia war ähnlich gekleidet, und auch sie trug ihre Waffen offen zur Schau. An diesem Tag gab es keinen Grund, ihr Vorhaben zu verschleiern. Sie zogen in den Krieg, und jeder durfte es sehen.

»Lass uns gehen«, sagte Saphira.

Gemeinsam verließen sie das Zimmer.

In der Eingangshalle warteten bereits einige Mitglieder ihrer *famiglia* auf sie, alle bewaffnet und bereit, ihr zu folgen. Der Kronleuchter, der unter der mehrere Meter hohen Decke hing, funkelte in allen Farben des Regenbogens, als das Sonnenlicht darauf traf, kleine Lichtspiegelungen tanzten über Boden und Wände.

Am Fuß der Treppe, die in die Eingangshalle führte, stand Federico, dessen hellblondes Haar in der Sonne glänzte. Als er die beiden Frauen entdeckte, sah er ein wenig überrascht aus.

»Ist alles vorbereitet?«, fragte Saphira, als sie ihn erreichten.

Er nickte. »Aber wo ist Emilio?«

»Der hat sich bereits auf den Weg gemacht«, warf Rabia mit einem Blick auf Saphira ein. »Und wir sollten das auch endlich machen.«

Die kleine Autokolonne, die Saphira und ihre Männer beherbergte, rollte durch die Straßen. Die Menschen, die sie bemerkten, beeilten sich, in ihre Häuser zurückzukehren.

Die Bewohner von Palermo waren mit der Cosa Nostra vertraut und wussten, wann sie besser ihren eigenen Geschäften nachgingen.

Sie überquerten die unsichtbare Grenze, die ihren Teil der Stadt von dem der Vargas trennte.

Die Sonne beleuchtete die sandfarbenen Steinfassaden der Gebäude. Blumenranken, die ein wenig die strahlende Kraft der Farben aus dem Sommer verloren hatten, hingen in hölzernen Blumenkästen von eisernen Balkongeländern. Weiße Tische und Stühle eines nahen Cafés standen auf dem Kopfsteinpflaster eines Gehwegs. Es war eine idyllische Szenerie.

Wären da nicht die schwarzen Autos gewesen, die wie eine dunkle Flutwelle die Straße hinaufflossen und dafür sorgten, dass es schnell menschenleer wurde.

Federico hielt den Wagen kurz vor dem Laden an, den sie

für heute auserkoren hatten. Saphira stieg als Erste aus und betrachtete die kleine Bäckerei. Emilio hatte ihr mitgeteilt, dass sie bereits seit drei Generationen in Familienbesitz war; beinahe genauso lange zahlten die Inhaber auch schon Schutzgeld an die Vargas.

Hinter ihr wurden Autotüren geöffnet und geschlossen, als ihre Männer ausstiegen. Sie musste ihnen nicht erst noch Anweisungen geben oder Befehle erteilen. Jeder wusste, was er zu tun hatte, und wie eine undurchdringliche Mauer bauten sich ihre Leute hinter ihr auf, die Waffen im Anschlag. Federico und weitere *guardie* versammelten sich direkt neben und hinter Saphira.

Weiß lackierte Metalltische standen drinnen wie draußen. Auf dem Gehweg waren zusätzlich zwei große Sonnenschirme aufgespannt worden, um Besucher vor der prallen Hitze der italienischen Sonne zu schützen.

Durch die großen Glasfenster traf der Blick einer jungen Frau, die hinter dem Verkaufstresen stand, den von Saphira. Sie lächelte, und die Frau wurde blass.

»Bereit?«, fragte Saphira.

»Das wird unser Tag«, murmelte Rabia neben ihr, und auch ohne hinzusehen, wusste Saphira anhand der Stimmlage ihrer Freundin, dass sie lächelte.

Ein letztes Mal sah sie sich um, eine Person fehlte. »Wo ist Emilio?« Saphira zog ihr Handy hervor und reichte es an Rabia weiter. »Ruf ihn an, während wir schon reingehen, und frag, wo zum Henker er steckt. Er wird rangehen, wenn er meine Nummer sieht.«

Geschlossen gingen Saphira und ihre Leute vorwärts. Eine kleine Glocke bimmelte, als Saphira den Laden betrat, und hörte gar nicht mehr auf, als die Männer ihr folgten.

Ohne zu zögern richtete sie die Pistole direkt auf den Kopf

der Frau hinter dem Tresen. »Wie viele Mitarbeiter sind heute hier?«

Die Frau schluckte, starrte sie angsterfüllt an.

Saphira spannte den Hahn der Waffe. »Ich frage nicht noch einmal.«

»D… Dr… Drei.«

Wie aufs Stichwort kam ein rundlicher Mann mit roten Wangen und einer Bäckerschürze aus dem hinteren Bereich. Wahrscheinlich der Besitzer. Als er Saphira erblickte, wich die Farbe aus seinem Gesicht.

»Hallo«, sagte sie lächelnd. »Mir wurde gesagt, dass Sie hier heute zu dritt sind. Wo ist der Letzte?«

Der Bäcker warf der Frau einen schnellen Blick zu und rief dann über die Schulter: »Matteo!«

»Was ist denn?«, kam es zurück.

Kurz danach trat ein junger Mann in den Verkaufsbereich. Er trug eine weiße Schürze, und sein blaues T-Shirt war mit Mehlflecken übersät. Anders als die beiden vor ihm blickte er nicht ängstlich, als er Saphira und ihre Leute entdeckte.

Seinetwegen waren sie hier. Seinetwegen hatte Emilio die Bäckerei ausgesucht. Matteo war der Neffe eines hochrangigen Mitglieds der Vargas. Er war Saphiras Druckmittel.

»Das hier ist das Gebiet der Vargas«, sagte er leise, klang jedoch trotzig dabei.

Saphira lächelte noch immer. »Ich weiß.« Sie ließ die Waffe sinken, setzte sich auf einen der weißen Stühle, die um die runden Tische herum gruppiert waren, und schlug die Beine übereinander.

Sofort richteten Federico und eine weitere *guardia* ihre Waffen auf die Besitzer des Ladens.

Saphira warf einen Blick über die Schulter nach draußen. Sie konnte hier und da Gesichter hinter Vorhängen entdecken.

»Wie lange wird es wohl dauern, bis die Vargas jemanden zu eurer Rettung schicken?«, fragte sie leichthin und sah wieder den jungen Mann an.

»Sie werden euch alle töten«, sprach er voller Überzeugung. Natürlich ging er davon aus. Er wusste schließlich, wer sein Onkel war.

Saphira grinste. »Nein. Ich werde *sie* töten.«

Danach herrschte einen Moment lang Schweigen, und Saphira blickte die junge Frau an, die noch immer angsterfüllt hinter dem Tresen stand. Sie hatte ihr langes, blondes Haar zu einem dicken Zopf geflochten und trug ein hellrotes Kleid. Sie hatte ein schönes Gesicht, zart, lieblich. Saphira konnte leichte Grübchen ausmachen, die sich noch vertiefen würden, sollte die Frau lächeln.

Saphira hob die Waffe und richtete sie direkt auf das Herz der jungen Frau. »Ich denke, wir sollten etwas nachhelfen und den Vargas eine Nachricht zukommen lassen.«

»Nein!« Der junge Mann stürzte nach vorn, aber Federico reagierte sofort.

Er trat einen Schritt vor, brachte den Mann aus dem Gleichgewicht und zwang ihn mit einem Schlag in den Nacken auf die Knie. Sofort kamen zwei weitere Mitglieder der *famiglia* und fixierten ihn.

Saphira sah ihn ausdruckslos an. »Mach keine Schwierigkeiten, dann werdet ihr das hier vielleicht alle überleben.«

Wutverzerrt blickte er sie an. Wahrscheinlich hätte er sich in diesem Moment auf sie gestürzt, wenn er nicht von Federico festgehalten worden wäre. Sie vermutete, dass er in die Frau verliebt war und es ihm deswegen auch egal gewesen wäre, dass er keine Chance gegen die Übermacht der de Angelis hatte. Noch bevor er Saphira überhaupt erreicht hätte, wäre er bereits tot gewesen.

Sie blickte wieder die Frau an. »Komm her.«

Es dauerte einen kurzen Moment, aber dann setzte sie sich auf zitternden Beinen in Bewegung und blieb vor Saphira wieder stehen.

»Weißt du, wo die Vargas wohnen?«, fragte sie.

Die junge Frau nickte.

»Gut. Dann wirst du ihnen jetzt eine Nachricht überbringen. Sag ihnen, dass Saphira De Angelis hier ist. Das sollte reichen.«

Tränen sammelten sich in den Augen des Mädchens, und sie warf einen verzweifelten Blick auf ihren Liebsten, der von zwei Männern am Boden gehalten wurde.

»Lasst sie da raus!«, schrie er.

Auch der Bäcker schien sich in Bewegung setzen zu wollen, aber der Lauf einer Pistole, der an seine Schläfe gehalten wurde, brachte ihn wieder zum Stillstand.

»Hast du mich verstanden?«, fragte Saphira täuschend sanft. Sollte diese Frau nicht tun, was sie verlangte, würde sie die beiden anderen töten. Beginnen würde sie mit dem jungen Mann, der so heldenhaft versucht hatte, die Frau zu retten. In dieser Welt gab es keinen Platz für Helden. Nein, in dieser Welt starben die Helden.

Am ganzen Körper zitternd sah die Frau sie wieder an und nickte.

»Gut. Dann geh.«

Auf ein Zeichen von Saphira machten ihre Männer der Frau Platz. Es dauerte nur wenige Sekunden, dann zwängte sie sich aus der Tür und hastete davon. Saphira blickte ihr hinterher und lächelte.

Bald würde sie Madox gegenüberstehen.

MADOX

Er sah die junge Frau an, die aussah, als würde sie jeden Moment umkippen, und die gerade von einem *soldato* aus der Eingangshalle geführt wurde, während Antonio und Paolo danebenstanden. Sie sah aus, als wäre der Teufel hinter ihr her.

Er bedeutete dem Mann stehen zu bleiben, bevor er mit der Fremden verschwinden konnte. »Was ist hier los?«, fragte Madox.

Antonio sah ihn mit einem leichten Lächeln an. Es war ihm anzusehen, dass er es genoss, vor Madox hier gewesen zu sein und die Kontrolle über die Situation übernommen zu haben. »Anscheinend versucht Saphira De Angelis, uns zu ärgern. Aber ich habe mich bereits darum gekümmert.«

Bei der Erwähnung ihres Namens bekam Madox eine Gänsehaut. Eine körperliche Reaktion, die er nicht unterdrücken konnte. Diese Frau hatte sich doch tatsächlich zu seiner einzigen Schwachstelle entwickelt. Und er hatte noch nie irgendeine Schwäche gehabt.

»Erklär mir genau, was hier los ist«, forderte er mit unnachgiebigem Ton. Madox war immer noch nichts eingefallen, was er gegen Antonio unternehmen konnte. Und inzwischen bemerkte er immer öfter, wie Mitglieder seiner *famiglia* ihn misstrauisch oder sogar hasserfüllt ansahen.

Anscheinend machte Antonio weiter Stimmung gegen ihn. Aber auch für Madox lief es nicht allzu schlecht. Lauro stellte ihm immer öfter Männer vor, die weder mit Giuseppes Herrschaft zufrieden gewesen waren noch besonders glücklich mit der Aussicht auf Antonio als *capo* waren. Das waren seine Unterstützer.

Lauro hatte ihm erzählt, dass die *famiglia* beinahe gespalten war. Eine Hälfte war für ihn, die andere Hälfte war für Antonio.

Und das versetzte ihn in eine schwierige Lage. Sollte er jetzt offensiv gegen Antonio vorgehen, würde er dafür sorgen, dass Varga gegen Varga kämpfte. Und am Ende würde die *famiglia* extrem geschwächt sein. Er musste also zuerst einen Weg finden, um die, die jetzt noch gegen ihn waren, auf seine Seite zu ziehen.

Aber wie sollte er das anstellen?

Antonio bedeutete dem *soldato,* der neben der Tür gewartet hatte, mit der jungen Frau zu verschwinden. Erst als sie außer Sichtweite waren, wandte er sich wieder Madox zu.

»Saphira ist in eine Bäckerei eingefallen, die für unseren Schutz bezahlt. Sie hat die Frau mit einer Nachricht zu uns geschickt.«

Saphira.

Sie hatte auf seine letzte Nachricht nicht reagiert. Dabei hatte er sie damit eigentlich aus der Reserve locken wollen. Sie vielleicht, so unwahrscheinlich das auch war, zu einer unüberlegten Reaktion reizen. War er zu weit gegangen? Vielleicht. Aber er war noch nie etwas in seinem Leben halbherzig angegangen. Ganz oder gar nicht. Und Saphira gehörte zu ihm. Auch nach allem, was zwischen ihnen vorgefallen war.

»Wie lautete die Nachricht?«

»Nur, dass Saphira dort ist.«

Madox runzelte die Stirn. Er hatte mit etwas anderem gerechnet. »Mehr nicht?«

Antonio schüttelte den Kopf. »Mehr nicht.«

Natürlich konnte Madox nicht darauf vertrauen, dass er die Wahrheit sagte. Aber jetzt, da die Frau weg war, konnte er sie auch nicht mehr fragen. Er sah Lauro an, und anscheinend schien der Kerl ihn zu verstehen, denn er verschwand mit einem angedeuteten Nicken. Hoffentlich hatte Lauro ihn wirklich verstanden und würde die Frau suchen, um Antonios Aussage zu bestätigen.

»Und was unternehmen wir jetzt?«, fragte Madox. Sein ganzer Körper kribbelte beinahe vor Anspannung. Saphira war fast in greifbarer Nähe. Aber wenn er jetzt einfach losstürmte, würde er wahrscheinlich geradewegs in eine Falle laufen. Und er konnte nicht abschätzen, wie Saphira auf ihn reagieren würde. Es war nicht unwahrscheinlich, dass sie ihn bei erster Gelegenheit erschoss.

»*Ich* habe mich bereits darum gekümmert, wie gesagt. Ich habe ein paar Männer losgeschickt, damit sie Saphira De Angelis zeigen, dass sie nicht einfach so auf unserem Gebiet wildern kann.«

»Und wie lautet der Plan? Was genau hast du vor?«

Antonio zuckte mit den Schultern. »Was schon? Wir werden dafür sorgen, dass Saphira es bereut, auf unser Gebiet gekommen zu sein.«

Madox ballte eine Hand zur Faust. War Antonio wirklich so dämlich, oder tat er nur so? Er konnte Saphira doch nicht unvorbereitet gegenübertreten.

Madox erinnerte sich an das letzte Mal, als zwischen den De Angelis und Vargas auf fremdem Gebiet gewildert worden war. Damals hatte Giuseppe Schutzgeld auf dem Gebiet der De Angelis erpresst. Und er hatte dafür bei Saphira mit viel Geld bezahlen müssen. Allerdings sagte ihm sein Gefühl, dass es dieses Mal nicht mit Geld getan war.

SAPHIRA

Ungerührt starrte sie auf die Leichen.

Nachdem die Frau zu den Vargas gegangen war, hatte Saphira den Bäcker und den jungen Mann hinten im Lager einschließen lassen. Danach hatte sie ihren Männern befohlen, sich zu verstecken. Und sie hatte nicht besonders lange warten müssen. Wie erhofft hatte Madox ein paar seiner Leute geschickt, und die waren direkt in ihre Falle gelaufen.

Bevor sie auch nur den Fuß in die Bäckerei setzen konnten, hatten Saphiras Leute sie überwältigt und getötet. Alle bis auf zwei.

Jetzt starrte sie den beiden Überlebenden ins Gesicht und lächelte, als sie deren Angst erkannte. Sie knieten auf dem Boden, die Hände hinterm Rücken und Waffen an ihre Hinterköpfe gedrückt.

Saphira konzentrierte sich auf den älteren der beiden Männer. »Seit wie vielen Jahren arbeitest du schon für die Vargas?«, fragte sie.

Der Mann schwieg. Saphira schlug ihm ins Gesicht. Als er sie wieder ansah, war seine Unterlippe aufgeplatzt, Blut perlte hervor.

»Wie lange?«, fragte sie erneut.

Wütend biss der Mann die Zähne zusammen, und beinahe rechnete sie damit, dass er erneut schwieg. Aber sie täuschte sich.

»Fünfzehn Jahre.«

»Dann bist du wahrscheinlich loyal und würdest nicht versuchen, dein eigenes Leben zu retten, und deinen Kumpel hier damit zum Tode verurteilen, richtig?«

Angewidert verzog der Angesprochene den Mund. »Ich lasse keinen Bruder zurück.«

Sie lächelte. »Sehr gut. Denn ich habe noch eine Nachricht für Madox Varga.«

Überraschung zeichnete sich auf den Zügen des Mannes ab, bevor er schnell versuchte, diese Emotion wieder zu verbergen.

»Sag ihm, dass ich ein Angebot für ihn habe. Sein Leben gegen das des jungen Mannes hier.« Sie deutete mit dem Kinn auf den anderen Überlebenden. »Wenn er nicht kommt, werde ich ihn zuerst töten. Danach Matteo. Und dann werde ich mit euren Geschäften weitermachen, bis ich bekommen habe, was ich will.«

Ungläubig sah der Mann sie an. »Das würdest du nicht.«

»Würde ich nicht?«, fragte sie lächelnd. »Erinnerst du dich an das letzte Mal, als man meine *famiglia* herausgefordert hat? Ich habe diese Stadt in Blut getränkt, und ich werde es wieder tun.«

Der Mann schluckte.

»Wirst du meine Nachricht überbringen?«

Er sah ihr direkt ins Gesicht, als würde er herausfinden wollen, ob sie es wirklich ernst meinte. Sie wartete einfach ab.

Schließlich nickte er. »Ja.«

Saphira bedeutete ihrem Mann, zurückzutreten, damit der Varga aufstehen konnte. »Dann geh jetzt.«

RABIA

Während Rabia beobachtete, wie Saphira mit den Vargas sprach, spürte sie erneut das Handy in ihrer Hosentasche vibrieren.

Verdammt.

Das war Saphiras Handy, das vibrierte. Und nicht zum ersten Mal. Verstohlen zog Rabia das schmale Gerät hervor. Emilios Name blinkte auf dem Display.

So war das alles nicht geplant gewesen. Wie hatte er sich befreien können? Und jetzt versuchte er bestimmt seit zehn Minuten, Saphira zu erreichen. Rabia musste kein Genie sein, um zu wissen, wohin er unterwegs war.

Emilio wusste, dass sie eine Verräterin war, und er würde alles tun, um Saphira zu warnen. Genau deswegen hatte Rabia auch direkt nach dem ersten Anruf einen ihrer Männer mit einem Scharfschützengewehr auf ein nahe gelegenes Dach geschickt. Er hatte den Befehl, zu schießen, sobald er Emilio entdeckte.

Rabia hatte zwar eigentlich geplant, es direkt vor Saphiras Augen zu tun, aber Emilios Flucht durfte ihren übergeordneten Plan nicht verhindern.

MADOX

Mit vor der Brust verschränkten Armen stand Madox in der Eingangshalle. Dieses Mal wollte er keinen weiteren Boten verpassen.

Lauro trat zu ihm.

»Und?«, fragte Madox.

»Ich habe mit der Frau gesprochen. Antonio hat die Wahrheit gesagt. Das war die ganze Nachricht.«

Unwillkürlich spannte Madox die Armmuskeln an. »Erzähl mir mehr über die Bäckerei.«

Einen Moment lang dachte Lauro nach. »Sie ist schon seit Jahren im Besitz der Familie. Der aktuelle Besitzer ist der Chef und Bäcker. Seine Tochter ist die junge Frau, die zu uns geschickt wurde. Neben ihr arbeitet noch ihr Verlobter mit in dem Laden. Sein Name ist Matteo, und er ist der Neffe eines unserer *capodecine*. Als ich mit ihr gesprochen habe, hat sie gesagt, dass Saphira zu allem entschlossen schien. Sie muss Matteo sogar mit dem Tod gedroht haben. Ich frage mich nur, was sie vorhat.«

Madox konnte sich vorstellen, warum sie das getan hatte. Allerdings hatte ihn dann ihre Nachricht überrascht. Er hätte erwartet, dass sie ihn direkt aufgefordert hätte, zu kommen. Aber vielleicht wartete sie noch auf etwas anderes. Er wusste nur nicht, was das sein sollte.

In diesem Moment öffnete sich die Eingangstür, und ein Mann, etwa in Madox' Alter, kam herein. Seine Unterlippe war aufgeplatzt, und auf seiner Wange begann sich eine beachtliche Schwellung auszubreiten. Blut klebte auf seiner Kleidung, aber nachdem Madox ihn sich näher angesehen hatte, konnte er feststellen, dass der Mann selbst nicht verletzt war.

Antonio ging dem *soldato* entgegen.

»Was ist passiert? Wo sind die anderen?«

»Tot.«

Unglaube zeigte sich auf Antonios Gesicht. »Wie konnte das passieren?«

Wütend starrte Madox ihn an. »Was hast du geglaubt, was passieren würde, wenn du unsere Leute ohne einen richtigen Plan losschickst? Es geht hier um Saphira De Angelis!«

Es war Antonio anzusehen, dass er mit der Situation überhaupt nicht zufrieden war. Er hatte einen Fehler gemacht, und andere hatten dafür bezahlen müssen. Das würde sein Ansehen in der *famiglia* sinken lassen.

»Es war eine Falle. Die De Angelis hatten sich versteckt. Saphira hat vor der Bäckerei gewartet. Noch bevor wir den ersten

Schuss abgefeuert hatten, haben sie uns angegriffen und überwältigt. Es sind alle tot. Bis auf Simone und mich.«

»Und wo ist Simone?«, fragte Antonio erbost.

»Noch bei Saphira.« Jetzt richtete der Mann den Blick auf Madox. »Und sie hat eine Nachricht für dich.«

Er spannte sich an. »Und die wäre?«

»Dein Leben gegen das Leben von Simone und Matteo. Wenn du nicht kommst, wird es erneut Tote in der Stadt geben. Wie damals, als sie *capo* wurde.«

Das war es also, worauf Saphira gewartet hatte. Ein stärkeres Druckmittel. Das Leben eines Zivilisten hätte er vielleicht noch ignorieren und damit opfern können. Aber das Leben eines Mitglieds der *famiglia*, noch dazu des Neffen eines wichtigen Mitglieds? Nein, niemals. Dann hätte er sofort jeden Respekt, den er sich inzwischen vielleicht verdient hatte, wieder verloren.

Saphiras Forderung bedrohte ihn. Aber sie gab ihm auch gleichzeitig die Chance, sich zu beweisen. Wenn er sich jetzt nämlich opferte, was er nicht wirklich vorhatte, dann konnte er so vielleicht noch mehr Männer auf seine Seite ziehen.

»Ich gehe«, verkündete er mit ruhiger Stimme.

Aus dem Augenwinkel sah er, wie Antonio lächelte. Wahrscheinlich hoffte der Mistkerl darauf, dass Madox bei dieser Aktion draufging. Aber den Gefallen würde er Antonio nicht tun.

Madox sah Lauro an. »Stell ein Team zusammen. Wir werden unsere Männer da rausholen.«

Lauro nickte und verschwand.

»Ich begleite dich«, sagte Antonio in diesem Moment.

Abfällig sah Madox ihn an. »Warum?«

»Vielleicht brauchst du ja Unterstützung.«

»Ich werde mein eigenes Team mitnehmen.«

»Ich werde dich trotzdem begleiten. Nur zur Sicherheit.«

Beinahe hätte Madox ihn geschlagen. Einfach nur so. Um Antonio das dämliche Grinsen vom Gesicht zu wischen. Aber so begnügte er sich damit, kommentarlos auf dem Absatz kehrtzumachen und in sein Zimmer zu gehen. Noch war es nicht an der Zeit. Noch hatte Antonio sich keinen Fehler erlaubt und zu viele Anhänger.

Madox allerdings würde Saphira bestimmt nicht ohne Waffen gegenübertreten. Schließlich würde er sich ihr nicht kampflos ergeben.

Kapitel 9

SAPHIRA

Seit der Mann verschwunden war, schlug Saphiras Herz viel schneller, als sie es wollte. Sie sollte jetzt ruhig sein, kontrolliert. Kalt.

Aber die Aussicht darauf, dass sie Madox bald wiedersehen würde, sorgte für die gegenteilige Reaktion. Ihre Hände waren feucht, und sie befürchtete, dass sie jeden Moment die Waffe fallen lassen könnte.

Dabei sollten ihre Gefühle gegenüber Madox glasklar sein. Er hatte sie hintergangen. Er hatte sie benutzt. Er hatte ihr etwas vorgespielt. Sie sollte ihn hassen.

Und sie hasste ihn auch. Aber gleichzeitig waren da auch noch … zärtliche Gefühle, wenn sie an ihn dachte. Und das war etwas, was sie sich nicht leisten konnte.

Plötzlich hörte sie nach langer Zeit zum ersten Mal wieder die Stimme ihres Vaters in ihrem Inneren:

Du bist ein Mädchen und irgendwann eine Frau, Saphira. Eine Frau in einer Welt, die von Männern beherrscht wird. Ein Lamm unter Wölfen. Deine einzige Chance zu überleben ist, dass du stärker wirst, unnachgiebig. Kalt. Gefühle sind eine Schwäche. Und Schwäche kannst du dir nicht erlauben. Lehre sie, dich zu fürchten.

Und genau darauf würde sie sich jetzt konzentrieren. Sie

würde die Menschen von Palermo wieder daran erinnern, warum man sie besser nicht hinterging.

»Da kommen sie«, raunte Rabia ihr zu, und Saphira blickte auf.

Am Ende der Straße, die direkt zu ihnen führte, waren Autos aufgetaucht, die sich langsam auf sie zubewegten. Aber sie konnten die De Angelis nicht direkt erreichen, da deren Autos den Weg blockierten.

Als die Motorengeräusche erstarben, spannten ihre Männer beinahe gleichzeitig die Waffenhähne. Metallisches Klicken erfüllte die Luft. Dann Stille.

Saphira wartete. Rabia stand neben ihr, Federico auf der anderen Seite.

Eine Autotür wurde geöffnet, und Madox stieg aus.

Sie hatte ihn über zwei Monate nicht mehr gesehen. Sie sollte ihn hassen. Trotzdem bekam sie eine Gänsehaut am ganzen Körper, ihre Hand mit der Waffe zitterte leicht, und ihre Bauchmuskeln spannten sich an. Plötzlich schien es, als würden all die Male, die er einst auf ihrer Haut hinterlassen hatte, wieder brennen.

Hinter Madox stiegen weitere Männer aus, Pistolen wurden gezogen und aufeinander gerichtet. Madox kam zwischen den geparkten Autos auf sie zu und blieb schließlich in einigem Abstand zu ihr stehen. Saphira drückte den Rücken durch und machte einen Schritt nach vorn, dann noch einen, bis Madox und sie nur noch wenige Meter voneinander entfernt standen.

»Saphira.«

Seine Stimme klang noch genauso wie in ihrer Erinnerung. Tief, sanft, wenn er ihren Namen aussprach.

Ihr Herz verfehlte einen Schlag. »Du bist gekommen.«

»Du hast mir keine Wahl gelassen.«

»Du hast mich benutzt. Und jetzt wirst du dafür bezahlen.«

»Saphira …«, setzte Madox an, aber sie unterbrach ihn, indem sie Federico ein Zeichen gab.

Er verschwand im Inneren der Bäckerei und kam wenige Augenblicke später mit dem gefesselten Mitglied der Vargas zurück.

»Dein Leben gegen das deines *soldato.*«

»Du wirst mich nicht töten«, flüsterte Madox so leise, dass es niemand außer ihnen hören konnte.

»Du hast keine Ahnung, wozu ich fähig bin, Madox *Varga.*« Sie betonte seinen wahren Nachnamen mit Absicht und drehte sich um. »Federico.«

Ihre *guardia* trat einen Schritt vor und zog seine Geisel mit sich, als jemand ihn mit scharfer Stimme aufhielt.

»Warte!«

Überrascht sah Saphira ihre beste Freundin an.

Diese lächelte. »Niemand wird hier mehr deine Befehle befolgen, Saphira.«

Verwirrt runzelte Saphira die Stirn. »Was?«

Plötzlich hob Rabia die Waffe und richtete sie genau auf Saphiras Herz. »Du warst lange genug der *capo* dieser *famiglia.* Du hast in den letzten Monaten so viel Schwäche gezeigt. Du verdienst es nicht länger, diese *famiglia* anzuführen.«

»Was zum Teufel machst du?«, zischte Saphira.

Rabia lachte. »Ist das nicht offensichtlich?«

In diesem Moment richteten fast alle De Angelis ihre Waffen auf Saphira. Nur die *guardie* taten das nicht. Stattdessen formierten sie sich blitzschnell um Saphira herum, sodass niemand mehr freies Schussfeld auf sie hatte.

Ungläubig starrte Saphira ihre beste Freundin an. »Stehst du etwa auf Madox' Seite?«, fragte sie.

Rabia lachte. »Nein. Aber es sieht ganz danach aus, als wärst du nur von Verrätern umgeben. Ergib dich jetzt, und es muss niemand unnötig leiden. Außer dir natürlich.«

Saphira blickte in die Gesichter der Männer, die sie eigentlich beschützen sollten. Aber dort sah sie keine Loyalität, kein Vertrauen. Stattdessen schien jeder mehr als bereit, den ersten Schuss abzugeben.

Sie blickte wieder Rabia an. Ausgerechnet sie war ein Verräter? Nach Madox noch jemand, den sie an sich herangelassen hatte und der sie nur belogen hatte, sie hintergangen und sich ihre Schwäche zunutze gemacht hatte.

»Ich werde mich niemals ergeben«, rief sie laut und deutlich, damit auch jeder sie verstehen konnte. »Da wirst du mich schon töten müssen.«

»Oh, genau das habe ich vor, Saphira. Aber vorher wirst du leiden. So, wie ich gelitten habe.«

Verwirrt runzelte sie die Stirn. Wovon sprach Rabia?

»Das alles findet jetzt ein Ende!«

Plötzlich begannen alle zu schießen. Federico versuchte, sie mit seinem Körper abzuschirmen. Ihre *guardie* erwiderten das Feuer und suchten gleichzeitig hinter den geparkten Autos Schutz. Auch Saphira wurde von Federico hinter ein vor einer Gasse geparktes Auto gezogen und hockte sich dort hin.

Plötzlich schloss sich eine Hand um ihren Oberarm, und sie wurde nach hinten gezogen. Federico war zu sehr damit beschäftigt, das Feuer zu erwidern, um es zu bemerken. Saphira wollte sich gerade wehren, als eine vertraute Stimme an ihr Ohr drang.

»Saphira!«

Sie wirbelte herum. »Emilio! Wo zum Teufel bist du gewesen?«

»Rabia hat mich gefangen genommen. Aber das ist jetzt

egal, wir müssen von hier verschwinden!« Er hatte seinen Satz gerade beendet, als seine Augen plötzlich groß wurden.

Zuerst verstand Saphira nicht, was passiert war, aber dann presste Emilio eine Hand auf seinen Bauch, und als er sie wieder wegzog, war sie voller Blut.

Nur ein Gedanke schoss ihr durch den Kopf: *Scharfschütze.*

Emilio ging zu Boden, und alles, was Saphira tun konnte, war, auf die immer größer werdende rote Pfütze zu starren, die sich unter ihm ausbreitete.

MADOX

Schüsse hallten durch die Straße, und Madox versuchte zu erkennen, wo Saphira war. Ihre *guardie* kämpften gegen Rabia und ihre Leute. Aber wo war Saphira selbst?

In diesem Moment sah er ihr dunkles Haar aufblitzen und konnte beobachten, wie sie in eine Gasse gezogen wurde. War das Emilio, der da bei ihr war?

Madox beobachtete die Szene, und plötzlich ging Emilio zu Boden, und Saphira bewegte sich keinen Zentimeter.

Über seine Schulter sah er Lauro an: »Starte den Wagen!«, schrie er. Dann sah er seine Männer an. »Verschwindet von hier!«

Wie er erwartet hatte, rührte Antonio keinen Muskel. Ohne sich darum zu kümmern, wie es wohl aussehen würde, stürmte er zu der Gasse, streckte den Arm aus und bekam Saphiras Handgelenk zu fassen. Er musste sie hier rausbringen.

Als sie den Blick auf ihn richtete, schien sie direkt durch ihn hindurchzusehen. Dann fiel sein Blick auf Emilios leblosen Körper und die Blutlache unter seinem Körper. Jetzt verstand er und drängte Saphira sofort tiefer in die Gasse, bevor der

Scharfschütze auch sie noch erwischen konnte. Ihr Glück war wahrscheinlich die Gasse gewesen. Der Winkel war hier für einen Scharfschützen problematisch. Was vermutlich auch der Grund war, warum sich nur Emilios Blut auf dem Pflaster verteilte und nicht seine Hirnmasse.

Madox schirmte sie mit seinem Körper ab. »Wir müssen zu meinem Auto!«

Saphiras Blick flog zurück zu Emilio.

»Nein!«, rief sie erneut und schaffte es beinahe, sich von ihm loszumachen.

Madox fluchte und zog seine Waffe. Wahrscheinlich würde Saphira ihn dafür hassen, aber damit musste er leben. Mit einem gezielten Schlag schlug er ihr den Lauf der Pistole gegen die Schläfe. Sofort wurde ihr Körper schlaff, und sie sackte in seinen Armen zusammen.

Dann war plötzlich Lauro an seiner Seite. Madox übergab ihm die bewusstlose Saphira. »Bring sie ins Auto. Wenn ihr etwas passiert, wirst du es bereuen.«

Damit ließ er den *soldato* stehen. Es fiel ihm zwar unendlich schwer, Saphira einem Fremden zu überlassen, aber er hatte noch etwas zu erledigen. Denn Madox würde nie einen Freund auf dem Schlachtfeld zurücklassen.

SAPHIRA

Saphira wurde mit heftigen Kopfschmerzen wach. Sie waren so stark, dass sie das Gefühl hatte, sie müsste sich übergeben, wenn sie sich auch nur einen Zentimeter bewegte.

Blinzelnd öffnete sie die Augen. Die Decke kam ihr nicht bekannt vor. Wo zum Teufel war sie? Und was war passiert?

»Saphira.«

Vorsichtig drehte sie den Kopf zur Seite. Madox saß auf einem Stuhl neben dem Bett, auf dem sie lag. Als sie ihm ins Gesicht blickte, fiel ihr alles wieder ein. Madox. Rabia, die sie verraten hatte. Emilio, der auf dem Boden lag. Das Blut, das sich unter ihm ausbreitete.

Abrupt richtete sie sich auf. Kurz hob sich ihr Magen, aber die Sorge hatte sie fest im Griff.

»Emilio! Wo ist er?«

Madox' Gesichtsausdruck sorgte dafür, dass sich ihr Herz anfühlte, als wäre es von einer eiskalten Hand umschlossen. Sie durfte Emilio nicht verlieren.

»Ich habe mich um ihn gekümmert. Komm.« Er stand auf und reichte ihr eine Hand.

Aber sie ignorierte ihn und stand selbst auf. Danach folgte sie Madox durch Flure, die ihr fremd waren. Aber sie achtete auch nicht auf ihre Umgebung. Kurze Zeit später kamen sie vor einer geschlossenen Tür zum Stehen, vor der ein junger Mann Wache hielt.

»Er ist da drin«, sagte Madox mit leiser Stimme.

Saphira ließ ihn stehen und stürmte in den Raum. Was sie dort sah, ließ sie erschaudern.

Emilio lag in einem schmalen Bett. Ein dicker Verband umgab seinen Bauchraum. Ein Verband, der von seinem Blut getränkt war.

Eilig trat sie an seine Seite und ließ sich neben dem Bett auf die Knie fallen, umfasste seine Hand. Sie war eiskalt, seine Haut leichenblass.

»Emilio«, flüsterte sie.

Als er ihre Stimme hörte, öffnete er zögerlich die Augen. Sein Blick war glasig, als wäre er nicht mehr ganz da, als wäre ein Teil von ihm bereits fort.

»Saphira. Ich muss dir etwas sagen.« Seine Stimme war so leise, dass sie ihn beinahe nicht verstehen konnte.

»Sch, das hat Zeit.« Sie wollte aufstehen und zu Madox gehen, von ihm verlangen, dass er sofort einen Arzt holte, aber mit unerwarteter Kraft hielt Emilio ihre Hand fest.

»Nein, das hat es nicht.«

»Aber …« Sie sah erneut zur Tür.

»Saphira, bitte.« Sein flehentlicher Blick sagte ihr, was er nicht laut aussprach. *Ich habe nicht mehr viel Zeit.*

Sie ließ sich wieder auf die Knie sinken.

»Rabia ist … eine … Verräterin.« Mit jedem Wort schien seine Stimme schwächer zu werden.

Die Worte ließen sie völlig kalt, da die Sorge um Emilio sie komplett im Griff hatte.

»Sie arbeitet mit … der Drogengang zusammen. Ich … habe gestern Nacht ein Telefonat belauscht.«

»Ich weiß, aber das ist jetzt nicht mehr wichtig«, flüsterte sie. »Du musst still sein und dich ausruhen, damit du wieder gesund wirst.«

Traurig lächelte Emilio sie an. »Wir … wissen beide, dass ich nicht wieder gesund werde, Saphira.«

Sie drückte seine Hand. »Sag so etwas nicht. Ich brauche dich doch.«

Er seufzte leise. Es schien ihm mit jeder Sekunde schwerer zu fallen, die Augen offen zu halten. »Rabia … sie hat mich letzte Nacht … betäubt. Deswegen kam ich heute zu spät.«

Sanft strich sie ihm mit einer Hand durchs Haar. »Du bist nicht zu spät gekommen. Alles ist gut.«

»Es … es tut mir leid, Saphira.«

Seine Atmung wurde flacher, die Abstände zwischen seinen Atemzügen immer größer. Beinahe konnte sie spüren, wie er ihr entglitt.

»Was tut dir leid?«, fragte sie mit brüchiger Stimme.

»Dass … ich dich … nicht länger beschützen kann.«

Sie sah den Mann an, mit dem sie aufgewachsen war. Der mit ihr gelacht und sie im Arm gehalten hatte, als sie zum ersten Mal Liebeskummer gehabt hatte. Der sie sein Leben lang beschützt hatte und immer an ihrer Seite gewesen war. Ein sanftes Lächeln lag auf seinen Lippen.

»Du musst jetzt selber auf dich aufpassen, Saphira.« Seine Augen schlossen sich. Ein langer Atemzug entwich ihm. Dann blieb es still.

»Emilio?«, fragte sie leise.

Keine Reaktion.

Dann lauter: »Emilio?«

Aber sie bekam keine Antwort mehr.

Kapitel 10

MADOX

Eine ganze Weile blieb die Tür vor Madox geschlossen. Er konnte nicht hören, was oder ob Saphira mit Emilio sprach, aber er hatte eine Ahnung, was sich in dem Raum gerade abspielte. Schließlich war er derjenige gewesen, der Saphiras Chefleibwächter verbunden hatte. Er hatte die Wunde gesehen, und es hatte nie eine Chance gegeben, dass Emilio das überlebte. Das hatte auch der Arzt bestätigt, der kurz danach nach Emilio gesehen hatte.

Am Anfang hatte Emilio ihm gesagt, dass Madox sich zum Teufel scheren konnte und er sich niemals von einem Verräter helfen lassen würde. Aber schließlich hatte ihn die Kraft verlassen, und er hatte keine Wahl mehr gehabt. Emilios Geschichte würde hier und heute enden.

Madox war sich nicht sicher, wie Saphira auf Emilios Tod reagieren würde. Aber er befürchtete, dass sie sich am Ende von all ihren Gefühlen abkapseln würde – Schmerz über den Tod des Freundes genauso wie ihre Gefühle für ihn selbst, so es diese noch gab. Und das könnte er ihr nicht einmal verübeln, wenn er sich ansah, was ihr in ihrem jungen Leben schon alles passiert war.

Sie hatte ihre Eltern und ihren kleinen Bruder bei einem schweren Autounfall verloren. Sie hatte gnadenlos getötet, um sich ihre Position in Palermo zurückzuholen. Sie hatte ihm vertraut, und er hatte sie hintergangen. Sie hatte Rabia vertraut, und sie hatte Saphira hintergangen. Emilio war ihr ganzes Leben lang an ihrer Seite gewesen, und jetzt würde er sterben.

Wie viel Leid konnte ein Mensch wohl ertragen, bevor es ihn endgültig zerstörte?

In diesem Moment öffnete sich die Tür, und Saphira sah ihn an. Als Lauro, der neben ihm stand, ihren Gesichtsausdruck sah, machte er automatisch einen Schritt zurück. Madox musste seine instinktive Reaktion, sie in den Arm zu nehmen, bewusst unterdrücken.

Er hatte Kummer erwartet, Leere. Stattdessen sah er in Saphiras Blick ein Feuer, das eine ganze Stadt zerstören konnte.

Sie brannte vor Zorn.

Das hier war nicht seine Eisprinzessin. Vor ihm stand eine Königin. Und ihr Feuer würde jeden vernichten, der sich ihr in den Weg stellte.

Ja, sie hatte geweint. Ihre Tränen hatten sich mit der Wimperntusche vermischt, hatten ihr Gesicht für jeden sichtbar gezeichnet. Doch es wirkte wie eine Kriegsbemalung.

Sie sah ihm direkt in die Augen. »Er ist tot.« Ihre Stimme war ruhig, beinahe gelassen. Was umso beunruhigender war, da ihre Augen keinen Zweifel daran ließen, wie sehr das Feuer in ihr tobte.

Madox wusste nicht, was er darauf erwidern sollte. Er würde jetzt bestimmt nicht sagen, dass es ihm leid tat. Denn was würde Saphira diese Floskel bedeuten? Sie würde ihr nicht helfen, damit zurechtzukommen. Also schwieg er lieber.

»Er verdient eine richtige Beerdigung.«

»Ich werde mich darum kümmern.«

»Der Friedhof, auf dem meine Familie begraben ist. Emilio

ist …« Sie stockte, und zum ersten Mal drang ein Hauch von dem Leid, das sie vermutlich in sich verschlossen hatte, durch den Schleier von Zorn, der sie umgab. Aber dann nahm sie einen tiefen Atemzug, und der Moment war vorüber. »… *war* ein Teil der Familie. Dort soll er begraben werden.«

Madox nickte. Er erinnerte sich noch an den Ort und würde dafür sorgen, dass Emilio seine letzte Ruhestätte fand. Wenigstens das konnte er für Saphira tun.

Als hätte sie jetzt alles gesagt, ging sie an ihm vorbei und zurück in die Richtung, aus der sie gekommen waren.

»Was tun wir jetzt?«, fragte Lauro mit leiser Stimme, in der deutlich seine Angst mitschwang.

»Du folgst ihr. Aber sprich sie nicht an, lass sie einfach in Ruhe. Stell nur sicher, dass sie sicher zurück in das Zimmer kommt, und es auch nicht verlässt. Ich traue Antonio nicht und will nicht, dass Saphira hier auch nur eine Sekunde unbeaufsichtigt ist.«

Lauro nickte. »Und was wirst du tun?«

»Ich kümmere mich darum, dass Emilio beerdigt wird.«

Ein paar Stunden später kehrte Madox zum Anwesen der Vargas zurück. Nun, da Saphira die Kontrolle über ihre *famiglia* verloren hatte und Rabia an der Spitze stand, musste er nicht länger befürchten, dass er bei der ersten sich bietenden Gelegenheit angegriffen wurde. Auf Rabias Abschussliste stand er sicher nicht ganz oben.

Außerdem hatte er sich auch um die Angelegenheiten seiner *famiglia* kümmern müssen.

Nachdem Saphira und er von der Bildfläche verschwunden waren, hatte Rabia sich mit ihren Leuten zurückgezogen, so hatte es Lauro ihm berichtet. Matteo, Saphiras ursprüngliches Druckmittel, und der Bäcker konnten befreit werden. Danach hatte er sich noch vor seinen Leuten rechtfertigen müssen, warum er Saphira De Angelis auf das Anwesen gebracht hatte. Am Ende hatte er es damit erklärt, dass sie ein wichtiges Druckmittel war, das er für die Vargas nutzen wollte.

Nachdem er sich um all diese Dinge gekümmert hatte, war er mit Emilios Leichnam zu dem kleinen Friedhof außerhalb der Stadt gefahren. Die alte Dame, die er bei seinem ersten Besuch dort gesehen hatte, war sofort bereit gewesen, ihm zu helfen. Sie kannte Emilio seit Langem, und es war ihr deutlich anzumerken, dass sie ihn gemocht hatte. Auch ihr fiel es schwer, Abschied zu nehmen.

Sie hatte Madox versprochen, sich um alles zu kümmern. Emilio würde neben Saphiras Familie beerdigt werden.

Jetzt wollte er mit Saphira sprechen. Er wusste zwar nicht, was er ihr sagen sollte, aber er konnte das Bedürfnis, nach ihr zu sehen, nicht länger unterdrücken. Und wollte es auch gar nicht.

Als er Lauro entdeckte, der wie versprochen vor ihrem Zimmer Wache hielt, beschleunigte sich sein Herzschlag. Denn der junge *soldato* sah aus, als würde er körperliche Schmerzen erleiden.

»Was ist los?«, verlangte Madox zu wissen.

»Ich weiß es nicht«, flüsterte Lauro und nahm einen tiefen Atemzug. Er schien sich deutlich zu entspannen, jetzt da Madox da war.

»Was soll das heißen?«

»Eine Weile herrschte Schweigen, nachdem sie in ihr Zimmer zurückgegangen ist. Dann hörte ich ein Geräusch, als würde etwas zerbrechen. Danach wieder Stille, bevor es wieder von vorne losging. Jetzt ist sie seit ungefähr einer Stunde wieder still. Antonio ist nicht glücklich darüber, dass du Saphira De Angelis mit ins Haus gebracht hast. Ein anderer *soldato* hat mir berichtet, dass er zu ihr will. Du musst etwas unternehmen, Madox.«

Am Ende seiner Ausführungen schien Lauro etwas außer Atem zu sein. Sowieso hatte es geklungen, als hätte er die Worte viel zu lange in sich verschlossen und sie nun so schnell wie möglich aussprechen wollen.

»Ich kümmere mich darum. Sorg du nur dafür, dass ich noch ein bisschen Zeit habe.«

Ein wenig verängstigt sah Lauro ihn an. »Wie soll ich das machen?«

Madox unterdrückte seine Ungeduld. Er wollte endlich zu Saphira. »Sprich mit unseren Leuten. Sorg einfach dafür, dass Antonio diesen Flur nicht betritt.« Dann nahm er einen tiefen Atemzug und trat Saphira gegenüber.

SAPHIRA

Alle hatten sie verlassen. Jeder Mensch, der ihr irgendwann einmal etwas bedeutet hatte, hatte sie allein gelassen.

Saphira starrte die geschlossene Tür an. Sie war auf dem Anwesen der Vargas, völlig auf sich gestellt. Sie hatte keine Ahnung, wo Madox war, und es interessierte sie auch nicht. Denn was bedeutete schon sein Verrat verglichen mit dem, was heute passiert war? Gar nichts.

Madox war ein Mann, den sie in ihr Bett gelassen und der geglaubt hatte, dass sie seinen Vater ermordet hatte. Seine Beweggründe konnte sie sogar verstehen. Auch sie wäre für ihre Rache über Leichen gegangen. Nein, sie war es.

Aber Rabia? Sie waren zusammen aufgewachsen. Saphira hatte ihr einen Platz in der *famiglia* gegeben. Saphiras Vater hatte Rabia aufgenommen, hatte sie wie seine eigene Tochter behandelt. Und Saphira hatte wirklich geglaubt, dass sie Rabia vertrauen konnte. Es hatte nie irgendwelche Anzeichen gegeben, dass Rabia einen Groll gegen sie hegen würde.

Warum also wandte sich ihre Freundin gegen sie?

Und als wäre das noch nicht schlimm genug, hatte Rabia auch noch Emilio auf dem Gewissen. Emilio, der sein Leben ihrem Schutz gewidmet hatte. Der für sie wie ein Bruder gewesen war.

Schmerz wallte in ihr auf, so stark und grausam, dass es ihr beinahe den Atem nahm.

Und es hörte nicht auf. Mit jedem Herzschlag schien der Kummer sie von innen zu zerreißen. Sie brauchte irgendetwas, das den Schmerz betäubte, ihn linderte. Egal was.

Ihr Blick fiel auf einen Spiegel.

Langsam ging Saphira darauf zu, umfasste den schweren Kerzenständer, den sie noch immer in der Hand hielt, fester.

Sie betrachtete ihr eigenes Spiegelbild. Eine zerbrochene Frau sah sie an.

Saphira hob den Kerzenständer an und schlug ihn gegen den Spiegel. Das Glas explodierte, Scherben regneten auf sie herab. Sie ließ den Kerzenständer fallen und betrachtete die Scherben auf dem Boden.

Dann griff sie an ihren Unterarm und löste den dünnen, aber rasiermesserscharfen Dolch, den sie dort immer trug. Madox hatte ihn ihr nicht abgenommen. Ob er ihn einfach nicht entdeckt hatte, oder ob er ihr ein gewisses Maß an Selbstschutz hatte lassen wollen, wusste sie nicht. Und in diesem Moment interessierte es sie auch nicht.

Während sie auf das Bett zuging, in dem sie vor einiger Zeit aufgewacht war, beruhigte sich ihr Herzschlag endlich. Das Zittern ihrer Hände hatte nachgelassen, als sie auf der Bettkante Platz nahm. Sie fühlte sich endlich wieder, als hätte sie alles unter Kontrolle, als sie den Ärmel ihres Pullovers nach oben schob und die blasse Haut ihres Unterarms enthüllte.

Saphira setzte die Klinge direkt unterhalb der Ellenbeuge an. Der scharfe Dolch drückte gegen ihre Haut, verletzte sie aber noch nicht. Sie nahm einen tiefen Atemzug. Dann schnitt sie.

Der erste Schnitt stand für ihren Vater Davide.

Etwas von der Last, die auf ihren Schultern lag, fiel ab.

Der zweite Schnitt stand für ihre Mutter Viola.

Saphira konnte wieder etwas freier atmen.

Der dritte Schnitt stand für ihren kleinen Bruder Pippo.

Der Schmerz verließ sie wie das Blut, das über ihre Haut floss.

Der vierte Schnitt stand für Emilio.

Ruhe senkte sich über sie.

Der fünfte Schnitt stand für Madox.

Mit einem sanften Lächeln beobachtete Saphira, wie das Blut von ihrem Arm auf den Fußboden tropfte.

Der sechste Schnitt stand für Rabia.

Dabei stellte sich Saphira vor, wie sie ihrer besten Freundin die Kehle durchschnitt. Ihr Lächeln wurde breiter.

Die Tür wurde geöffnet. Langsam hob Saphira den Kopf und blickte Madox an, der gerade den Raum betrat. Sein Blick fiel auf das Chaos, das sie angerichtet hatte. Dann auf ihre Hand, welche das blutige Messer hielt, und auf die Schnitte auf ihrem Unterarm.

Er drehte sich um, schloss hinter sich ab und steckte den Schlüssel in die Hosentasche. Danach sah er sie wieder an.

Saphira stand auf, umfasste den Dolch fester. Blut tropfte von ihrem Unterarm, markierte ihren Weg, als sie vor Madox trat.

Sie starrten einander an. Die Sekunden tickten vorbei. Ihre Welt zog sich auf diesen Punkt zusammen, an dem Madox und sie sich gegenüberstanden. Alles andere rückte in den Hintergrund. Seine blassblauen Augen sahen sie unverwandt an. Sie konnte erkennen, dass er seine Emotionen unter Kontrolle hielt. Wie oft hatte sie in diese Augen gesehen und sich gefragt, ob sie ihm vertrauen konnte? Und dabei nicht ein einziges Mal geahnt, wer er wirklich war.

Saphira griff Madox an. Mit dem Messer zielte sie direkt auf sein Gesicht. Es war kein raffinierter Schlag. Nein, stattdessen war es ein plumper Versuch, ihrer Wut Ausdruck zu verleihen. Und Madox hatte keine Schwierigkeiten, ihr den Dolch mit einem geschickten Griff zu entwenden. Mit einem metallischen Scheppern fiel ihre einzige Waffe zu Boden. Ihr Handgelenk befand sich in seinem festen Griff. Aber Saphira war noch nicht bereit, aufzugeben.

Sie ballte die freie Hand zur Faust.

Dann schlug sie Madox direkt ins Gesicht.

Sein Kopf flog zur Seite, und sie sah, wie er die Zähne zusammenbiss. Wie in Zeitlupe drehte er den Kopf und sah sie wieder an. Blut tropfte von seiner aufgeplatzten Unterlippe. Saphira holte erneut aus. Aber dieses Mal fing Madox ihre Faust ab.

Sie starrten einander an.

Die Anspannung lud die Luft um sie herum beinahe elektrisch auf. So viele ungesagte Dinge standen zwischen ihnen. Saphira bekam eine Gänsehaut, als sie Madox' warme Hand auf ihrer spürte. Und plötzlich erinnerte sich ihr Körper an all die lustvollen Dinge, die Madox mit ihr getan hatte. Ihre Muskeln spannten sich an. Feuchtigkeit sammelte sich zwischen ihren Schenkeln. Sie wollte das hier nicht. Sie wollte ihn nicht begehren. Und sie wollte schon gar nicht, dass sie so offensichtlich auf ihn reagierte, aber sie konnte nichts dagegen tun.

Ihre Lippen öffneten sich, als ihre Atmung schneller wurde. Madox bemerkte es, und seine Pupillen wurden größer. Er knurrte leise. Ihre Brustwarzen waren hart.

Die Zeit schien stehen zu bleiben.

Dann beugte er sich vor, zog sie mit einem Ruck an sich und küsste sie.

Alles an ihm war vertraut, und doch war es, als hätte sie ihn noch nie zuvor in ihrem Leben geküsst. Alles, was zwischen ihnen vorgefallen war, hatte ihn fremd werden lassen. Es war nicht mehr Madox, ihre *guardia*, der sie küsste. Es war Madox Varga, ihr Feind.

Dennoch konnte sie nicht verhindern, dass sie leise stöhnte und ihr Körper wie von selbst sofort kapitulierte. Denn er wusste noch ganz genau um all die Dinge, die Madox getan hatte, um ihn sich untertan zu machen. Und ihr Feind schien nichts von seiner Macht über sie verloren zu haben.

Seine Hand zog ihre Faust auf ihren Rücken, einen Augenblick später folgte ihre andere Hand, sodass Madox ihre Handgelenke mit einer Hand umfassen konnte.

Sein Mund löste sich von ihrem. Sie konnte sein Blut von der Wunde an seiner Unterlippe schmecken. Ihre eigenen Lippen waren wahrscheinlich geschwollen. Madox' warmer Atem strich ihr übers Gesicht.

»Wir sollten reden.« Seine Stimme klang tief vor Erregung.

Die harte, kalte Realität drohte, sich in den Nebel ihrer Lust zu schleichen und alles zunichtezumachen. Was sie jetzt brauchte, war Begierde, um sie eine Weile die Tragödie vergessen zu lassen, zu der ihr Leben geworden war.

»Wenn du jetzt zu reden anfängst, werde ich gegen dich

kämpfen. Ich habe nichts von dem vergessen, was du mir angetan hast, Madox *Varga.*«

Der Griff um ihre Handgelenke wurde so fest, dass sie glaubte, jeden Moment ihre Knochen knirschen zu hören. Madox zog die Oberlippe zurück, als würde er sie anknurren wollen. In diesem Moment ähnelte er mehr dem zähnefletschenden Wolf, der auf seinen Handrücken tätowiert war, als jemals zuvor.

Ihr Herz schlug heftig in ihrer Brust, ihr Atem ging schwer. Madox zögerte. Aber nur einen kurzen Moment lang. Dann zog er sie mit einem Ruck an seine Brust und raubte ihr mit seinem Kuss den Atem.

Seine Muskeln rieben durch den Stoff an ihren Brustwarzen, schickten kleine Elektroschocks durch ihren Körper und direkt zwischen ihre Schenkel.

Saphira wimmerte, bog den Rücken durch, bis sie das Becken an Madox' steinharter Erektion reiben konnte.

Bevor sie überhaupt wahrnahm, dass sie sich bewegten, spürte sie schon die Bettkante an ihren Waden. Madox drückte sie nach hinten, fing ihren Sturz aber mit einem Arm ab und ließ sie sanft auf die Matratze gleiten. Dabei verließ sein Mund niemals ihren.

Heiße Erregung vertrieb auch die letzten Reste von Kummer und Zorn, die sie eben noch aufgefressen hatten. Madox unterbrach den Kuss und ließ ihre Handgelenke los, aber nur um ihr den Pullover über den Kopf zu ziehen, bevor er sich selbst seines Oberteils entledigte. Das Shirt fiel zu Boden, und seine Hände legten sich wieder auf ihre erhitzte Haut.

Saphiras Blick glitt über seinen Oberkörper, der wie gemeißelt wirkte. Sie betrachtete die Sternentattoos direkt unterhalb seiner Schlüsselbeine. Seine tätowierte Hand lag auf ihrem Bauch. Er übte keinerlei Druck aus, und dennoch hielt er sie damit wirkungsvoll gefangen.

Es sollte ihr eine verdammte Angst machen, dass dieser Mann ihren Körper so kontrollieren konnte. Stattdessen konnte sie nur in seine faszinierend hellen Augen starren und daran denken, wie dringend sie ihn in sich spüren wollte.

Madox schien ihre Gedanken lesen zu können, denn er stieg vom Bett und zog Hose samt Unterhose aus. Sein nackter Körper raubte ihr den Atem. Während sie Gewicht verloren und eine neue Narbe bekommen hatte, sah Madox noch genauso aus wie in ihrer Erinnerung. Ihr Schoß zog sich verlangend zusammen, und ihre Atmung wurde flach und schnell.

Als wüsste er genau, welche Wirkung er auf sie hatte, grinste Madox und ließ sich wieder auf sie sinken, bis jeder köstliche Zentimeter seines Körpers an ihren gepresst war. Dann umfasste er ihre Hüften und rollte sich mit ihr herum, bis sie auf ihm lag.

Sein Mund war auf ihrem Hals. Er leckte über ihre Haut, und sein Stöhnen ließ seinen Brustkorb an ihrem vibrieren. Ihr Kopf fiel nach vorn auf seine Schulter. Madox' Hände strichen über ihren Rücken, bescherten ihr eine Gänsehaut, die sich langsam von ihrem unteren Rücken bis zum Nacken hinaufarbeitete.

Saphira hatte das Gefühl, zu brennen. Erregung ließ ihre Muskeln krampfartig zucken, und warme Feuchtigkeit hatte ihre Pantys mit Sicherheit längst durchnässt.

Plötzlich spürte sie Madox' warmen Atem an ihrem Ohr, seine Zähne sengten sich in ihr Ohrläppchen, bis sie unterdrückt aufschrie. Als Gegenleistung biss sie ihm, so fest sie konnte, in die Schulter, bis er leise knurrte.

»Zieh dich aus.« Er schob sie von sich, bis sich ihre Blicke trafen. »Sofort.«

Bevor sich ihr Verstand über diesen Befehl aufregen konnte, hatte ihr Körper schon reagiert und sie war vom Bett aufgestanden. Als Erstes verschwanden Hose und Unterhose. Dann griff sie hinter sich, öffnete den BH und ließ ihn von den Schultern gleiten.

»Komm wieder her«, befahl Madox. Seine Stimme klang dunkel und tief, und wäre da nicht diese unverkennbare Lust, die in seinem Blick lag, hätte sie bei diesem Tonfall Angst empfinden müssen.

So wurde sie aber nur noch feuchter und kroch willentlich wieder zu ihm aufs Bett, bis sie mit gespreizten Beinen über seinen Hüften kniete. Seine Hände legten sich auf ihren Hintern, zogen sie nach unten.

Saphira umfasste seinen steinharten Schwanz, und Madox zog zischend die Luft ein. Von seinen Händen geführt, ließ sie sich nach unten sinken. Seine Erektion glitt einmal durch ihre feuchten Falten, Saphira benetzte ihn mit ihrer Nässe. Dann sahen sie sich in die Augen, und Madox drang mit einem harten, schnellen Stoß in sie ein.

Aber Saphira wollte keine Intimität, nicht auf diese Art und nicht mit diesem Mann. Sie wollte nur die körperliche Lust, die sie alles andere vergessen ließ. Deswegen schloss sie die Augen und legte den Kopf in den Nacken.

Sobald er in ihr war, übernahm Madox die Kontrolle. Obwohl sie oben lag, konnte sie das Tempo nicht bestimmen.

Das hier hatte nichts mit Liebe zu tun. Nur mit verzweifelter Leidenschaft. Madox' Bewegungen fehlte der übliche geschmeidige Rhythmus. Dennoch hatte die Erregung Saphira fest im Griff.

Madox löste eine Hand von ihrer Hüfte und legte sie auf ihre Scham, sodass sein Daumen bei jeder Bewegung über ihre Klit rieb. Ein tiefes Stöhnen entrang sich ihren Lippen, und Saphira bog den Rücken durch.

Ihre Haut kribbelte überall dort, wo Madox sie berührte.

Ihr Atem ging rasend schnell, und ihr Herz schlug so hart, als wollte es ihr aus dem Brustkorb springen.

Immer höher trugen sie die Wellen der Erregung, bis sich all ihre Muskeln anspannten. Die Zeit stand still. Dann brach sich ihre Erlösung in explosionsartigen Wellen Bahn. Saphira schrie.

Unter ihr erzitterte auch Madox und kam mit einem kehligen Stöhnen.

Saphira hielt die Augen geschlossen, als sie auf ihren Herzschlag hörte, der langsam wieder ruhiger schlug. Erst nachdem sie sicher war, dass ihre Beine sie wieder tragen würden, stieg Saphira von Madox herunter und verließ das Bett. Ohne ihn eines Blickes zu würdigen, sammelte sie ihre Kleidung vom Boden auf und zog sich wieder an.

»Das ändert gar nichts«, murmelte sie und sprach dabei mehr mit sich selbst als mit Madox.

Er hatte sie dennoch gehört. »Das ändert alles.«

Sofort hatte die Wut sie wieder fest im Griff. »Nein!« Sie schrie beinahe. »Das ändert nicht, dass du mich angelogen hast! Es ändert nicht, dass du ein Verräter bist! Und es kann verflucht noch mal nicht ändern, dass du ein verdammter Varga bist!« Sie spuckte ihre Worte beinahe aus. »Das war ein bedeutungsloser Fick, Madox. Ein Mittel zum Zweck, damit ich nicht an die ganze Scheiße denken muss, die um mich herum passiert!« Saphira hielt inne und starrte ihn an. Wenn sie nicht vor wenigen Stunden ihre *famiglia* an Rabia verloren hätte, dann würde sie jetzt eine der Scherben vom Boden aufheben und Madox angreifen. Aber so war er im Moment das Einzige, das zwischen ihr und Rabia stand.

Es gab keinen Ort, an dem sie sich verstecken konnte, von dem nicht mindestens ein Mitglied der *famiglia* wusste und der so an Rabia weitergetragen werden konnte. Außerdem wusste Saphira nicht mehr, ob sie überhaupt noch irgendjemandem vertrauen konnte. Besonders nicht, seit Emilio … Sie führte diesen Gedanken nicht zu Ende. Sie konnte es einfach nicht ertragen.

Madox stand vom Bett auf und schlüpfte wieder in seine Hose. Mit seinem Shirt in einer Hand stand er vor ihr. Sie konnte ihm ansehen, dass er ihr etwas zu sagen hatte, aber sie wollte nichts davon hören.

»Und es ändert nicht, dass ich dich noch immer töten will.«

Ein Muskel in seiner Wange zuckte.

»Und jetzt lass mich verdammt noch mal alleine«, zischte sie.

Ohne ein weiteres Wort ging Madox an ihr vorbei. Sie sah ihm nach, und ihr Blick fiel auf das riesige Tattoo, das seinen gesamten Rücken bedeckte. Das steinerne Tor, welches rot glühte und nur ein winziges Stück offen stand. Feuer kroch an dem Tor empor, schien es einzurahmen. Und davor drei riesige, bösartig aussehende Höllenhunde. Die muskelbepackten Leiber unter dem schwarzen Fell waren angespannt, bereit zum Angriff. Die tödlichen Mäuler weit aufgesperrt, die langen Fangzähne entblößt.

Die Tür fiel mit einem lauten Knall ins Schloss. Kurz danach ertönte ein leises Klicken. Saphira unterdrückte den Drang zu schreien.

Der Mistkerl hatte sie eingeschlossen.

RABIA

Mit einem breiten Lächeln auf den Lippen und einem Glas Rotwein in der Hand saß Rabia hinter ihrem Schreibtisch. Einem Schreibtisch, der dem *capo* der De Angelis zustand.

Und damit jetzt ihr. Oder sollte sie lieber sagen: dem *capo* der *Ferreras*?

Sie hatte es geschafft und Saphira entmachtet. In all den Jahren hatte es durchaus Momente gegeben, in denen sie daran gezweifelt hatte. Sich gefragt hatte, ob sie es jemals schaffen würde. Aber jetzt saß sie hier und hatte alles, was sie sich je erträumt hatte.

Jedenfalls beinahe alles.

Die letzten Puzzlestücke fehlten noch. Und dann konnte Paco, ihr liebster Paco, endlich in Frieden ruhen. Nachdem sie ihn endlich gerächt hatte.

Es klopfte an der Tür, und Amando, einer der ersten Männer, die sich von Saphira abgewandt und ihr zugewandt hatten, betrat das Büro.

»Da ist jemand für dich.«

»Ach ja?« Sie legte den Kopf leicht schräg. »Und wer ist es?«

»Er sagt, sein Name ist Jacob. Dunkle Haare, stark tätowiert. Er sagt, dass du ihn erwartest.«

Lächelnd stand sie auf und stellte das Weinglas ab. »Das tue ich in der Tat.«

Der Mann begleitete sie nach unten in die Eingangshalle. Die Sonne war bereits untergegangen, und Jacob wartete im Schein des Kronleuchters. Die Eingangstür stand noch offen, und Rabia konnte mit einem Blick an ihm vorbei drei Geländewagen entdecken, die mit leuchtenden Scheinwerfern dort standen.

»Du bist nicht alleine gekommen«, stellte sie fest und ließ sich in seine Arme ziehen.

»Du hast gesagt, dass ich Gäste in dein neues Zuhause mitbringen kann«, gab er grinsend zurück.

Rabia lachte. »Dann bittest du sie wohl besser herein. Denn wir haben noch etwas zu besprechen.« Sie wandte sich ihrem *soldato* zu. »Jacob und seine Männer sind unsere Gäste. Helft ihnen, sich wie zu Hause zu fühlen.« Lächelnd beobachtete sie, wie ihre Anweisungen sofort ausgeführt wurden.

Es war erhebend, der *capo* der *famiglia* zu sein. Jetzt war ihr Wort Gesetz.

»Wir müssen uns überlegen, was wir gegen Antonio unternehmen wollen. Er ist der Nächste auf unserer Liste.«

»Wer ist das noch mal?«

Rabia verkniff es sich, mit den Augen zu rollen, sah nur kurz zu Jacob, der neben ihr auf der Couch an seinem Glas nippte.

»Ein Varga. Er will ebenfalls *capo* werden.«

»Und wieso wollen wir ihn aus dem Weg räumen? Wir sollten uns jetzt endlich Madox widmen.«

Lächelnd legte sie ihm eine Hand an die Wange. »Hab nur Geduld.« Sie trank einen Schluck Wein. »Jetzt, da wir die Kontrolle übernommen haben, ist Antonio für uns nutzlos geworden. Sobald er tot ist, kümmern wir uns um Madox. Und Saphira.«

Jacob lehnte sich seufzend zurück, streckte seinen kraftvollen Körper der Länge nach aus. »Na gut. Und was ist dein Plan? Soll ich einfach in sein Haus marschieren und ihn töten?«

Sie schüttelte den Kopf. »Nein. Wir können seinen Tod noch für uns nutzen. Aber es darf niemand wissen, dass wir ihn getötet haben.«

»Wovon sprichst du?«, fragte Jacob stirnrunzelnd.

»Wir werden Madox seinen Tod unterschieben. Dadurch werden sich Antonios Anhänger gegen ihn stellen, und es wird ihm unmöglich, *capo* zu werden, ohne die Hälfte seiner Leute zu töten.«

Beeindruckt sah Jacob sie an. »Mir gefällt die Art und Weise, wie dein böser Verstand funktioniert.«

Grinsend stellte Rabia ihr Weinglas beiseite und setzte sich rittlings auf Jacobs Schoß. »Ich nehme das als Kompliment.«

Er legte seine freie Hand auf ihren Hintern und drückte Rabias Unterleib gegen seine beginnende Erektion. »Unbedingt. Und wie willst du Antonio aus dem Weg räumen?«

Sie lächelte. »Ich habe da schon eine Idee.«

Kapitel 11

MADOX

»Warum befindet sich Saphira De Angelis in unserem Haus?« Antonios Stimme klang schneidend.

Seit Saphira da war, hatte er mehrfach versucht, in den Flur zu gelangen, wo sich das Zimmer befand, in dem Madox Saphira eingeschlossen hatte. Er war nur bis zu den Wachen vorgedrungen und wirkte nach jedem Versuch ärgerlicher.

»Sie befindet sich in meinem Haus, weil ich das so entschieden habe.« Seine Worte klangen endgültig.

»Ach, wirklich?«, fragte Antonio mit einer gewaltigen Portion Hochmut in der Stimme. Er saß hinter seinem Schreibtisch, die Arme vor der Brust verschränkt, und trug einen Gesichtsausdruck zur Schau, als würde ihm die ganze Welt gehören.

Aber nicht, solange es Madox gab.

»Du weißt aber schon, dass die De Angelis unser Feind sind?«, fragte Antonio.

»Und du hast mitbekommen, dass sie nicht länger zu den De Angelis gehört?«

Es fiel Antonio sichtlich schwer, seine Freude über diese Tatsache zu verbergen. Natürlich hatte der Mistkerl das mitbekommen.

Madox zwang sich dazu, die nächsten Worte zu sagen, damit

Antonio ihn endlich in Ruhe lassen würde. »Außerdem kann sie immer noch ein effektives Druckmittel sein, wenn sie sich in unserer Gewalt befindet.«

»Wirklich?«, fragte Antonio schmunzelnd. »Und du bist dann auch bereit, dieses Druckmittel anzuwenden?«

»Ja.« Das war eine Lüge. Aber Madox hoffte, dass Antonio das nicht durchschaute.

»Trotzdem, sie sollte nicht hier sein.«

Madox stand auf, baute sich drohend vor dem Schreibtisch auf. »Willst du dich meiner Anweisung widersetzen?«

Sofort hob Antonio abwehrend die Hände. »Natürlich nicht. Ich wollte damit nur sagen, dass es für sie gefährlich sein könnte, hier zu sein. Ich kann es meinen Männern schließlich nicht übel nehmen, wenn sie einem Feind im eigenen Haus etwas … nun ja, misstrauisch gegenüberstehen«, meinte er mit einem schmierigen Grinsen.

Madox wünschte sich, dass Antonio sich seiner Anweisung widersetzt hätte. Denn dann hätte er den Mistkerl am Kragen in die verdammte Eingangshalle geschleift und ihn dort vor aller Augen getötet. Dann hätte diese Geschichte ein für alle Mal ein Ende gefunden. So musste er aber weiterhin gute Miene zum bösen Spiel machen.

Madox konnte es kaum erwarten, bis er endlich seine Stellung in der *famiglia* gefestigt hatte und Antonio töten konnte.

»Warum sollte es für Saphira gefährlich sein?«, fragte er.

Antonio zuckte vielsagend mit den Schultern. »Weil sie eine De Angelis ist. Egal, was heute Morgen vorgefallen ist. Und alle hier leben seit Jahren mit dem Wissen, dass sie der Feind ist. Man könnte sie angreifen. Ganz zu schweigen davon, dass sie eine äußerst wichtige Informationsquelle ist und jeder davon ausgeht, dass du diese Informationen aus ihr herausbekommen wirst. Egal wie.«

»Ich werde mich darum kümmern. Sie ist meine Gefangene«, knurrte Madox.

»Na, dann ist ja alles gut, oder?«, fragte Antonio, immer noch dieses dämliche Lächeln im Gesicht.

»Das ist es.« Madox erinnerte sich daran, dass es noch eine andere Sache gab, die er mit Antonio zu besprechen hatte. »Was ist eigentlich mit den Waffen aus dem geplatzten Deal der De Angelis? Hast du sie endlich gefunden?«

Antonio machte ein betroffenes Gesicht, was Madox ihm nicht eine Sekunde lang abkaufte. »Nein, leider nicht. Aber ich arbeite dran.«

Madox stand auf, hielt dabei aber Antonios Blick fest. »Du lässt mich besser nicht mit Absicht warten.«

Antonio lächelte. »Würde mir im Traum nicht einfallen. Schließlich stehen wir doch auf derselben Seite, oder?«

SAPHIRA

Der Schlüssel wurde umgedreht, die Tür geöffnet, und im nächsten Moment stand Madox vor ihr.

»Ich will hier raus«, sagte sie mit einem Blick auf das Chaos um sie herum.

Er nickte, machte einen Schritt zur Seite und hielt die Tür für sie offen. »Komm.«

Saphira stand auf und achtete darauf, Madox nicht zu berühren, als sie an ihm vorbeiging. Etwas an diesem Mann sorgte dafür, dass sie einfach nicht mehr klar denken konnte, wenn sie sich berührten. Und das durfte nicht passieren. Nicht mehr.

Sie ließ das Chaos, das sie in ihrem Schmerz angerichtet hatte, einfach hinter sich zurück, beendete dieses Kapitel ihres

Lebens. Von jetzt an würde sie sich keine Trauer mehr gestatten. Das Einzige, was sie aus diesem Zimmer mitnahm, war ihr ständiger Wegbegleiter: das schmale Messer, das in einer speziell für sie angefertigten Scheide an ihrem Unterarm befestigt war. Ihre letzte Verteidigung.

Dass sie vorhin miteinander geschlafen hatten, war ein Fehler gewesen. Ein Fehler, den Saphira nicht wiederholen würde. Außerdem hatte sie ihre kleine Flucht von der Realität bekommen. Eine Auszeit, welche die düsteren Gedanken für einen Moment verdrängt hatte. Jetzt war es an der Zeit, dass sie sich wieder zusammenriss und sich darauf konzentrierte, einen Plan zu schmieden. Einen Plan, an dessen Ende sie ihre *famiglia* wiederhätte und Rabia tot wäre.

Danach konnte sie sich dann auch wieder um Madox kümmern.

Dabei ignorierte Saphira den Gedanken, dass sie sich beinahe zu bereitwillig auf ihr neues Problem konzentrierte, als wollte sie sich nicht mit Madox befassen. Denn das war ja schließlich nicht die Wahrheit. Sie wusste, was sie mit Madox tun würde, und früher oder später würde sie es auch durchziehen.

Als sie in den Flur traten, stand dort ein etwas schmächtiger junger Mann. Saphira hatte ihn schon einmal gesehen. Vor Emilios Zimmer. Sie fragte sich, wer er war und wieso Madox ihm vertraute. Aber das sprach sie nicht laut aus. Sie wollte nichts über jemanden wissen, den sie am Ende vielleicht töten musste. So war der *soldato* nur ein Gesicht. Kein Mann mit einem Namen, einer Geschichte. Das machte es immer einfacher.

Sie gingen einen dunklen Flur entlang, und Saphira versuchte, sich möglichst viel einzuprägen. Natürlich war sie schon mehr als einmal hier gewesen, aber sie war nie weiter als bis zum Erdgeschoss gekommen und dabei immer von Wachen der Vargas begleitet worden.

Alles hier war irgendwie … düster. Der Boden war mit dunklem Teppich belegt, es gab keine helle Farbe an den Wänden, und beinahe jeder Zentimeter war mit Antiquitäten zugestellt, die bestimmt ihren Wert hatten, aber durch die verschwenderische Masse ihre Wirkung verloren.

Schließlich hielten sie vor einer Tür, die Madox erneut mit einem Schlüssel für sie öffnete. Saphira nahm sich einen Augenblick Zeit, um sich umzusehen. Sie konnte schließlich nicht darauf vertrauen, dass Madox sie nicht in eine Falle locken würde. Aber in dem Zimmer schien niemand auf sie zu warten, also trat sie ein.

»Hol uns etwas zu essen«, wies Madox hinter ihr den *soldato* mit leiser Stimme an.

»Ich habe keinen Hunger«, verkündete Saphira.

Aber Madox schien sie einfach zu ignorieren, denn sie hörte sich entfernende Schritte und wie Madox die Tür wieder schloss.

»Das Badezimmer ist dort drüben.«

Sie sah über ihre Schulter, und Madox deutete mit einer Hand auf eine einfache Holztür links von ihr. Saphira ließ ihn stehen und entdeckte dankenswerterweise einen Schlüssel, sodass sie sich im Badezimmer einschließen konnte.

Bereits das Schlafzimmer, in dem sie gerade eben noch gewesen war, hatte so gewirkt, als wäre es nicht bewohnt. Es hatte keinerlei persönliche Gegenstände gegeben, absolut nichts, das auf seinen Besitzer hindeutete. Und hier im Badezimmer sah es nicht anders aus.

Neben dem Waschbecken, auf der steinernen Waschtischablage, stand nur eine Zahnbürste in einem Becher, daneben lag ein einfacher schwarzer Kamm. Graue Handtücher waren fein säuberlich gefaltet und in einem schmalen, hohen Regal untergebracht. Rechts davon gab es eine ebenerdige Dusche mit einem in die Wand eingelassenen Regal, in dem nur eine Flasche Duschgel stand.

Das hier hätte ein x-beliebiges Zimmer sein können, das für einen eventuellen Besucher vorbereitet war. Aber in dem Regal links vom Waschtisch entdeckte Saphira eine Flasche Aftershave. Sie nahm das gläserne Gefäß in die Hand, zog die Kappe ab und hielt es sich vorsichtig an die Nase, atmete tief ein. Eine Mischung aus Sandelholz, Limone und Minze. Frisch. Stark.

Unverwechselbar Madox.

Also hatte er sie in sein Zimmer gebracht. Aber er ging doch nicht davon aus, dass sie hier gemeinsam übernachten würden, oder? Saphira würde noch einen Spiegel einschlagen und ihn dann mit einer der Scherben kastrieren. Sie hatte so etwas schon einmal gemacht. Allerdings mit einem scharfen Messer. Dennoch war es eine verdammt blutige Angelegenheit gewesen, und noch heute konnte sie die Schreie des Mannes in ihrem Kopf hören. Aber sie hatte damals die Informationen bekommen, die sie gewollt hatte, und das war schon immer alles gewesen, was sie interessiert hatte. Dass sie bekam, was sie wollte.

Und von Madox wollte sie nichts. Jedenfalls nichts Körperliches.

Saphira zwang ihre Gedanken dazu, endlich einmal still zu sein, und zog sich aus. Danach trat sie unter die Dusche und ließ sich das heiße Wasser über den Körper laufen, wusch Blut und Dreck von ihrer Haut. Sie sah zu, wie sich das Wasser leicht rosa färbte, im Abfluss verschwand und schließlich wieder klar wurde. Das war ihr eigenes Blut gewesen. Als sie sich mit dem Duschgel einseifte, brannten die frischen Schnitte auf ihrem Unterarm. Aber auch diesen Schmerz hieß sie dankbar willkommen.

Schmerz war schon immer ihr Ventil gewesen.

Nachdem sie sich endlich wieder sauber fühlte, scheute sie sich, die auf dem Boden liegende Kleidung wieder anzuziehen. Sie war dreckig. Blutig. Und mit zu vielen Erinnerungen behaftet, die sie lieber vergessen wollte.

Also wickelte sich Saphira nur in eines der bereitliegenden Handtücher. Es reichte ihr gerade so bis zur Mitte der Oberschenkel, aber es würde schon gehen.

Sie nahm sich besonders viel Zeit, während sie ihre Haare kämmte und sich die Zähne mit einer frischen Zahnbürste putzte, die sie in einer der Schubladen gefunden hatte. Danach suchte sie auch noch nach einer antiseptischen Salbe für ihre Schnitte. Sie brauchte zwar den Schmerz, aber ganz sicher keine Infektion, die sie noch weiter schwächte. Sie fand sogar einen kleinen Tiegel und verteilte die kühlende Salbe auf ihrer wunden Haut.

Als es keinen Grund mehr gab, das Treffen mit Madox noch weiter aufzuschieben, atmete Saphira tief durch. Sie verschloss alles, was Madox betraf, in einer Kiste tief in ihrem Inneren. Sie griff nach ihrem Messer, das sie vor der Dusche auf dem Waschtisch abgelegt hatte.

Saphira sah sich im Spiegel an. Die letzten Wochen hatten sie gezeichnet. Sie hatte Gewicht verloren, und jetzt, am Ende dieses verdammt langen Tages, zeigten sich deutlich dunkle Ringe unter ihren Augen. Ihre Haut wirkte fahl und abgespannt. Aber in ihren Augen brannte noch immer ein Feuer, und solange das noch nicht erloschen war, würde sie weiterkämpfen.

Schließlich trug sie auch Verantwortung. Sie war der *capo* der De Angelis. Sie musste dafür Sorge tragen, dass ihre Männer weiterhin am Leben blieben, dass die Geschäfte weiterliefen und die *famiglia* weiterhin Geld verdiente. Sie war diejenige, die sich darum kümmerte, dass man ihre *famiglia* weiterhin fürchtete, damit sie nicht zu einer wandelnden Zielscheibe wurden. Und Rabia war nur ein Partygirl. Saphira kannte sie. Sie würde es niemals schaffen, diese Verantwortung zu tragen.

Lass dich nicht mehr ablenken. Stell dich dem, was passiert ist. Sei stark. Sei unnachgiebig. Und hol dir deine Rache.

Madox stand am Fenster und sah nach draußen, als sie das Badezimmer verließ. Er hatte sie mit Sicherheit gehört, denn den Sinnen dieses Mannes entging kaum etwas, aber er drehte sich dennoch nicht zu ihr um.

»Ich brauche etwas zum Anziehen.«

»Auf dem Bett liegen Shirt und Boxershorts.«

Saphira ging zu dem breiten Bett hinüber. Madox hatte schwarze Sachen für sie gewählt. Natürlich hatte er das. Er wusste, dass sie ausschließlich Schwarz trug.

Bevor sie das Handtuch fallen ließ, befestigte sie die Messerscheide wieder an ihrem Unterarm. Dann zog sie sich das langärmelige Shirt über und schließlich auch Madox' Boxershorts. Natürlich war ihr beides viel zu groß, aber die Boxershorts krempelte sie einfach um, bis es einigermaßen funktionierte.

Als sie wieder aufblickte, traf sie Madox' durchdringender Blick. Eine Gänsehaut bildete sich auf ihren Armen. Zum Glück konnte er es wegen des Oberteils nicht sehen.

»Ich kann nicht ewig in deinen Sachen herumlaufen.«

Ein schmales Lächeln zeigte sich auf seinen Lippen. »Warum nicht? Mir gefällt es.«

»Madox.« Ihre Stimme hatte wieder ihren natürlichen scharfen Befehlston angenommen. Dabei war sie nicht länger ein *capo,* und sie war ganz sicher nicht Madox' *capo.* Jetzt war er derjenige, der das Sagen hatte. Und genau das ließ er sie jetzt auch spüren.

»Ich habe hier das Sagen, Saphira. Nicht du. Das hier ist nicht dein Territorium.«

Aber sie war seit ihrer Geburt ein Mitglied in der Cosa Nostra. Sie wusste, wie man dieses Spiel spielte.

»Ach wirklich?«, fragte sie und verschränkte dabei die Arme vor der Brust. »Und wer ist dann dieser Antonio Scuderi, von dem ich gehört habe? Meinen Informationen nach behauptet er das Gleiche von sich.«

Überraschung huschte über Madox' Gesicht, bevor es wieder ausdruckslos wurde. »Woher weißt du das?«

Sie zuckte mit den Schultern. »Ich habe meine Quellen.«

Er kam auf sie zu, und mit jedem Schritt, den er machte, blockierte er mehr und mehr das Mondlicht von draußen. »Antonio spielt keine Rolle.«

»Sagt wer?« Sie reckte das Kinn, aber ohne High Heels war sie eindeutig kleiner als Madox. Und es gefiel ihr gar nicht, dass sie damit automatisch in eine unterwürfige Haltung gezwungen wurde, indem sie zu ihm aufblicken musste.

»Ich.« Madox kam noch einen Schritt näher, bis seine Brust ihre Unterarme berührte. »Denn du stehst hier unter meinem Kommando, Eisprinzessin. Gewöhn dich dran.«

Saphira wollte ihn schlagen. Schon wieder. Aber war das klug? Vermutlich nicht. Denn sie sollte nicht Madox' Unmut erregen. Wenn er sie nämlich auf die Straße setzen würde, hätte sie ein ziemlich großes Problem. Wo sollte sie sich vor Rabia verstecken? Wer stand noch auf ihrer Seite? Und wer versuchte, sie zu ermorden?

Da sie auf diese Fragen keine Antwort hatte, musste sie sich vorerst bedeckt halten. Bis sie sich einen Plan ausgedacht hatte, wie sie ihr Leben wieder in Ordnung bringen konnte.

Also kämpfte Saphira ihre instinktive Reaktion nieder. »Ich brauche vernünftige Kleidung, Madox.«

War das etwa Enttäuschung, die da gerade über sein Gesicht gehuscht war? Saphira war sich nicht sicher. Aber mit Sicherheit war das nicht unbedingt die Reaktion, mit der Madox von ihr gerechnet hatte. Normalerweise hätte sie ihn sofort zurechtgewiesen. Aber was war im Moment schon noch normal? In diesem Moment und in dieser Situation war sie ihm nicht nur unterlegen, nein, sie war auch noch auf ihn angewiesen.

»Saphira«, begann er. Sein Ton war sanft, beruhigend. Er streckte eine Hand nach ihr aus, als wollte er sie in den Arm nehmen. Sie trösten.

Aber das durfte Saphira nicht zulassen. Mit einem dezenten Kopfschütteln trat sie einen Schritt zurück, brachte mehr Abstand zwischen sie.

»Ich werde mich darum kümmern«, sagte Madox leise und wandte den Blick ab.

In diesem Moment klopfte es leise an der Tür. »Ich bin es, Lauro«, erklang eine sanfte Stimme durch das Holz.

Madox warf noch einen letzten Blick auf sie, bevor er sich abwandte und zur Tür ging, um diese zu öffnen.

Saphira drehte sich nicht um. Aber sie konnte hören, wie Madox sich leise bei Lauro bedankte. Dann wurde die Tür wieder geschlossen. Er ging an ihr vorbei zu einem kleinen, runden Tisch, der schräg gegenüber vom Bett stand. Dort stellte er ein Tablett ab, auf dem eine Flasche Wasser, zwei Gläser und zwei Teller mit Sandwichs standen. Danach ließ er sich auf einen der beiden Stühle gleiten.

»Du solltest etwas essen.«

Sie sah ihn nicht an. »Ich habe dir schon gesagt, dass ich keinen Hunger habe.«

»Darum geht es auch gar nicht.«

Jetzt drehte sie doch den Kopf und sah ihn an. »Worum geht es dann?«

Madox nahm sich eines der Sandwichs, biss davon ab und kaute in Ruhe, bevor er ihr antwortete. »Darum, dass du nicht schwach wirst. Du musst bei Kräften bleiben. Schließlich bist du hier im Haus der Vargas, und deine eigene *famiglia* ist vermutlich auf der Jagd nach dir.«

»Danke, dass du mich daran erinnerst«, gab sie sarkastisch zurück. Aber sie konnte die Wahrheit in seinen Worten nicht ignorieren. Also ging sie zu dem kleinen Tisch hinüber, setzte sich und schenkte sich zunächst ein Glas Wasser ein, bevor sie sich das andere Sandwich nahm und langsam zu essen begann.

Weder sie noch Madox sprachen ein Wort miteinander. Und leider fühlte sich das viel zu vertraut und angenehm an.

MADOX

Madox betrachtete die schlafende Saphira. Nachdem sie endlich etwas gegessen hatte, hatte er ihr sein Bett überlassen und dafür selbst auf dem Sofa, das leicht versetzt unterhalb des Fensters stand, Stellung bezogen. Er würde in dieser Nacht sowieso nicht schlafen.

Er hatte sie nicht in ihr ursprüngliches Zimmer zurückgebracht, da sie dieses in ein einziges Chaos verwandelt hatte. Außerdem konnte er so ein Auge auf sie haben und sichergehen, dass ihr nichts passierte. Dass er damit sein eigenes Bedürfnis, sie in seiner Nähe zu haben, stillte, ignorierte Madox.

Wie sollte er auch, wenn Saphira so nah war und doch kaum weiter von ihm entfernt sein könnte?

Als sie eingeknickt war und mit beinahe bittendem Tonfall über Kleidung gesprochen hatte, war er ernsthaft enttäuscht gewesen. Das war nicht die Saphira De Angelis, die er kannte. Aber er war sich sicher, dass sie am Morgen wieder die alte Saphira sein würde. Denn sie war stark und würde sich nicht unterkriegen lassen.

Gleich morgen früh würde er sich auf den Weg in die Stadt machen und Kleidung für Saphira besorgen. Denn so sehr ihm ihr Anblick in seinen Sachen gefiel, desto mehr hasste er den Gedanken, dass sie ein anderer in diesem Aufzug sah.

Dabei sollte er keine Eifersucht empfinden, wenn es diese Frau betraf. Hatte Saphira nicht vorhin erst klargemacht, dass es ein Fehler gewesen war, dass sie miteinander geschlafen hatten? Er sah das anders. Und er würde Saphira nicht erneut einfach so gehen lassen. Doch bevor er sich um ihre Beziehung kümmerte, gab es noch andere, wichtigere Sachen, die er erledigen musste.

Madox lachte leise in sich hinein. Beziehung? Er hatte noch nie eine Beziehung mit einer Frau gehabt – und jetzt wollte er darum kämpfen? Es fühlte sich ein wenig so an, als würde er den Verstand verlieren. Aber irgendwie gefiel ihm das Gefühl.

»Du beobachtest mich.« Saphiras Stimme war nicht mehr als ein Flüstern in der Dunkelheit.

»Du hast es bemerkt?«, fragte er genauso leise zurück.

»Ich bemerke es immer, wenn du mich ansiehst.«

Madox lächelte. »Das ist gut.« Offenbar hatte er noch immer eine gewisse Wirkung auf sie.

»Das ist es nicht.« Ihre Stimme klang traurig, bevor sie sich langsam aufrichtete und sich ihre Blicke in der Dunkelheit trafen. »Weißt du auch, wieso?«

»Wieso?« Beinahe hätte Madox den Atem angehalten, als er auf ihre Antwort wartete.

»Du hast mich betrogen. Und die Regeln der Cosa Nostra besagen, dass ich das nicht einfach so vergessen kann.« Sie flüsterte, und dennoch schien jedes Wort in seinen Ohren zu dröhnen. »Du hast mich nur benutzt. Deinetwegen habe ich gelitten. Und ich hätte dich niemals so nah an mich heranlassen dürfen.«

Madox schwieg eine ganze Weile, starrte Saphira an, ohne sie in der Dunkelheit wirklich sehen zu können. Er wusste nicht, was ihre plötzliche Offenheit ausgelöst hatte. Vielleicht lag es an der gesamten, sehr extremen Situation. Aber vielleicht lag es auch daran, dass sich Geheimnisse in der Dunkelheit leichter offenbaren ließen.

»Du bist nicht die Einzige, die leidet, Saphira.«

Kapitel 12

SAPHIRA

Mit einem mulmigen Gefühl folgte sie dem Mann, der sich ihr als Paolo vorgestellt hatte. Sie hatte nicht mit ihm gehen wollen, aber um das zu vermeiden, hätte sie ihn niederschlagen oder töten müssen. Und das war nicht klug, wenn sie weiter unter dem Schutz der Vargas stehen wollte.

Als sie am Morgen aufgewacht war, war Madox verschwunden gewesen. Er hatte keine Nachricht hinterlassen, und sie hatte nicht die geringste Ahnung, wo er war oder wann er zurück sein würde. Und dann hatte es geklopft, und sie hatte in Boxershorts und langärmeligem Shirt die Tür öffnen müssen. Es hatte selten einen Moment gegeben, in dem sie sich mehr erniedrigt gefühlt hatte, als in diesem. Und sie befürchtete, dass es noch schlimmer werden würde. Schließlich brachte einer der *soldati* sie zu Antonio. Dem anderen Mann, der Anspruch auf den Posten des *capo* der Vargas erhob.

Sie hatte keine Ahnung, wie die Dinge in diesem Haus liefen. Aber sie wusste, wie sie selbst mit einer solchen Situation umgehen würde: Sie würde ihren Konkurrenten aus dem Weg räumen. Vor den Augen der *famiglia*. Damit jeder sah, dass sie die Stärkere war.

Sie fragte sich nur, warum Madox das noch nicht getan hatte.

Hatte er zu wenige Anhänger? Oder war dieser Antonio etwa stärker als Madox? Bei diesem Gedanken hätte sie beinahe gelacht. Madox war ein ausgezeichneter Kämpfer und ein noch besserer Killer.

Sie würde umsichtig handeln müssen, damit sie nicht ungewollt zwischen die Fronten geriet. Man hatte sie schließlich lange genug als Spielball benutzt, länger, als sie jemals vermutet hätte. Aber damit war jetzt endgültig Schluss.

»Wir sind da.« Paolo klopfte an eine Tür und warf ihr dabei über die Schulter einen Blick zu. Der Ausdruck darin war eindeutig. Er konnte sie nicht ausstehen.

Saphira hob das Kinn und warf ihm einen Blick zu, der Männer in die Knie zwang. Und auch bei Paolo wirkte er. Er schien um ein paar Zentimeter zu schrumpfen und wandte den Blick ab. In diesem Moment wurde die Tür geöffnet, und ein gut aussehender Mann lächelte sie an. Dunkelbraune Augen, welche die Farbe seines Haares widerspiegelten, blickten sie scheinbar freundlich an. Er war weder besonders groß noch besonders durchtrainiert. Ein eher durchschnittlicher Mann, dem Saphira auf der Straße vermutlich keinen zweiten Blick gegönnt hätte. Außerdem konnte sie nach den ersten Schritten, die er auf sie zu machte, bereits erkennen, dass er nicht ausbalanciert war. Für sie, die ihn als potenziellen Gegner betrachtete, war das eine wichtige Information, da das ein möglicher Schwachpunkt war. Er trug einen teuren Anzug, die Schuhe waren frisch poliert.

Saphira ließ sich von dem sauberen und freundlichen Auftreten nicht täuschen. Dieser Mann spielte ein doppeltes Spiel. Das war eindeutig. Sie hatte genau diesen Gesichtsausdruck schon auf so vielen Gesichtern gesehen, die ihr einen Deal angeboten hatten, der viel zu gut gewesen war, um wahr zu sein. Und immer waren diese Deals falsch gewesen.

Sie fragte sich, warum er noch lebte, wenn seine Verschlagenheit so eindeutig war. Oder konnte er das normalerweise besser verbergen?

»Saphira De Angelis. Ich bin Antonio Scuderi.«

»Das dachte ich mir.«

Er lachte leise und schickte Paolo mit einer Handbewegung weg, öffnete die Tür ganz für sie und bat sie, einzutreten. So würdevoll, wie es in ihrem Outfit eben ging, betrat Saphira das Büro. Sie bemerkte auf Anhieb, dass es früher Giuseppes Büro gewesen war. Alles sah noch genauso aus wie beim letzten Mal, als sie hier gewesen war. Lediglich Giuseppes schreckliches Selbstporträt, das hinter dem Schreibtisch an der Wand gehangen hatte, war verschwunden.

»Bitte, nimm doch Platz.«

Saphira vermied es, die Stirn zu runzeln, als sie die vertraute Ansprache bemerkte. Sie setzte sich auf einen der Besucherstühle und beobachtete Antonio dabei, wie er hinter dem Schreibtisch Platz nahm.

»Darf ich dir etwas zu trinken anbieten?«

Sie schüttelte den Kopf. »Nein, danke.«

Antonios Lächeln verrutschte etwas, als er ihren abweisenden Ton bemerkte, aber es verschwand nicht völlig. »Ich wollte dich noch persönlich in meinem Haus willkommen heißen. Bisher hat Madox dich ja ziemlich erfolgreich vor mir versteckt.«

»*Dein* Haus?«, fragte Saphira und verschränkte die Arme vor der Brust. Sie fühlte sich unwohl, da sie unter Madox' T-Shirt keinen BH trug. Schließlich war auch der dreckig und teilweise voller Blut gewesen, und sie hatte ihn nach dem Duschen nicht wieder angezogen.

Antonio lehnte sich zurück. »Natürlich *unser* Haus. Schließlich gehört es auch Madox. Es ist sein Erbe.«

»Und warum *unser*? Was hast du damit zu tun?«

Er ignorierte ihre Frage und sagte stattdessen lächelnd: »Ich war dabei, als du deine *famiglia* verloren hast. Jetzt bist du nur eine Frau, die Schutz sucht.«

Saphira schwieg, was Antonio offenbar als Einladung verstand, aufzustehen und sich auf dem Stuhl neben ihr niederzulassen.

»Und ich bin ein Mann, der gerne einer Frau in Not hilft«, nahm er den Faden wieder auf.

»Ist das so?«

Sie bemerkte sehr wohl, wie sich Antonio näher zu ihr lehnte. Seine Hand legte sich auf ihren Arm. Das Gefühl von seiner Haut auf ihrer verursachte ihr Übelkeit. So unauffällig wie möglich rückte sie ein wenig von ihm ab. Sie musste vorsichtig sein. Sie stand zwar unter Madox' Schutz, aber im Moment war sie allein. Und sie war, bis auf das Messer an ihrem Unterarm, unbewaffnet. Aber als sich sein Griff verstärkte, konnte sie sich dennoch nicht mehr zurückhalten. Mit einer schnellen Bewegung entzog sie sich seiner Berührung und verschränkte die Arme vor der Brust.

Antonio ließ sich nichts anmerken, aber Saphira war sich sicher, dass sie ein gewisses Funkeln in seinen Augen gesehen hatte, über das sie nicht weiter nachdenken wollte.

»Das ist so. Und wie hilfsbereit ich tatsächlich bin, werde ich dir sofort beweisen.« Er erhob sich lächelnd und reichte ihr eine Hand.

Misstrauisch beäugte Saphira ihn und stand schließlich auf. Ohne seine dargebotene Hand anzunehmen.

Antonio ließ sich nichts anmerken. »Folge mir.«

Saphira gefiel die Richtung, die dieses Gespräch nahm, ganz und gar nicht. Was hatte er vor, und wohin würde er sie führen?

Als sie gemeinsam das Büro verließen und dem Flur in einen Teil des Hauses folgten, den Saphira noch nie zuvor betreten hatte, verstärkte sich ihr ungutes Gefühl. Aber wieder hatte sie keine Wahl. Und natürlich war von Madox keine Spur. Wenn man ihn mal brauchte, war er einfach nicht da. Das war ja nichts Neues.

Saphira folgte Antonio durch das Haus. Immer wieder begegneten ihnen Mitglieder der *famiglia*, die erst Antonio begrüßten und dann, als ihre Blicke auf Saphira und ihr Outfit fielen, anzüglich grinsten.

Saphira ging an einem Gemälde vorbei, das ein dunkles, vom Sturm gezeichnetes Meer zeigte. Dahinter kreuzte ein weiterer Flur ihren Weg, und als sie hineinsah, erblickte sie Lauro, der sie mit großen Augen ansah, als er bemerkte, wer ihr Begleiter war. Zweifelsohne hatte er zumindest eine Idee, wohin sie unterwegs waren. Ganz im Gegensatz zu Saphira.

Einen Moment lang noch starrte er sie an, dann drehte er sich um und verschwand.

Schließlich blieb Antonio vor einer weiteren Tür stehen, öffnete sie und ließ Saphira in einen Raum eintreten, der sie an ein Wohnzimmer erinnerte. Schnell sah sie sich um, scannte den Raum nach möglichen Gefahren. Aber sie war mit Antonio allein. Obwohl sie sich nicht sicher war, ob das nicht bereits gefährlich genug war. Sie entdeckte eine weitere Tür, die allerdings verschlossen war.

Saphira vermutete, dass sie sich hier in Antonios Räumlichkeiten befanden, die wahrscheinlich ähnlich konstruiert waren wie ihre eigenen auf dem Anwesen der De Angelis. Das würde bedeuten, dass es nebenan ein Schlafzimmer mit angrenzendem Bad gab. Die Vorstellung, dass sie sich zusammen mit Antonio in der Nähe eines Bettes befand, beruhigte sie nicht gerade.

Aber er machte keine Anstalten, auf die verschlossene Tür zuzugehen. Stattdessen ging er zu der Couch, die mit dunklem Leder bezogen war.

Dort lag ein schwarzer Kleidersack, und als er ihn aufhob und damit zu ihr zurückkam, verschränkte Saphira die Arme vor der Brust.

»Ein Geschenk.«

Sie betrachtete den Kleidersack argwöhnisch. Aber darin würde sie vermutlich nichts Gefährliches finden. Also nahm sie ihn entgegen, achtete dabei aber darauf, dass sie keinen Kontakt mit Antonio hatte.

»Du kannst nach nebenan gehen, um dich umzuziehen. Dort findest du auch ein paar Schuhe.«

Saphira achtete darauf, dass sie Antonio im Auge behielt und ihm nicht den Rücken zuwandte, als sie durch die Tür verschwand. Tatsächlich befand sich dahinter ein Schlafzimmer.

Saphira schloss die Tür ab, legte den Kleidersack auf das riesige, aus dunklem Holz gefertigte Bett und öffnete ihn. Fein säuberlich auf einem gepolsterten Bügel hing ein schwarzes Etuikleid. Ein kurzer Blick auf das Etikett sagte ihr, dass es von einem exklusiven Label hier aus der Gegend stammte. Und es standen tatsächlich Schuhe in ihrer Größe vor der niedrigen Bank, die am Fußende des Bettes stand.

Saphira sah sich um, stellte noch einmal sicher, dass sie niemand beobachtete. Dann zog sie sich aus und nahm das Kleid vom Bügel. In den Stoff waren Polster eingenäht, die ihr als BH dienen würden. Nicht ideal, aber besser als nichts. Sie schloss den Reißverschluss, schlüpfte in die High Heels und fühlte sich endlich wieder mehr wie sie selbst. Dass die Sachen von Antonio waren, ignorierte sie dabei geflissentlich.

Am liebsten wäre sie ihm nicht noch einmal gegenübergetreten, aber der Raum hatte nur einen Ausgang.

Also öffnete sie die Tür wieder und trat ins Wohnzimmer. Im gleichen Moment wurde die dortige Tür aufgerissen, und Madox kam mit zornigem Blick hereingestürmt.

Saphira verkniff sich ein Lächeln. Dahin war Lauro also vorhin so schnell verschwunden.

»Was soll das hier?«, fragte Madox aufgebracht.

»Oh, ich habe nur nachgeholt, was du offenbar versäumt hattest. Und, Saphira, darf ich dir sagen, dass du einfach bezaubernd aussiehst?«

Sie sollte vermutlich nicht tun, was sie jetzt im Begriff war zu tun, aber Madox hatte sie verletzt. Und ihr letztes Gespräch, egal wie harmonisch es verlaufen war, spielte in diesem Moment keine Rolle.

Rache war etwas, mit dem sie sich bestens auskannte. Also schenkte sie Antonio ein Lächeln. »Vielen Dank.«

Aus dem Augenwinkel sah sie, wie Madox die Hände zu Fäusten ballte. Ihm gefiel das hier ganz und gar nicht, aber das war ihr egal.

»Saphira, wir gehen.«

Sie sah ihn an, und ihr lag schon ein Widerspruch auf der Zunge. Aber dann erinnerte sie sich daran, dass das bedeuten würde, sich weiterhin in Antonios Gegenwart aufhalten zu müssen, und das wollte sie vermeiden. Auch wenn das wiederum bedeutete, dass sie sich Madox' Befehl beugte.

»Antonio, wenn du mich entschuldigen würdest.«

Der schenkte ihr ein strahlendes Lächeln. »Aber natürlich. Wir werden noch genug Zeit haben, um uns näher zu unterhalten.«

Bei dem Gedanken wurde ihr schlecht.

Kaum war sie auch nur in Madox' Reichweite, griff er nach ihrem Handgelenk und zog sie an seine Seite. Dann drängte er sie förmlich aus dem Zimmer und schloss die Tür hinter ihnen. Das Geräusch klang laut in der Stille des Flurs. Sie waren allein.

MADOX

Am liebsten wäre er umgekehrt, hätte sich Antonio geschnappt und ihm mit bloßen Händen das Genick gebrochen.

Aber das wäre nicht klug.

Also begnügte er sich damit, Saphiras Handgelenk mit festem Griff zu umschließen und sie hinter sich her zu ziehen, bis sie wieder in seinem Zimmer angekommen waren. Dort schloss er die Tür hinter sich und starrte sie wütend an.

Aber Saphira wandte sich einfach von ihm ab und stellte sich ans Fenster. Der Himmel war leicht bewölkt, die Sonne kam nicht richtig durch. Er wusste genau, was sie sah: die sandfarbenen Gebäude mit ihren kleinen Balkonen, die riesige Kathedrale von Palermo mit ihren reich verzierten Türmen genauso wie den Normannenpalast nicht weit davon entfernt. Es war eine liebliche, beruhigende Aussicht, und er hatte selbst in letzter Zeit oft so dagestanden und nachgedacht. Aber im Moment interessierte sich Madox nicht im Geringsten für das Panorama.

»Wieso warst du mit ihm alleine?«

Saphira verschränkte die Arme vor der Brust und sah ihn über die Schulter hinweg an. Nun, da sie wieder ein schwarzes Kleid und High Heels trug, sah sie aus wie früher, und auch ihr typischer Gesichtsausdruck war zurück. Kalt, erhaben, ohne jegliche Gefühlsregung.

»Er hat mich eingeladen.«

»Hatte ich dir nicht gesagt, dass du vorsichtig sein sollst?«

»Du hast mich allein gelassen, und Paolo kam, um mich abzuholen. Was hätte ich deiner Meinung nach tun sollen?«

Sie klang so ruhig, so beherrscht. Während er darum kämpfte, seine Wut unter Kontrolle zu halten.

»Du hättest die verdammte Tür nicht öffnen sollen.«

Sie lachte leise, aber es klang kalt. »Als wäre das eine Option gewesen.«

Madox hatte endgültig genug. Mit wenigen, schnellen Schritten war er bei ihr, griff nach ihrem Oberarm und drehte sie zu sich herum. Ihr Rücken prallte hart gegen die Fensterscheibe, als er ihre Handgelenke umfasste und sie über ihrem Kopf gegen das kalte Glas drückte.

»Dieses Haus ist nicht sicher«, sagte er leise, aber dennoch schneidend.

»Ach ja? Dann ist das ein Problem, um das du dich kümmern solltest.«

Madox machte ein knurrendes Geräusch, beugte sich vor, bis sich ihre Nasenspitzen beinahe berührten und sich ihr Atem vermischte. »Nicht für mich, für *dich*. Ich komme zurecht. Aber jeder hier könnte versuchen, dich zu töten. Gerade Antonio. Deswegen war es nicht besonders klug, dass du einfach mit ihm gegangen bist.«

»Wie oft muss ich dir eigentlich noch sagen, dass du mich nicht herumkommandieren sollst?«

»Deine Regeln gelten nicht mehr, Eisprinzessin«, sagte Madox. »Und ich will dich nur beschützen.«

Langsam, aber sicher breitete sich ein Lächeln auf ihrem Gesicht aus. »Du vergisst aber ein entscheidendes Detail.«

»Und das wäre?«

»Ich kann mich sehr gut selbst verteidigen.« Damit drehte sie ihre Hüfte ein wenig, riss das Knie hoch und rammte es ihm in die Weichteile.

Schmerz explodierte in seinem Unterleib, Madox keuchte, verlor den Halt um ihre Handgelenke und sackte zu Boden. Aber Saphira war offenbar noch nicht fertig mit ihm. Denn bevor er auch nur den nächsten Atemzug gemacht hatte, griff sie nach seinen Schultern und schubste ihn nach hinten. Schmerz benebelte noch immer seine Sinne, weswegen er rücklings zu Boden fiel. Und Saphira war schnell. Bevor er reagieren konnte, hatte sie ihm einen Fuß auf die Brust gesetzt und sich vorgebeugt, bis ihr Oberkörper gegen ihren Oberschenkel drückte und noch mehr Gewicht auf seinem Brustkorb lastete. Dabei drückte der Absatz ihres High Heels auf sein Brustbein.

Sie lächelte ihn an. »Siehst du?«

Obwohl stechender Schmerz jeden Atemzug qualvoll machte und er das dringende Bedürfnis verspürte, sein bestes Stück mit einem Eisbeutel zu kühlen, lächelte Madox zurück. Ihm war in seinem Leben bereits weitaus Schlimmeres angetan worden. Die Narben auf seinem Körper erzählten von Qualen, die andere Menschen längst umgebracht hätten. Er war imstande, die Schmerzen zu bezwingen.

Er legte eine Hand um Saphiras Wade. Sie beobachtete ihn argwöhnisch.

»Du vergisst aber auch etwas.«

Sie schnaubte. »Wohl kaum.«

Er zog ihre Wade mit einem Ruck weg, und sie verlor das Gleichgewicht. Der Absatz ihres Schuhs riss den Stoff seines Shirts auseinander und verletzte auch seine Haut. Aber dafür fiel Saphira auf ihn, und mit einer geschmeidigen Bewegung rollte er sie herum, bis sie unter ihm lag und er sie allein mit seinem Gewicht dort festhalten konnte.

»Schmerzen können mir nicht viel anhaben. Ich habe schon anderes aushalten müssen.«

Keuchend sah sie ihn an. »Lass mich los.«

»Erst wenn du mir versprichst, dass du ohne meine Zustimmung nicht mehr dein Zimmer verlässt.«

»Ich werde dir gar nichts versprechen.« Sie versuchte, ihn zu schlagen, aber dieses Mal war Madox schneller.

Er umfasste erneut ihre Handgelenke und knallte sie mit voller Wucht auf den Boden. Saphiras Knochen knirschten, sie biss die Zähne zusammen. Vermutlich hatte das wehgetan.

»Das hier ist kein verdammtes Spiel, Saphira!«

»Denkst du, ich weiß das nicht?« Sie schrie jetzt beinahe. »Ich habe alles verloren! Nicht du! ICH!«

Madox starrte sie an. Da war es wieder. Dieses Leid, diese unendlichen Qualen, die in den Tiefen ihrer dunklen Augen lagen. Und darüber schwelte ein Feuer, das Rache versprach.

»Und jetzt nimm deine verdammten Hände von mir, Madox Varga. Ich bin fertig mit dir.« Der letzte Satz war nur noch ein Flüstern.

Er zuckte zusammen. Saphira diese Worte aussprechen zu hören, war wie ein Schlag in die Magengrube.

Er zögerte, überlegte für einen Moment, ob er sie nicht einfach an sein Bett ketten sollte, bis sich alles wieder beruhigt hatte. Aber wenn er wirklich noch eine Chance bei ihr haben wollte, dann musste er Saphira in diesem Moment ihren Freiraum geben, das wusste er auf einmal. Egal, wie viel es ihn selbst kostete.

Also ließ er vorsichtig ihre Handgelenke los. Er sah, dass ihre Haut dort gerötet war, wo er sie umfasst hatte. Sie würde vermutlich blaue Flecken bekommen. Das Wissen, dass sie seine Spuren auf dem Körper tragen würde, ließ ihn ein wenig ruhiger werden, sodass er aufstehen und sie freigeben konnte.

Saphira ignorierte seine dargebotene Hand, kam selbst wieder auf die Füße und strich ihr Kleid glatt.

Madox gefiel es nicht, dass sie etwas trug, das Antonio für sie besorgt hatte. Er warf einen Blick auf die Tüten, die er neben dem Bett abgestellt hatte. Er hatte Saphira am Morgen nur verlassen, um in der Stadt neue Kleidung zu besorgen. Als er zurückgekehrt war, hatte er das Zimmer leer vorgefunden. Gerade als er die Sachen hier abgestellt hatte und sich auf die Suche nach Saphira machen wollte, war Lauro aufgetaucht und hatte ihm gesagt, dass sie bei Antonio war. Nachher würde er sich Lauro noch einmal vorknöpfen. So etwas wie heute durfte nicht noch einmal passieren.

Kapitel 13

SAPHIRA

Saphira brauchte einen Plan. Einen Plan, an dessen Ende Rabias Blut an ihren Händen kleben würde.

Sie starrte die geschlossene Tür an. Sie hatte ganz genau gehört, wie Madox abgeschlossen hatte. Er hatte sie erneut eingesperrt. Sie sollte ihn dafür verfluchen, dass er sie wie ein verdammtes Haustier hielt.

Stattdessen ging sie zu der Couch, die unter dem Fenster stand, und ließ sich darauf nieder. Als sie nach draußen sah, unterdrückte sie einen enttäuschten Seufzer. Von hier aus konnte sie zwar die Stadt sehen, aber nicht das Meer. Nicht mal am Horizont war ein blauer Streif zu erkennen, und das Rauschen der Wellen konnte sie schon gar nicht hören.

Plötzlich sehnte sie sich nach ihrem Zuhause, ihrer Villa, dem Ort, an den sie gehörte. Egal, was Antonio gesagt hatte. Sie war eine De Angelis, ob mit oder ohne *famiglia*.

Die Vergangenheit konnte sie nicht ändern, das wusste sie natürlich. Die Zukunft dafür aber sehr wohl. Und Saphira hatte ein ganz klares Bild davon.

Jetzt musste sie nur noch herausfinden, wie sie ihr Ziel erreichte.

Sie wusste, dass sie Rabia vernichten musste. Aber wie sollte sie das anstellen?

Wie sehr wünschte sie sich in diesem Moment, mit einem Vertrauten zu sprechen. Aber da gab es niemanden mehr. Ihre beste Freundin war ihr ärgster Feind. Leandro und Emilio waren tot. Und Vito, ihr Onkel, hatte zusammen mit seiner Frau die Stadt verlassen, nachdem ihr Sohn ermordet worden war.

Sie war auf sich allein gestellt. Aber das würde sie nicht davon abhalten, zu tun, was getan werden musste. Sie hatte nichts mehr zu verlieren, das machte sie gefährlich.

Eine Möglichkeit wäre, sich wie schon vor so vielen Jahren in das Versteck ihres Feindes zu schleichen. Dann konnte sie ihrer Feindin eine einfache Frage stellen: *Bist du für oder gegen mich?*

Und die Antwort würde über Leben und Tod entscheiden. Dass sie dieses Mal Mitglieder ihrer eigenen *famiglia* töten musste, machte dabei keinen Unterschied. Sie hatten sie hintergangen und sich von ihr abgewandt. Ihr Vorteil lag darin, dass sie sich auf dem Gelände der De Angelis auskannte. Jeder Winkel war ihr vertraut. Sie würde wie eine Maus hineinschleichen, ohne dass sie jemand bemerkte.

Kurz dachte Saphira an ihre *guardie.* Sie ging davon aus, dass diese Männer ihr noch immer treu ergeben waren. Aber was bedeutete das für Federico und die anderen? Hatte Rabia sie getötet? Und wenn nicht, war es dann möglich, sie zu befreien und mit ihnen den Kampf zu führen?

Saphira musste herausfinden, wer sich Rabia nur aus Angst angeschlossen hatte. Zwar war auch das keine Entschuldigung, aber ein nachvollziehbarer Grund. Viele *uomini d'onore* hatten Frauen und Kinder. Das war ein wirkungsvolles Druckmittel, und so konnte Saphira diesen Männern noch einmal vergeben. Alle anderen, die sich Rabia aus freien Stücken angeschlossen hatten, würden sterben.

Aber für diese Variante brauchte sie Waffen. Und Männer,

die damit umgehen konnten. Sie brauchte eine Armee. Und ihr fiel nur eine Person ein, die ihr all das geben konnte.

Madox Varga.

Der Mann, den man auch *cerbero*, Höllenhund, nannte. Der Mann, an dessen Händen bereits so viel Blut klebte. Der Mann, dem sie ihren Körper und einen Teil ihres Herzens geschenkt hatte. Nur damit er sie am Ende hinterging.

Aber konnte sie Madox erneut vertrauen? Konnte sie dieses Risiko noch einmal eingehen?

Darauf hatte Saphira keine Antwort. Sie wusste schließlich nicht, was wirklich in ihm vor sich ging. Er hatte zwar gesagt, dass auch er litt, aber konnte sie ihm das wirklich glauben? Oder war das nur ein weiterer Manipulationsversuch? Sie wusste nicht, was sie für ihn war. Woher sollte sie auch?

Aber er hatte sie gerettet. Als Rabia sich als Verräterin herausgestellt hatte und sich Saphiras Leute gegen sie gestellt hatten, war Madox bei ihr gewesen und hatte sie aus der Schusslinie geholt. Und damals, in dieser verhängnisvollen Nacht, als Giuseppe auf sie geschossen hatte, hatte Madox sich ohne zu zögern auf seinen Onkel gestürzt. Warum hatte er das getan, wenn er sie doch hasste? Nur um sie gegen die De Angelis einzusetzen und sich einen Vorteil zu verschaffen?

Egal, was der Grund dafür gewesen war, sie konnte seinen Betrug nicht vergessen.

Und dieser machte es ihr unmöglich, zu entscheiden, ob Madox auf ihrer Seite stand oder insgeheim nur auf die richtige Gelegenheit wartete, um sie endgültig zu zerstören. Denn es gab weitaus schlimmere Dinge, die man einem Menschen antun konnte, als ihn zu töten.

SAPHIRA

Madox war noch nicht zurück, als es dunkel wurde.

Nur Lauro war irgendwann vorbeigekommen und hatte ihr etwas zu essen gebracht. Nichts Besonderes, nur ein weiteres Sandwich. Aber als der junge *soldato* es ihr mit einem scheuen Lächeln überreicht hatte, hatte es sich irgendwie wertvoll angefühlt. Er hatte es selbst zubereitet, wie er ihr gestand. Dass er dabei leicht errötete, rührte sie.

In diesem Moment hatte Lauro sie so sehr an ihren kleinen Bruder Pippo erinnert, dass es sie beinahe körperlich schmerzte.

Sie hatte ihre Chance genutzt und Lauro gefragt, ob er etwas von ihren Leuten gehört hatte. Einen Moment lang hatte er gezögert, aber dann hatte er ihr schließlich zögerlich gestanden, dass es Gerüchte gab, dass Rabia ihre Leibgarde im Keller des Anwesens der De Angelis gefangen hielt.

Bei dem Gedanken daran, dass ihre treuen *guardie* so gedemütigt wurden, wäre Saphira am liebsten sofort aufgebrochen, um ihnen zu helfen. Aber noch hatte sie nicht die Mittel dafür.

Nachdem er gegangen war, hatte Saphira sich an den kleinen Tisch gesetzt und allein gegessen. Es hatte ihr geschmeckt, auch wenn es nichts gegen das Gefühl der Einsamkeit ausrichten konnte.

Als die Nacht hereinbrach, tauschte sie das Kleid gegen einen kurzen Schlafanzug, den Madox ihr gekauft hatte, und ging ins Bett. Die Laken rochen nach ihm und halfen ihr nicht gerade dabei, sich besser zu fühlen. Aber sie hatte eine Entscheidung getroffen. Sie brauchte Madox, er musste sie bei ihrem Kampf unterstützen. Aber sie würde sich ihm nicht mehr hingeben.

Das bedeutete, dass sie einen Deal mit ihm eingehen musste. Einen geschäftlichen. Dabei würde sie ihn ganz genau beobachten müssen, damit ihr nicht wieder etwas Wichtiges entging. Sie würde alles, was sie ihm gegenüber empfand, außen vor lassen. Nichts würde ihren Blick trüben.

Sie konnte das. Gefühle von ihren Handlungen trennen. Darin hatte sie jahrelange Übung. Deswegen hatte Madox sie immer Eisprinzessin genannt. Sie konnte kalt sein. Und auch wenn er bis jetzt immer ihre Mauern durchbrochen hatte, würde ihm das dieses Mal nicht gelingen. Wenn das alles dann vorbei war und sie endlich wieder *capo* ihrer *famiglia* war, dann würde sie dem, was zwischen ihnen beiden vorging, endlich ein Ende bereiten.

Ein Schlüssel wurde gedreht und die Tür geöffnet. Es war Madox. Sie wusste das nicht nur deswegen, weil er neben Lauro vermutlich der Einzige war, der einen Schlüssel hatte, sondern auch, weil ein Schauer über ihren Rücken lief, der ihre Nervenenden kribbeln ließ.

Saphira bewegte sich nicht, atmete ruhig und versuchte auch sonst den Eindruck zu erwecken, dass sie schlief. Sie wollte jetzt nicht mit Madox sprechen. Denn auch wenn sie einen Entschluss gefasst hatte, jetzt war es Nacht. Und in der Dunkelheit kamen immer mehr Geheimnisse an die Oberfläche als am Tag. Sie hatte ihm in der vergangenen Nacht schon viel mehr anvertraut, als sie es hätte tun dürfen. All das Gerede über Schmerz und dass sie ihn nicht brauchte. Nicht ein Wort davon hätte jemals ihren Mund verlassen sollen. Aber sie befand sich in einer extremen Situation, und Madox schien ihre einzige Konstante zu sein. Es war ein Moment der Schwäche gewesen, ausgelöst von einer stillen Sehnsucht nach Zugehörigkeit. Nach einem Menschen, dem sie vertrauen konnte und bei dem sie sicher war.

Sie lauschte. Da war nur Stille. Madox hatte sich nicht mehr bewegt. War er etwa schon auf der Couch? Das Kribbeln, das ihre Wirbelsäule hinaufkroch, sagte ihr aber, dass er sie beobachtete.

»Saphira. Ich weiß, dass du nicht schläfst.«

Seufzend öffnete sie die Augen. Diesem Mann entging wirklich nichts. »Ich versuche es aber.«

»Es gibt da etwas, das du erfahren solltest.«

Die Ernsthaftigkeit, mit der er sprach, ließ sie aufhorchen, und Saphira setzte sich auf.

Er bewegte sich, seine Schritte kamen näher, bis er schließlich neben dem Bett stand. Seine Silhouette hob sich dunkel gegen das strahlende Mondlicht ab, das durch das Fenster hereinschien. Er beugte sich vor, und einen Augenblick später erfüllte sanftes Licht den Raum. Er hatte die Nachttischlampe angeschaltet.

»Was hast du mir zu sagen?« Saphira zog die Bettdecke hoch und lehnte sich ans Kopfende.

Als Madox auf der Bettkante Platz nahm, war er ihr dennoch zu nahe. Es war beinahe so, als würde eine Art magnetische Anziehungskraft sie zueinander ziehen. So war es schon immer zwischen ihnen gewesen.

»Ich war heute in der Stadt. In deinem Teil der Stadt.«

Sie schluckte hart. »Es ist nicht länger mein Teil der Stadt.«

Er schüttelte den Kopf. »Dieser Teil von Palermo wird immer dir gehören, Saphira.«

Da irrte er sich. Nur wer die Macht hatte, etwas zu verteidigen, konnte es auch besitzen. Und das hatte sie nicht geschafft.

»Wieso warst du dort? Das war gefährlich für dich.« Sie

konnte es nicht mit Sicherheit sagen, vermutete aber, dass auch Madox auf Rabias schwarzer Liste stand.

»Ich kann auf mich aufpassen.« Er schenkte ihr ein kurzes Grinsen. »Aber ich habe mich dort mit ein paar Leuten unterhalten.«

Sie runzelte die Stirn. »Wieso?«

»Ich dachte mir, dass du vielleicht wissen möchtest, was dort vor sich geht.«

Saphira war verwirrt. Wieso hatte Madox das getan? Welchen Nutzen konnte er selbst daraus ziehen? Er hatte sich bestimmt nicht selbst in Gefahr gebracht, nur um ihr einen Gefallen zu tun. Viel wahrscheinlicher war, dass er sie damit wieder auf seine Seite ziehen wollte.

»Es sieht nicht gut aus, Saphira.«

»Wie kann das sein? Ich bin doch erst seit einem Tag weg.«

»Dennoch werden jetzt an jeder Ecke Drogen angeboten. Sie geben sich nicht einmal Mühe, es zu verbergen. Es wird offen gedealt, und viele Ladenbesitzer werden von den Dealern eingeschüchtert. Rabia unternimmt nichts deswegen.«

Sie schloss für einen Moment die Augen. Wut durchzuckte sie wie ein heißer Blitz. »Natürlich nicht. Sie steckt ja mit denen unter einer Decke.«

Überrascht sah Madox sie an. »Was?«

»Du hast mich schon verstanden.«

»Seit wann weißt du davon?«

»Emilio hat es mir vor seinem Tod gesagt«, gestand sie leise. Sie hatte die Drogenverkäufe bis jetzt erfolgreich verdrängt. Dadurch wurde Rabias Verrat nur umso schlimmer, immerhin wusste sie genau, wie sehr Saphira den Drogenhandel verabscheute. Und es erklärte auch die toten Mitglieder ihrer *famiglia.* Rabia wusste, wer zu ihnen gehörte und wer nicht. Sie hatte die Information weitergegeben und dadurch dafür gesorgt, dass Saphira nichts gegen die Drogengang unternehmen konnte, ohne ihre eigenen Leute zu gefährden.

»Es tut mir leid, Saphira.«

Sie warf ihm einen Blick zu. War das die Wahrheit? Sie konnte es nicht sagen.

Madox bemerkte ihren Blick und seufzte leise. »Du vertraust mir nicht.«

»Und das wundert dich?«

Er ballte eine Hand zur Faust. »Ich hatte keine Wahl, Saphira! Ich konnte dir nicht sagen, wer ich bin.«

»Ach wirklich? Du hattest also keine Wahl, als du dich in meine *famiglia* eingeschleust hast? Oder als die Vargas dafür gesorgt haben, dass unser wichtiger Waffendeal geplatzt ist? Als du Leandro getötet hast? Da hattest du keine Wahl?«

»Ich habe Leandro nicht getötet«, erwiderte er.

Sie verdrehte die Augen. »Natürlich nicht.«

»Warum sollte ich dich jetzt noch anlügen? Welchen Grund hätte ich dafür?«

Argwöhnisch sah sie ihn an.

»Ja, ich bin unter einem Decknamen zu euch gekommen, weil ich mir sicher war, dass du meinen Vater getötet hattest. Jedenfalls beinahe sicher. Ich war auf der Suche nach dem letzten Beweis. Und ja, ich habe dafür gesorgt, dass der Waffendeal geplatzt ist. Aber ich habe Leandro nicht getötet. Das war jemand anderes.«

Saphira verschränkte die Arme vor der Brust. »Ich glaube dir nicht.« Das durfte nicht die Wahrheit sein. Aus einem ganz einfachen Grund: Dann konnte sie ihm vielleicht vergeben.

Denn sie konnte nachvollziehen, warum er sich in ihre *famiglia* eingeschleust hatte. Sie konnte verstehen, warum er den Deal hatte platzen lassen. Diese Dinge konnte sie ihm vielleicht sogar eines Tages vergeben.

Aber dass er ein Familienmitglied, ihren Cousin, getötet hatte, das konnte sie ihm niemals verzeihen. Denn die Familie war das Wichtigste. Und wenn Madox Leandro nicht getötet hatte, dann konnte sie ihm eines Tages vielleicht vergeben.

Ihr wurde bewusst, dass es keinen Beweis dafür gab, wer Leandros Mörder war. Außer einer goldenen Uhr, die sie auf seinem Bett, aber weder an ihrem Cousin noch an Madox jemals gesehen hatte.

»Warum denn verdammt noch mal nicht?«

Ihr Blick fokussierte sich wieder auf Madox. »Warum sollte ich?«, fragte sie und klang genauso aufgebracht wie er.

»Ich soll dir einen Grund geben?«

»Und es ist besser ein verflucht guter.«

Bevor sie auch nur blinzeln konnte, hatte er ihr die Decke weggerissen. Sie schnappte nach Luft, als er nach ihrem Knöchel griff und sie mit einem Ruck zu sich zog, sodass sie mit dem Rücken auf der Matratze lag. Sekunden später war Madox über ihr. Sein Gesicht nur wenige Millimeter von ihrem entfernt. Sein warmer Atem strich über ihre Haut, und sie konnte die feinen, dunkelblauen Linien erkennen, die seine ansonsten hellblauen Iriden durchzogen.

»Das ist der beste Grund überhaupt.«

Dann lagen seine Lippen auf ihren. Seine Zähne bohrten sich in ihre Unterlippe, bis sie heißer Schmerz durchzuckte. Im nächsten Moment schmeckte sie ihr eigenes Blut, und ein leises Wimmern entrang sich ihr.

Sie sollte widerstehen. Sie sollte nicht nachgeben.

Aber gegen Madox hatte sie noch nie eine Chance gehabt.

MADOX

Er hatte ihr Zeit geben wollen, hatte Saphira ihren Freiraum lassen wollen. Bis sie schließlich selbst erkannte, dass er keine Gefahr für sie darstellte. Dass er ihr stattdessen helfen würde. Dass sie zusammengehörten.

Aber dass sie ihm einfach nicht glauben, nicht mehr vertrauen wollte, hatte seinen ohnehin kurzen Geduldsfaden reißen lassen.

Und als er jetzt ihr Blut auf seinen Lippen schmeckte, wusste er, dass er von Anfang an keine Chance gehabt hatte. Diese Frau war sein wunder Punkt. Sie war das Feuer, das ihn verbrannte. Dennoch dachte er nicht einmal daran wegzurennen.

Saphira wollte einen Grund, warum sie ihm wieder vertrauen konnte? Dann würde er ihr einen Grund geben.

Die Leidenschaft, dieses Brennen, das sie beide erfasste, sobald sie sich im selben Raum aufhielten, das war echt. Daran war nichts falsch oder hinterhältig. Hier gab es kein doppeltes Spiel, keine Geheimnisse, keine Intrigen. Es war echt. Und nicht einmal Saphira konnte das ignorieren.

Madox löste sich nur so lange von ihren Lippen, wie es dauerte, ihr und ihm die Oberteile auszuziehen. Da Saphira bereits im Bett gelegen hatte, trug sie keinen BH, und er spürte unmittelbar darauf die weiche, warme Haut ihrer vollen Brüste an seiner Brust.

Ein Stöhnen kam ihm über die Lippen, als er sie endlich wieder spürte. Nur wenn diese Frau ihn berührte, kam er zur Ruhe. Gleichzeitig stand er nie mehr unter Strom, als wenn er sie Haut an Haut fühlen konnte.

Madox biss Saphira erneut in die Unterlippe, leckte das Blut auf, bevor er sich langsam den Weg über ihren Hals zu ihren Brüsten entlang küsste. Saphira wimmerte, gab leise, verzweifelte Laute von sich, die sein Blut zum Kochen brachten.

Mit einer Hand stützte er sich auf die Matratze, schuf gerade genug Abstand zwischen ihnen, dass er ihre Haut küssen konnte. Mit der anderen Hand umfasste er ihre Brust, drückte das weiche Fleisch in seine Handfläche. Seine Lippen umschlossen ihren freien Nippel. Das Piercing, das sie sich dort vor einigen Wochen hatte stechen lassen, fühlte sich warm an seiner Zunge an. Mit einem Grinsen umfasste Madox das Metall mit den Zähnen und zog. Erst sanft, dann fester, bis Saphira ihn beinahe anfauchte.

Er entließ ihre Brustwarze und arbeitete sich weiter nach unten, leckte über den Schriftzug, der auf ihren linken Rippen tätowiert war. *Lasciate ogni speranza, voi ch'entrate! Lasst, die ihr eintretet, alle Hoffnung fahren!* Von da aus küsste er sich eine Spur bis zu ihrem Bauch. Als er ihre neue Narbe erreichte, hielt er kurz inne, betrachtete die leicht gezackte Linie, die Haut, die jetzt dicker und heller war. Das hier verdankte sie Giuseppe. Und als er diesen Beweis vor sich sah, wollte Madox seinen Onkel gleich noch einmal umbringen.

Da er das aber nicht konnte, küsste er die Stelle, nahm sich einen Moment Zeit, um die vernarbte Haut zu liebkosen, bevor er sich weiter nach unten arbeitete.

An ihrer Hüfte hielt er wieder inne, öffnete den Mund und biss ihr in den Hüftknochen, bis sie leise aufschrie. Als er mit der Zunge über seine Zahnabdrücke fuhr, sah er nach oben. Saphira funkelte ihn wütend an, gleichzeitig glühte rohe Leidenschaft in ihrem Blick. Ihre Haut war leicht gerötet. Die Stellen, die er geküsst oder gebissen hatte, waren noch dunkler. Auf ihrer Unterlippe funkelte noch immer ein Blutstropfen im Schein der Nachttischlampe. Sie war das berauschendste Wesen, das er je gesehen hatte. Und er würde niemals genug von ihr bekommen.

Er wandte sich ihrer anderen Hüfte zu, fuhr das dortige Tattoo mit der Zunge nach. Die drei blutenden Rosen, die von Dornenranken umgeben waren und für ihre Eltern und ihren kleinen Bruder standen.

Madox ließ eine Hand zwischen ihre Schenkel gleiten. Sie war warm. Nass. Bereit für ihn. Willig spreizte sie die Beine für ihn, ihre Lider flackerten, dennoch wandte sie den Blick nicht von ihm ab. Er konnte sehen, dass ihre Begierde mit ihrem Hass auf ihn konkurrierte. Und noch war der Ausgang dieses Kampfes ungewiss. Aber Madox würde alles dafür tun, dass ihre Leidenschaft gewann.

Er rutschte noch ein Stück hinab, bis er einen Kuss auf ihre Scham pressen konnte und sein Atem über ihre erhitzte, feuchte Haut strich. Langsam ließ er zwei Finger in sie gleiten, genoss das Gefühl, wie sich ihre Muskeln um ihn herum anspannten.

»Fühlst du das hier, Saphira?« Er drehte den Kopf, biss sie in das weiche Fleisch ihres Oberschenkels. »Das hier ist echt. Du kannst mir vertrauen. Hier gibt es nichts Falsches zwischen uns.« Er strich mit dem Daumen über ihre Klit, bis sich ihre Lippen sacht öffneten und sie stöhnte. »Das sind wir.« Der Rhythmus seiner Finger wurde schneller. Härter. Bis Saphira die Beine anwinkelte, die Wangen gerötet waren und ihre Haut von einem feinen Schweißfilm überzogen war. Bis ihre Muskeln sich stärker um ihn herum verkrampften, ihr Rücken sich von der Matratze hob und sie den Atem anhielt, in Erwartung ihrer Erlösung.

Genau dann hörte Madox auf.

Saphira blinzelte, die Anspannung verließ ihren Körper, und sie sank schwer atmend auf die Matratze zurück.

Grinsend zog Madox die Finger heraus.

»Mistkerl«, zischte Saphira.

»Du kannst mir vertrauen.« Mit diesen Worten griff er in die Hosentasche und zog sein Lieblingsmesser hervor. Die scharfe Klinge glänzte im Licht der Nachttischlampe.

Saphiras Augen weiteten sich. Ihr Körper erinnerte sich sofort. Ihre Nippel zogen sich zusammen, und ein leichtes Zittern durchlief sie von Kopf bis Fuß.

»Erinnerst du dich daran?«

Als sie nicht antwortete, legte er die Klinge flach gegen die Innenseite ihres linken Oberschenkels. Das Zittern kam stärker zurück.

»Antworte mir.«

Sie schluckte. Ihre Zunge kam hervor, benetzte ihre trockenen Lippen. »Ich erinnere mich.«

Madox lächelte. »Ich mich auch.«

Er hatte sie schon einmal damit geschnitten, hatte ihre Haut mit feinen Linien gezeichnet. In dieser Nacht hatte sie ihm ihren Körper anvertraut, hatte darauf vertraut, dass er sie nicht ernsthaft verletzen würde. Und jetzt würde sie das wieder tun.

Der erste Schritt war, dass sie ihm wieder ihren Körper anvertraute. Der zweite Schritt war, dass sie ihm ihr Herz anvertraute.

»Du weißt, was du zu tun hast? Still halten. Ruhig atmen. Vertrau mir.« Die letzten Worte sprach er so eindringlich, wie er konnte. Das hier war wichtig, so unendlich wichtig.

Madox wusste, dass das Ritzen ihrer Haut für Saphira eine Form der Erleichterung war. So bekämpfte er ihren Schmerz. Und vermutlich würde jeder Psychologe einen Anfall bekommen, wenn er davon erfuhr, was Madox hier tat, aber es war nicht so, als ob er eine Wahl hätte. Saphira mit dem Messer zu verletzen, war für ihn ein genauso starker Drang wie ihr eigenes Bedürfnis nach dieser speziellen Erleichterung. Wahrscheinlich war das einer der vielen Gründe, warum sie sich so zueinander hingezogen fühlten. Sie waren beide angeknackst. Aber sie akzeptierten sich und verurteilten einander nicht.

Es dauerte. Sein Herz schlug schnell in seiner Brust. Sein Schwanz war steinhart. Saphira hielt seinen Blick fest. Er konnte ihre Unsicherheit spüren. Aber auch ihre Leidenschaft.

Schließlich nickte sie leicht, und er ließ den Atem entweichen, den er angehalten hatte.

»Hände ans Kopfende, Saphira.«

Da war ein leichtes Zögern in ihren Bewegungen, aber schließlich folgte sie seinem Befehl.

Madox stieg aus dem Bett, legte das Messer kurz ab, um aus der Jeans zu steigen, und legte sich dann wieder zu Saphira ins Bett. Aber nicht bevor er nicht ein Kondom aus der Nachttischschublade geholt und es auf die Matratze gelegt hatte.

Sein Gesicht war auf Höhe ihres Bauchs. Er konnte sehen, wie ihre Bauchmuskeln zitterten, als er vorsichtig das Messer an der Innenseite ihres Oberschenkels ansetzte. Sein Blick fokussierte sich auf die Klinge. Auf Saphiras zarte Haut. Er drehte das Messer, bis die scharfe Seite an ihrem Oberschenkel lag.

»Atme ein«, flüsterte er, und Saphiras Brustkorb hob sich. »Atme aus.«

Als er hörte, wie langsam ihr Atem entwich, schnitt er. Die Haut teilte sich ohne Widerstand, frisches, rotes Blut perlte hervor. Saphira zuckte zusammen, dann als der Schmerz durch Euphorie ersetzt wurde, stöhnte sie leise.

Madox schloss die Augen, speicherte diesen Laut genau in seinem Gedächtnis ab. Dann öffnete er die Lider wieder und leckte über die Unterseite von Saphiras Brust.

»Noch mal.«

Sie atmete ein, er setzte das Messer an. Saphira atmete aus, er schnitt.

Stöhnend bog sie den Rücken durch, und Madox wechselte seine Position, kniete sich zwischen ihre Beine. Er beobachtete, wie ihr Blut langsam auf die Matratze tropfte, und grinste.

Verdammt. Wie oft hatte er davon geträumt?

Er legte sein Lieblingsmesser kurz aus der Hand, aber nur, um sich das Kondom überzustreifen. Dann beugte er sich über Saphira und legte das Messer zwischen ihre Brüste.

»Sieh mich an.«

Ihr Blick fokussierte sich auf ihn. Da war dieses spezielle Leuchten in ihren Augen, das ihm sagte, dass die Euphorie sie fest im Griff hatte. Er hielt ihrem Blick stand, während er mit einem harten, festen Stoß in sie eindrang. Saphira keuchte, ihre Muskeln hielten ihn umklammert. Aber sie wendete den Blick nicht ab, konzentrierte sich nur auf ihn.

Madox beugte sich nach unten, nahm ihren Mund in einem Kuss gefangen, während er in dem Gefühl schwelgte, endlich wieder in ihr zu sein. Ihr Geschmack war genauso berauschend wie immer, und es fiel ihm schwer, sich wieder von ihr zu lösen.

Als er den Kopf hob, um sie anzusehen, war sie das schönste Wesen, das er jemals gesehen hatte. Ihr dunkles Haar war auf dem Kissen aufgefächert, ihre Wangen gerötet, die Lippen zeigten seine Spuren. Genauso wie ihr Hals und ihre Brüste. Ihre Augen leuchteten. Und während er sie anstarrte, zeigte sich langsam aber sicher ein sanftes Lächeln auf ihren Lippen.

Das war der Moment, in dem Madox erneut nach dem Messer griff. Er setzte es unter ihrer rechten Brust an.

»Vertrau mir«, flüsterte er erneut, dann zog er einen präzisen Schritt von der Außenseite nach innen.

Saphira zischte, ihr Atem verließ sie in einem Rutsch. Ihre Muskeln umklammerten seinen Schwanz, und Madox musste die Zähne zusammenbeißen, damit er nicht sofort jegliche Kontrolle verlor. Das sollte er nicht. Nicht, solange er noch das Messer in der Hand hielt.

Er stützte sich mit einer Hand neben Saphiras Kopf auf, hob seinen Oberkörper ab. Jetzt legte er die Klinge an ihre linke Brust. Und dieses Mal sah er Saphira in die Augen, als er seinen Schnitt setzte. Sie erzitterte, ihre Pupillen wurden riesig. Ihre Lippen öffneten sich. Eine Sekunde verging, dann noch eine. Und dann ließ das Adrenalin sie stöhnen. Das war der Moment, in dem Madox das Messer vom Bett warf und sich seiner Leidenschaft hingab.

Mit einer beinahe besinnungslosen Verzweiflung stieß er immer heftiger in sie. Er schob ihr sogar ein Kissen unter den Hintern, damit er noch tiefer in sie eindringen konnte, jeden Winkel von ihr erforschte. Sie stöhnte, wimmerte, bog sich ihm entgegen. Aber ihre Hände verließen niemals das Kopfteil. Und plötzlich störte ihn genau das.

»Fass mich an«, befahl er mit vor Verlangen dunkler Stimme.

Sofort waren Saphiras Hände auf ihm, als hätte sie nur darauf gewartet. Sie strichen über seine Arme zu seinen Schultern, zogen die Linien seiner Sternentattoos nach, folgten den Linien seiner Muskeln bis zu seinem Rücken. Und bei seinem nächsten Stoß grub sie die Nägel in seiner Haut, und Madox knurrte, als sich der heiße Schmerz ausbreitete.

Immer härter und schneller wurde sein Tempo, bis er spürte, dass Saphira sich erneut anspannte. Ihr Rücken verließ die Matratze, ihre Beine legten sich um seine Hüften, und sie überkreuzte die Knöchel in seinem Rücken. Ihr Kopf flog nach hinten, und ein langes, beinahe verzweifeltes Stöhnen kam ihr über die Lippen, als sich die Erlösung einen Weg durch ihren

Körper suchte. Sie zitterte, erbebte, ihre Muskeln verkrampften sich um seinen Schwanz. Und auch Madox spürte dieses spezielle Kribbeln an seiner unteren Wirbelsäule, er spannte sich an, und dann entlud er sich in einem mächtigen Orgasmus tief in Saphira.

Schwer keuchend ließ er sich auf ihr nieder, achtete dabei aber darauf, dass er sie nicht zu stark mit seinem Gewicht belastete. Sein Mund lag auf ihrem Hals, und er konnte ihren rasenden Puls unter seinen Lippen fühlen. Ihr Brustkorb hob und senkte sich genauso schnell wie seiner.

Madox schloss die Augen, atmete Saphiras frischen und gleichzeitig süßen Duft ein, prägte sich ein, wie sich ihre Haut an seiner anfühlte. Er versuchte, sich einfach alles genau einzuprägen. Selbst das Geräusch ihres Atems. Er wollte nie auch nur ein winziges Detail vergessen, das diese Frau betraf.

Als sich Puls und Atmung wieder auf ein normales Maß beruhigt hatten, zog er sich zurück und ließ sich neben Saphira auf das Bett fallen. Sie schwiegen, und einen kurzen Augenblick später hörte er, wie Saphira sich bewegte. Dann ging das Licht aus, und Dunkelheit hüllte sie ein.

Madox starrte an die Decke, ohne wirklich etwas sehen zu können. Für ihn hatte das gerade alles geändert. Aber er war sich nicht sicher, ob es Saphira genauso erging.

Die Stille zog sich in die Länge. Nur ihr Atem war zu hören. Alles andere schien in den Hintergrund zu treten, bis Madox jedem ihrer Atemzüge mit seinen folgte. Bis sie im Gleichklang atmeten. Dennoch sagte sie kein Wort.

»Saphira …«, setzte er an, als er das Schweigen nicht länger aushielt.

»Nein, sag nichts«, bat sie leise.

Aber er konnte nicht anders. »Das hier ändert alles.«

Das Schweigen, das folgte, wog schwer. Er konnte seinen

eigenen, jetzt wieder schnellen, Herzschlag in den Ohren dröhnen hören. Und Saphira lag einfach neben ihm und tat gar nichts.

Als sie wieder sprach, wünschte er sich, dass sie es dabei belassen hätte.

»Das ändert gar nichts.«

Kapitel 14

RABIA

Rabia saß in ihrem Büro und brütete gerade über ein paar Unterlagen der legalen Geschäfte der *famiglia*, als ihr Handy klingelte. Das Display zeigte ihr Antonios Namen. Neugierig nahm sie das Gespräch entgegen.

»Was gibt es?«, fragte sie ohne Umschweife.

»Wie immer direkt zum Punkt. Hatte ich schon gesagt, dass mir das an einer Frau gefällt?«

Rabia verdrehte die Augen. »Hast du.«

Sie hörte ihn leise lachen, bevor er wieder ernst wurde. »Es gibt ein Problem.«

Sofort setzte sie sich gerade auf. »Welches Problem?«

»Madox sammelt immer mehr Anhänger um sich. Er muss verschwinden.«

Sie lächelte und entspannte sich wieder ein bisschen. Das war nicht *ihr* Problem. »Und was soll ich da machen?«

»Ich werde ihn später unter einem Vorwand in ein verlassenes Lagerhaus locken. Und du hast doch bestimmt einen geeigneten Killer an der Hand, den du dort platzieren kannst. Ich kann keinen meiner Männer nehmen, weil Madox im Moment auf alles ein Auge hat.«

Wie aufs Stichwort öffnete sich die Tür zu ihrem Büro und Jacob kam herein. Natürlich ohne zu klopfen. Als er ihr Lächeln sah, hob er fragend eine Augenbraue. Mit einigen Schritten war er an der Couch, ließ sich darauf nieder und streckte die muskulösen Beine weit von sich.

»Ich habe tatsächlich einen Killer, den ich dir schicken kann.«

Bei ihren Worten schmunzelte Jacob. Manchmal fragte sich Rabia, was er und Madox in ihrer Kindheit erlebt haben mussten, dass sie zu solchen Killern wurden. Sie wusste zwar, dass Jacob sich an Madox rächen wollte, weil dieser ihn einmal im Kampf besiegt hatte und Jacob ständig in Madox' Schatten gestanden hatte, aber sie hatte nie genau herausfinden können, wer oder was sie zu dem gemacht hatte, was sie heute waren.

»Schick mir Adresse und Uhrzeit, und er wird da sein.«

Antonio atmete erleichtert aus. »Ich danke dir. Nach heute Mittag werde ich endlich *capo* sein, und dann können wir uns deinem Problem widmen.«

»Klingt nach einem guten Plan.« Rabia beendete das Gespräch und begann zu lachen.

Jacob betrachtete sie neugierig, und als sie sich wieder beruhigt hatte, winkte er sie zu sich herüber. Sie folgte seiner Aufforderung und ließ sich auf seinem Schoß nieder.

»Was geht in deinem hübschen, raffinierten Köpfchen vor?«

Sie lächelte. »Antonio lockt Madox später in ein Lagerhaus. Er will, dass du ihn dort tötest.«

»Es wird mir ein Vergnügen sein«, antwortete Jacob mit einem breiten Grinsen, aber Rabia schüttelte den Kopf.

»Nein. Das wäre dumm.«

»Aber es wäre die perfekte Gelegenheit.«

Sie fuhr ihm mit einer Hand durch die Haare. »Du musst Geduld haben. Wir wollen Madox und Saphira doch erst leiden lassen. Dann wird ihr Tod umso süßer.«

Er seufzte. »Na schön, was hast du vor?«

»Du wirst jemanden töten. Allerdings wird es nicht Madox sein. Warte, bis die beiden ihre Auseinandersetzung hatten. Madox wird auf jeden Fall gewinnen. Sollte das aus irgendwelchen Gründen nicht der Fall sein, knallst du Antonio sowieso ab. Wenn Madox aber wie erwartet gewinnt, wird er Antonio entweder selbst töten oder ihn aus der Stadt jagen. Dann warte, bis Madox weg ist. Und dann knöpfst du dir Antonio vor.«

Natürlich könnte sie Jacob auch erlauben, Madox einfach an Ort und Stelle zu erschießen. Auch dann würde Saphira leiden. Aber sie wollte, dass Saphira mit eigenen Augen sah, wie das Leben aus Madox wich. Sie sollte hautnah dabei sein und jeden köstlichen Moment seines Todes miterleben.

»Und was ist für mich drin?«, fragte Jacob mit einem anzüglichen Grinsen.

»Du meinst, neben deinen ganzen Geschäften, die ich dich auf unserem Gebiet führen lasse?« Sie beugte sich zu seinem Ohr. »Heute Nacht darfst du deinen Schwanz als Belohnung tief in meinen Mund stecken.«

Er knurrte zufrieden. »Einverstanden.«

Rabia lächelte. Männer waren doch so leicht zu kontrollieren.

Es klopfte an der Tür, und ein *soldato* kam herein.

»Rabia, du hast Besuch.«

»Wer ist es?«

»Vito und Stella.«

Rabia nickte und lächelte. Nun würde ihr Plan gelingen, da war sie sich ganz sicher.

SAPHIRA

Am Morgen trug Saphira Salbe auf die Schnitte der letzten Nacht auf. Jetzt war ihr Körper von Madox gezeichnet. Wieder einmal.

Obwohl sie ihm ihren Körper anvertraut hatte, riet ihr Verstand ihr noch immer zur Vorsicht. Und dieses Mal würde sie darauf hören.

Aber das änderte nichts an ihrem Plan.

Saphira zog den Rock an, streifte sich einen dünnen Pullover über und schlüpfte in ihre wadenhohen Stiefel. Alles hatte Madox für sie ausgesucht, es passte perfekt und entsprach genau ihrem Stil.

Als sie das Badezimmer verließ, saß Madox auf der Couch und reinigte eine Pistole. Er blickte nicht auf, als sie sich an das andere Ende setzte, konzentrierte sich nur auf die Waffe in seinen Händen.

Saphira unterdrückte ihren Stolz und versuchte, die Stimme ruhig zu halten, als sie sprach. »Ich habe eine Bitte.«

Madox hielt für einen Moment inne, bevor er die Pistole wieder zusammensetzte. Er lehnte sich auf der Couch zurück, sah sie fragend an. »Worum?«

»Um deine Hilfe.«

Jetzt sah er wirklich überrascht aus. »Du bittest mich um Hilfe?«

Sie nickte.

»Und wobei?«

»Ich will meine *famiglia* zurück. Und ich will mich an Rabia rächen.« Sie wusste, dass das viel verlangt war. Madox war ein Varga. Sie eine De Angelis. Sie waren von Natur aus Feinde. Aber sie hoffte dennoch, dass er ihr helfen würde. Denn Madox verhielt sich ihr gegenüber nicht wie ein Feind, versuchte sogar die ganze Zeit, sie davon zu überzeugen, ihm zu vertrauen. Vielleicht konnten sie und Madox die alte Familienfehde begraben. Nun, da er wusste, dass sie seinen Vater nicht getötet hatte, und sie wusste, dass Giuseppe schuld an dem Tod ihrer Eltern und ihres kleinen Bruders war. Und Giuseppe hatte seine Strafe bekommen. Auch wenn sie ihn dieser Strafe lieber selbst zugeführt hätte.

Vielleicht konnten Madox und sie dafür sorgen, dass in Zukunft Frieden herrschte. Das war der Wunsch ihres Vaters gewesen.

Aber bis dahin war es noch ein langer Weg, und es hing alles davon ab, ob Madox ihr jetzt half und ob sie ihm seine Taten vergeben konnte.

»Du brauchst Waffen. Und meine Männer.«

Sie nickte. »Dafür bekommst du«, Saphira musste sich zwingen, die nächsten Worte zu sagen, »einen Anteil von dreißig Prozent von meinen zukünftigen Geschäften.«

Denn das hier war nicht nur eine Familienfehde, es ging auch ums Geschäft. Und Madox musste, genau wie sie, dafür sorgen, dass die Mitglieder seiner *famiglia* überlebten.

Vielleicht war das Angebot gar nicht nötig. Aber sie wollte jede Möglichkeit nutzen, damit Madox ihr half.

Er sah sie so lange an, bis sie das Gefühl hatte, dass sie seinen Blick wie eine körperliche Berührung spürte.

Dann griff er nach ihrer Hand, verschränkte ihre Finger miteinander. Sie konnte die Schwielen vom vielen Kämpfen an ihrer Handfläche spüren. Unwillkürlich hielt sie den Atem an. So viel hing von seiner Antwort ab. Sollte er ihr nicht helfen, würde sie einen anderen Weg finden müssen. Und das würde verdammt schwer werden.

»Natürlich werde ich dir helfen, Saphira.« Er sah ihr direkt in die Augen, drückte sanft ihre Hand. »Ich …« Er hielt inne, schüttelte den Kopf und schien über sich selbst zu lächeln. »Nein, vergiss es. Ich werde dir helfen.«

Ein sanftes Lächeln umspielte ihre Lippen, als sie ihm die Hand wieder entzog. »Ich danke dir.«

»Also, was ist dein Plan?«

»Ich bin mir noch nicht genau sicher, aber…«

In diesem Moment klopfte es an der Tür.

Verärgert blickte Madox auf. »Was?«

Langsam wurde die Tür geöffnet, und Lauro sah ins Zimmer. Er schien erleichtert, als er sie beide auf dem Sofa entdeckte. Was hatte er erwartet? Eine Leiche? Oder dass sie beide nackt waren?

»Antonio will dich sehen. Er sagt, dass es dringend ist.«

Madox gab ein unwirsches Geräusch von sich. »Ich habe zu tun. Sag, dass ich später komme.«

Lauro räusperte sich. »Er hat gesagt, er habe die Waffen gefunden.«

Madox hielt inne, dann seufzte er leise. »Ich komme.«

MADOX

Ohne anzuklopfen, betrat er das Büro. Schließlich wurde er ja erwartet. Bei seinem Eintreten beendete Antonio gerade ein Telefonat und wirkte für Madox' Geschmack ertappt. Mit wem hatte er gesprochen? Und worüber?

»Madox, wie schön, dass du es einrichten konntest.«

Mit verschränkten Armen blieb Madox hinter den Besucherstühlen stehen. »Du wolltest mich sehen?«

Antonio nickte. »Ich habe die Waffe aus dem Deal gefunden.«

»Und wo sind sie?«

»In einem Lagerhaus. Wenn du magst, können wir sofort dorthin fahren.«

Sein Bauchgefühl sagte ihm, dass das keine gute Idee war. Doch wenn Saphira ihre Feindin bekämpfen wollte, konnten sie die Waffen gut gebrauchen. Er sollte sich also zumindest einen Überblick verschaffen. Und mit Antonio konnte Madox es allemal aufnehmen.

»Na gut. Lass uns fahren.«

Antonio lächelte. »Ich muss noch kurz etwas holen, wir treffen uns am besten in der Eingangshalle. Ich lasse ein Auto vorfahren.«

Madox nickte, drehte sich um und verließ das Büro wieder. Warum wollte Antonio ihm die Waffen zeigen? Der Mistkerl wollte ihm doch eigentlich gar nicht helfen, sondern selbst *capo* werden. Noch ein Grund, um wachsam zu sein.

Als er zurück ins Zimmer kam, sah Saphira ihn fragend an. »Das ging schnell.«

»Antonio will mir etwas zeigen. Ich werde eine Weile unterwegs sein, aber wenn ich zurück bin, können wir über deinen Plan sprechen.«

»Du gehst alleine mit Antonio?«

Er nickte.

»Das solltest du nicht. Etwas stimmt mit dem Kerl nicht.«

»Machst du dir etwa Sorgen?«

Sie wandte den Blick ab. »Ich brauche deine Hilfe, Madox. Solltest du sterben, würde das meine Rache erheblich erschweren.«

Das saß. Er konnte nur hoffen, dass das nicht die ganze Wahrheit war.

Er nahm die Beretta auf, die er gereinigt hatte, und steckte sie sich hinten in den Hosenbund. Sein Messer trug er bereits bei sich.

»Ich bin bald zurück.«

Draußen wartete Lauro auf ihn, und Madox sah den jungen *soldato* eindringlich an.

»Schließ die Tür ab, sobald ich weg bin. Pass auf sie auf. Lass niemanden in ihre Nähe.«

Als Madox in die Eingangshalle kam, wartete Antonio bereits auf ihn und empfing ihn mit einem Lächeln.

»Bereit?«

Madox gab nur ein zustimmendes Geräusch von sich, bevor er mit Antonio nach draußen ging und in das wartende Auto stieg. Der Motor erwachte mit einem sanften Surren zum Leben, und die Limousine rollte die Einfahrt hinunter.

Auf den Straßen war nicht besonders viel los. Wahrscheinlich war die Erinnerung an die letzte Auseinandersetzung innerhalb der Cosa Nostra noch zu frisch, und niemand wollte aus Versehen zwischen die Fronten geraten.

Antonio starrte die ganze Fahrt über auf sein Handy und schien sehr beschäftigt mit dem Beantworten von Nachrichten zu sein. Aber Madox unternahm auch keinen Versuch, das Schweigen zu unterbrechen. So war es für ihn angenehmer.

Sie fuhren durch die Stadt, vorbei an Cafés, Restaurants und verschiedenen kleinen und größeren Geschäften. Immer wieder entdeckte Madox einen Dealer, der in nicht gerade dezenter Art und Weise Drogen gegen Geld tauschte. Auf offener Straße.

Auch als sie am *Parco Ninni Cassarà* mit seinen weitläufigen Grünflächen und den von Bäumen überschatteten Wegen vorbeikamen, konnte er vereinzelt Dealer sehen. Er war sich sicher, dass Saphira geradezu ausrasten würde, sollte sie das hier sehen können. Er selbst hielt auch nichts von Drogen und wollte nicht, dass das Dreckszeug in seiner Stadt vertickt wurde.

Nach einer Weile verließen sie die bewohnten Gebiete und näherten sich einem Gewerbegebiet in der Nähe des Hafens, der seit dem Waffendeal unter der Kontrolle der Vargas stand.

Kurze Zeit später hielt der Wagen an, und nach einem letzten Blick auf das Display seines Smartphones stieg Antonio aus. Madox folgte ihm, der Fahrer wartete im Wagen.

Gemeinsam gingen sie auf die großen Eingangstüren der Lagerhalle zu. Antonio gab einen Code in das kleine Ziffernfeld ein, das neben der Tür an der Wand angebracht war, und mit einem Klicken wurde die Verriegelung aufgehoben. Er öffnete die Tür und bedeutete ihm, voranzugehen.

Madox lächelte. »Bitte, nach dir.«

Als ob er so dämlich wäre und vor seinem Feind einen Raum betrat, den er nicht kannte und von dem er nicht wusste, was ihn dort erwartete.

Antonio ließ sich nichts anmerken, er lächelte und ging als Erster in die Lagerhalle.

Madox wartete noch einen Moment und sah sich draußen um. Dort konnte er aber nichts entdecken. Kein verräterisches Funkeln eines Fernglases oder eines Zielfernrohrs von einem Scharfschützengewehr. Nichts, was darauf hindeutete, dass jemand sie beobachtete. Dennoch wollte sich das ungute Gefühl nicht vollends verabschieden. Und Madox vertraute immer auf seine Instinkte.

Mit vorsichtigen Schritten und wachsamen Blick folgte er Antonio ins Innere, der inzwischen für Licht gesorgt hatte. Neonröhren hingen an langen Seilen von der gerundeten Decke. Als er sich umsah, konnte Madox einige Container entdecken. Ein paar davon enthielten sicher die Waffen. Aber es standen auch noch Holzkisten herum.

Das gefiel ihm nicht. Denn sowohl die großen Kisten als auch die Container boten viel Platz zum Verstecken. Es konnte sich überall jemand verbergen, um jeden Moment mit einer Waffe hervorzuspringen.

Madox versuchte, seine Umgebung im Blick zu behalten, als Antonio sich zu ihm umdrehte.

»Hier sind alle Waffen.«

»Wirklich alle?«

Antonio nickte. »Ja, es sind alle hier. Und hier sind sie auch sicher, bis wir sie brauchen.« Er lächelte und sah sich um, als würde er auf jemanden warten. Sein Blick huschte ständig von links nach rechts, auf der Sache nach etwas. Oder jemandem.

»Erwartest du noch jemanden?«

Antonio zögerte etwas zu lange. »Was? Nein, gar nicht. Wen sollte ich denn erwarten?«

Madox bewegte sich auf Antonio zu. Er wollte nah genug dran sein, falls Antonio etwas Dummes tat. So konnte er ihn im Zweifelsfall schnell entwaffnen und außer Gefecht setzen. Aber dem schien es gar nicht zu gefallen, dass Madox ihm plötzlich so nahe kam. Sein Lächeln verschwand, und sein Gesicht verlor etwas von seiner gesunden Farbe.

Er sah sich weiterhin um und schien mit jeder Sekunde nervöser oder vielleicht auch irritierter zu werden. Und dann schien er plötzlich zu entscheiden, dass das, was er suchte, nicht da war, und konzentrierte sich wieder auf Madox, der nur noch wenige Schritte entfernt war.

Er griff hinter sich und zog eine Waffe. »Bleib stehen, Arschloch!«

Madox hielt inne, versuchte den Abstand zwischen ihnen einzuschätzen. Vielleicht zwei Schritte. Nicht besonders viel, aber eine Kugel wäre dennoch schneller bei ihm als er bei Antonio. Er musste Antonio die Waffe abnehmen. Und dann konnte er dem Mistkerl endlich in den Arsch treten.

»Was machst du hier?«

»Das fragst du noch? Ich entledige mich endlich eines Problems.«

Madox lächelte. Jetzt ließ Antonio also seine Maske fallen. Er fragte sich nur, was für den Stimmungswechsel gesorgt hatte. Sollte Antonio etwa bemerkt haben, dass sich immer mehr Leute auf Madox' Seite schlugen?

Vorsichtig, damit es Antonio nicht bemerkte, schob sich Madox nach vorn. Seine erhobenen Hände kamen der Waffe, die auf ihn gerichtet war, immer näher.

Antonios Wangen färbten sich langsam wieder rot. Es war ihm anzusehen, dass die Aufregung des Moments sich auf ihn auszuwirken begann. Madox vermutete, dass er schon seit Wochen auf diesen Moment hinfieberte. So ging es den meisten Menschen. Sie stellten sich etwas so lange vor und dann, wenn es dann so weit war, verloren sie die Konzentration. Dann passierten Fehler. Und genau darauf wartete Madox. Er brauchte nur einen kurzen Moment der Unachtsamkeit von Antonio, um ihn überwältigen zu können.

Denn er würde heute nicht sterben. Schließlich wartete Saphira auf ihn. Und sie brauchte ihn. Sterben war keine Option.

»Weißt du, was ich mich frage?«

»Was denn?« Ein leichtes Zittern erfasste die Hand, welche die Pistole hielt.

»Ich frage mich, wie oft du schon einem Auftragskiller gegenübergestanden und überlebt hast.«

Verwirrt runzelte Antonio die Stirn. Plötzlich erklang ein Geräusch aus dem hinteren Teil der Lagerhalle. Madox achtete nicht darauf, aber Antonio drehte den Kopf in die Richtung.

Das war seine Chance.

Er sprang nach vorn und umfasste Antonios Handgelenk, der ihn überrascht anstarrte. Madox riss den Arm mit der Waffe hoch, ein Schuss löste sich, und die Kugel schlug mit einem metallischen Knall in die Decke der Lagerhalle ein.

Antonio versuchte sich zu wehren, aber wie Madox schon bei ihrer ersten Begegnung vermutet hatte, war er kein ernstzunehmender Gegner. Madox zog an Antonios Handgelenk, und mit einem dumpfen Geräusch sprang das Schultergelenk heraus. Antonio schrie vor Schmerz, und die Pistole fiel ihm aus der Hand.

Madox trat dagegen, und sie schlitterte über den Boden und außer Reichweite. Antonio, der jetzt sichtlich nervös war, versuchte, sich ungeschickt gegen Madox zu wehren. Aber er hatte keine Chance.

Als Erstes traf Madox' Faust Antonios Kiefer. Dann seinen Magen, bis Antonio sich vor Schmerzen keuchend nach vorn beugte. Madox riss das Knie hoch und brach ihm die Nase. Blut tropfte auf den Boden. Er umfasste Antonios Hemdkragen und zog ihn daran nach oben.

»Hast du in deinem Leben überhaupt schon mal gekämpft?«, fragte er abfällig.

Blut strömte über Antonios Gesicht. »Leck mich, Arschloch!«

Madox hatte endgültig genug. Antonio war nur ein Wichtigtuer, der es geschafft hatte, ein paar Menschen auf seine Seite zu ziehen. Er war kein Anführer, kein *capo* der Cosa Nostra. Und er war mit Sicherheit keine Bedrohung. Er ballte die freie Hand zur Faust und schlug mit voller Wucht gegen Antonios Kopf. Der stöhnte vor Schmerz und fiel zu Boden, als Madox sein Hemd losließ. Dann zog Madox die Waffe und richtete sie auf Antonio, der ihn mit großen Augen anstarrte.

Zum ersten Mal zeigte sich so etwas wie Angst in seinem Blick. Angst davor, dass das hier sein Ende sein könnte. Madox spannte den Hahn der Waffe.

»Du wirst niemals *capo* der Vargas werden, Antonio. Du bist einfach nicht stark genug. Und du wirst es auch nie sein.«

Ein Zittern durchlief Antonio. Madox drückte ab.

Die Kugel schlug nur wenige Zentimeter neben Antonios Kopf in den Boden ein.

»Verschwinde aus Palermo. Halt dich von *meiner* Stadt fern. Sollte ich dich noch einmal sehen, werde ich dich töten.«

Damit drehte er sich um und öffnete probehalber noch einen der versteckten Container. Darin befanden sich tatsächlich die Waffen. Also hatte Antonio wenigstens in dieser Hinsicht nicht gelogen.

Es wäre sicherer gewesen, ihn gleich umzubringen, aber lebend gab er das größere Symbol ab. Madox musste ein Bild der Stärke demonstrieren. Indem er seinen Herausforderer frei herumlaufen ließ, machte er klar, dass er sich vor gar nichts fürchtete. Außerdem würde ihm Antonios Tod nur Probleme mit dessen Anhängern verschaffen. Jetzt konnte er ihnen sagen, dass Antonio ihn herausgefordert und verloren hatte. Sie würden Madox als den Stärkeren akzeptieren müssen.

Lächelnd verließ er das Lagerhaus wieder und stieg in den wartenden Wagen ein.

»Wo ist Antonio?«, fragte der Fahrer, und sein Blick fiel im Rückspiegel auf Madox' blutige Knöchel.

»Er hat verloren«, war alles, was er sagte.

Der Fahrer hielt einen Moment inne. Dann nickte er und startete den Motor.

Jetzt hatte Madox keine Konkurrenz mehr bei den Vargas. Jetzt würde er endgültig *capo* sein.

Kapitel 15

ANTONIO

Scheiße.

So eine große, verfluchte Scheiße.

Stöhnend schloss Antonio die Augen. Ihm tat alles weh, und sein Gesicht fühlte sich an, als wäre es eine einzige, geschwollene Masse. Außerdem klingelte es noch in seinem rechten Ohr, dort, wo die Kugel nur wenige Zentimeter weiter eingeschlagen war.

Madox hatte ihn verschont. Damit hatte er nicht gerechnet. Als Madox die Waffe gezogen hatte, war Antonio sich sicher gewesen, dass sein letztes Stündlein geschlagen hatte. Aber dann war es doch noch nicht vorbei gewesen.

Die Alternative war allerdings auch nicht viel besser. Schließlich hatte er jetzt keine andere Möglichkeit mehr, als seinen Arsch aus der Stadt rauszuschaffen. Was sollte er auch sonst machen? Zurück zum Anwesen der Vargas gehen? Genau, und dann würde Madox ihn vor versammelter Mannschaft hinrichten. Nein, darauf konnte er verzichten.

Er öffnete die Augen und hievte sich in eine sitzende Position. *Rabia.* Wo zum Teufel war ihr Killer geblieben?

In diesem Moment fiel ein Schatten über ihn, und Antonio sah verwirrt nach oben. Zuerst glaubte er, Madox sei zurückgekehrt, um ihn doch noch zu töten. Aber es war nicht Madox, der über ihm stand.

Ein riesiger Kerl ging vor ihm in die Knie. Alles, woraus er zu bestehen schien, waren Muskeln und Tattoos. Dunkle Augen blickten in seine. Und darin stand der Wahnsinn. Antonio hatte das schon ein paar Mal gesehen. Männer, die ihr ganzes Leben lang nur auf ein Ziel hinarbeiteten und sich für nichts anderes mehr interessierten, trugen so einen Ausdruck zur Schau.

»Hallo, Antonio. Rabia schickt mich.«

Wütend wischte Antonio sich das Blut aus dem Gesicht und zuckte heftig zusammen, als er seine gebrochene Nase berührte. »Und wo warst du dann gerade? Du hättest Madox töten sollen!«

Der Mann grinste breit. »Oh, ich war hier, aber nicht, um Madox zu töten. Nicht jetzt jedenfalls.«

Antonio wurde mit jeder Sekunde, die verging, zorniger. Was war das hier für ein dämliches Spiel? »Wieso bist du dann hier?«

Sein Gegenüber griff sich an einen der schweren Bikerstiefel, die er trug, und hielt plötzlich ein langes, gezacktes Messer in der Hand. »Ich bin hier, um dich zu töten.«

Antonio blinzelte verwirrt. Er wollte zurückweichen, aber da war es schon zu spät. Mit einer einzigen, fließenden Bewegung schnitt ihm der Mann die Kehle durch.

MADOX

Er betrat das Haus. Sofort war Lauro an seiner Seite. Der junge *soldato* schien ein Gespür dafür zu haben, wo sich Madox auf dem Anwesen aufhielt. Oder aber er hatte einfach ein gutes Timing. Jedenfalls war er immer zur Stelle.

»Wo ist Antonio?«, fragte er leise, aber Madox schüttelte nur den Kopf.

Er wollte das jetzt nicht hier ausdiskutieren.

Stattdessen steuerte er direkt Antonios Büro an, bat Lauro mit einem Nicken hinein und schloss die Tür hinter ihnen. Jetzt fiel Lauros Blick auch auf Madox' blutige Knöchel, und er bekam den gleichen Gesichtsausdruck wie der Fahrer zuvor.

»Was ist passiert?«

»Es war eine Falle. Irgendetwas stimmte nicht. Er schien auf jemanden zu warten.«

»Aber auf wen?«

Madox zuckte mit den Schultern. »Ich weiß es nicht.«

»Vielleicht einen Auftragsmörder?«

Wenn ein Killer auf ihn angesetzt war, dann musste er sich vorsehen. Dass er Antonio verprügelt hatte, würde einen Killer nicht von seinem Auftrag abhalten.

Lauro räusperte sich, und Madox blickte ihn fragend an.

»Also … wenn es eine Falle war, ist Antonio dann … äh …«

»Tot?«

Lauro nickte.

»Nein. Aber ich habe ihm klar und deutlich zu verstehen gegeben, dass er sich hier besser nie wieder sehen lässt. Denn dann wird er definitiv tot sein.«

»Und was hast du jetzt vor?«

Das wusste er selbst nicht so genau. Schließlich war er noch nie in einer solchen Situation gewesen. »Was würdest du an meiner Stelle tun?«

»Ich?«, fragte Lauro überrascht und sah ihn mit großen Augen an.

Madox nickte. Je mehr Zeit er mit dem *soldato* verbrachte, desto deutlicher wurde, dass Lauro für Madox enorm wichtig war. Er war in seiner Art sehr unauffällig und gleichzeitig so freundlich, dass er entweder nicht auffiel oder von jedem sofort als unschuldig eingestuft wurde. Lauro war eigentlich bei jedem beliebt und kam so an beinahe jede Information.

»Ich denke, ich würde als Erstes die *capodecine* informieren. Die sollen es dann an die *soldati* weitertragen. Und dann würde ich bald eine offizielle Veranstaltung geben und mich als *capo* vorstellen.«

»Das klingt doch nach einem guten Plan.« Madox grinste. »Genauso machen wir es. Kümmerst du dich um alles?«

Lauro nickte. »Natürlich.«

In diesem Moment klopfte es an der Tür, und ein weiterer seiner Verbündeten, Noah, kam mit besorgtem Gesichtsausdruck ins Zimmer.

»Wir haben ein Problem.«

»Und das wäre?«, fragte Madox.

»Gerade wurde Antonios Leiche vor dem Tor abgelegt.«

Madox starrte auf die Leiche zu seinen Füßen.

»Hattest du nicht gesagt, dass du ihn nicht getötet hast?«, flüsterte Lauro neben ihm.

»Habe ich auch nicht!«

Und er hatte keine Ahnung, was passiert war, seit er Antonio in der Lagerhalle zurückgelassen hatte. Was er allerdings wusste, war, wie das alles hier aussah. Und wie ihn jetzt die Mitglieder der *famiglia* sahen, von denen immer mehr in die Eingangshalle strömten, in die man die Leiche gebracht hatte.

Er und Antonio hatten zusammen das Haus verlassen. Und jetzt war Antonio tot. Nicht wenige würden denken, dass Madox der Mörder war. Aber er war es nicht. Also, wer hatte Antonio umgebracht, nachdem er das Lagerhaus verlassen hatte? Und wieso wurde die Leiche dann wieder hier abgelegt?

»Du musst etwas sagen«, flüsterte Lauro neben ihm

eindringlich, und als Madox sich umdrehte, blickte er in viele skeptische oder sogar wütende Gesichter.

Was sollte er denn sagen? Was würde Saphira jetzt sagen? Madox war noch nie ein Mann vieler Worte gewesen.

»Jemand hat Antonio getötet.« Seine Stimme hallte laut und klar durch die ansonsten stille Eingangshalle.

Ein Mann bahnte sich seinen Weg durch die Menge und blieb schließlich in einigem Abstand vor Madox stehen. Paolo.

»Ihr seid zusammen weggegangen. Jetzt ist er tot. Wer sagt uns, dass du es nicht warst?«

Madox atmete tief durch. »Antonio rief mich heute zu sich, weil er mir etwas zeigen wollte. Wir sind gemeinsam zu einem Lagerhaus gefahren. Dort zog er eine Waffe und richtete sie auf mich.«

»Aber es ist nicht dein Blut, das an deinen Händen klebt, oder?«, fragte Paolo mit provokantem Unterton in der Stimme. Beim Sprechen bewegte sich die lange Narbe, schien seine Haut zu verzerren.

»Nein. Denn ich konnte Antonio die Waffe abnehmen und ihn überwältigen.«

»Dann hast du ihn getötet.«

»Nein!«, antwortete Madox mit fester Stimme. »Ich habe ihn besiegt. Er war mir unterlegen. Danach habe ich ihm gesagt, dass er aus der Stadt verschwinden soll. Er hat keinen Platz mehr in dieser *famiglia*. Als ich ging, hat er noch geatmet.«

»Hast du Beweise?«, fragte Paolo argwöhnisch.

Aber Madox konnte bereits in einigen Gesichtern erkennen, dass sie ihm Glauben schenkten. Sie alle hatten Antonio erlebt. Und ein Hinterhalt war genau sein Stil.

»Nein, ich habe keine Beweise. Aber die Leiche wurde hier abgelegt, als ich bereits wieder im Haus war. Wir sollten uns lieber fragen, wer das getan hat.«

»Ich kann bestätigen, dass Madox bereits hier war, als die Leiche gebracht wurde«, schaltete sich Lauro ein. Und auch wenn Madox sicher war, dass es ihm nicht gefiel, im Mittelpunkt der Aufmerksamkeit zu stehen, drückte seine Haltung Selbstsicherheit aus.

»Du könntest auch jemanden bezahlt haben, damit er die Leiche hier ablegt«, sagte Paolo.

»Und wieso sollte ich das tun? Wenn ich Antonio getötet hätte, hätte ich seine Leiche einfach verschwinden lassen können. Dann müsste ich mich jetzt nicht rechtfertigen.«

Paolo schwieg, aber sein Blick drückte noch immer Skepsis aus. Die anderen Mitglieder der *famiglia* unterhielten sich leise, und Madox sah überall zustimmendes Nicken. Die meisten schien er überzeugt zu haben.

»Wenn du mir nicht glaubst, dann steht es dir frei, mich herauszufordern und selber *capo* zu werden.«

Das schien Paolo in die Schranken zu weisen. Er warf einen letzten Blick auf Madox und trat dann einen Schritt zurück, verschwand wieder in der Menge.

Madox sah sich um. Es schien ihn auch niemand anderes herausfordern zu wollen. Stattdessen neigten die meisten Männer vor ihm respektvoll den Kopf oder senkten sogar den Blick.

»Jetzt bist du wirklich der *capo*«, sagte Lauro leise neben ihm.

Nachdem alle verschwunden waren und nur noch Lauro und Madox neben der Leiche standen, nahm sich Madox Zeit, Antonios Körper genauer zu untersuchen.

Die Todesursache war offensichtlich. Man hatte ihm die Kehle aufgeschlitzt. Auch Madox tötete häufig auf diese Weise. Es erledigte den Job immer zuverlässig.

Er nahm Antonios Kinn in die Hand und drehte den Kopf

nach links, besah sich die Wunde genauer. Als er eine getrocknete Blutspur unterhalb des Ohrs erkennen konnte, runzelte er die Stirn. Was war das?

»Lauro?«

»Ja?«

»Hol mir einen feuchten Waschlappen.«

Kurze Zeit später war Lauro zurück, und Madox wischte das getrocknete Blut ab. Etwas war in die Haut geritzt worden. Und es war eine frische Wunde, keine Narbe.

Also Madox das Zeichen endlich entziffern konnte, setzte sein Herz einen Schlag aus. Jemand hatte zwei kleine Ms in die Haut geritzt. Sie waren ineinander verschlungen und sehr klein. Jemand, der dieses Zeichen vorher noch nie gesehen hatte, konnte sie vielleicht sogar für Kratzer halten.

Aber Madox wusste, dass die Schnitte mit äußerster Präzision ausgeführt worden waren. Jemand, der ganz genau wusste, was er tat und wie er mit einem Messer umgehen musste, hatte hier seine Markierung hinterlassen. Und Madox hatte dieses Zeichen schon an vielen Leichen gesehen. Er kannte den Mann, der es hinterließ.

Sie waren zusammen im Untergrund von unschuldigen Jungen zu gnadenlosen Killern ausgebildet worden. Madox hatte dabei zugesehen, wie aus einem kleinen Jungen eine Tötungsmaschine geworden war.

Jacob.

Madox hatte ihn besiegt. Der erste und einzige Kampf, den Jacob je verloren hatte.

Madox richtete sich wieder auf.

Jacob war also in der Stadt.

Und er hatte ihm eine Nachricht hinterlassen. Eine Nachricht, die für Madox klar und deutlich war.

Vor Jahren hatte Jacob ihm geschworen, dass er sich eines

Tages bei ihm revanchieren würde. Und jetzt schien dieser Tag gekommen zu sein.

»Entsorg die Leiche.«

»Was?«

»Mir egal, was du mit ihm machst. Schaff ihn einfach weg.«

Madox musste sich um seinen Gegner kümmern. Jacob war ein Killer, und er war sicher fest entschlossen, sich an Madox für die Erniedrigung zu rächen. Antonios Leiche war der erste Warnschuss. Ein Opfer, das Madox zeigen sollte, mit wem er es zu tun hatte. Der nächste Tote würde ihm näher stehen. Denn ihnen beiden war beigebracht worden, dass eine Jagd nur dann wirklich erfolgreich war, wenn man sein Opfer vorher leiden ließ. Und Jacob hatte mit Sicherheit seine Hausaufgaben gemacht. Es würde Madox nicht wundern, wenn er inzwischen alles über ihn wusste. Und dazu gehörte auch, wer Madox wichtig war.

Madox ballte eine Hand zur Faust.

Saphira war in Gefahr.

SAPHIRA

Madox war viel länger weg, als Saphira erwartet hatte. Da er sie eingeschlossen hatte, konnte sie auch nichts dagegen tun. Sie konnte nicht einfach rausgehen und ihn suchen.

Es war ja schließlich auch nicht so, als würde sie Madox vermissen. Oder sich Sorgen machen. Sie wollte nur endlich ihren Plan besprechen.

Um sich abzulenken, beschloss sie, zu trainieren, und zog sich etwas Bequemes an. Madox hatte sogar tatsächlich daran gedacht, ihr eine Sporthose und ein dazu passendes Oberteil zu bringen.

Sie begann mit einigen lockeren Aufwärmübungen. Seit ihrer Verletzung war sie noch nicht wieder richtig ins Training eingestiegen. Emilio hatte gesagt, dass sie es langsam angehen lassen würden. Aber jetzt war er tot. Saphira würde allein trainieren müssen.

Da auch das keine besonders angenehmen Gedanken waren, zog Saphira das Training an und begann mit Schattenboxen. Sie machte weiter, bis sie außer Atem war und ein leichter Schweißfilm auf ihrem Körper glänzte.

Danach blieb sie eine Weile schwer atmend in der Mitte des Raums stehen. Aber als die Gedanken an Madox zurückkehrten, ging sie ins Badezimmer, um zu duschen.

Sie ließ das warme Wasser über ihre erschöpften Muskeln laufen und nahm sich mehr Zeit, als unbedingt nötig gewesen wäre.

Als sie schließlich ins Schlafzimmer zurückkehrte, zuckte sie kurz zusammen, als sie Madox auf der Couch sitzen sah. Sein dunkler Blick sorgte nicht gerade dafür, dass sie sich besser fühlte.

»Wir haben ein Problem.«

Sie seufzte. »Das ist ja nichts Neues.«

Wütend sprang er vom Sofa auf. »Das ist nicht lustig, Saphira!«

Seine heftige Reaktion überraschte und beunruhigte sie. Selbst als sie am Hafen von Giuseppes Leuten angegriffen worden waren und Madox und sie sich allein hatten verteidigen müssen, war er ruhig geblieben. Dass er nie die Nerven verlor, war einer der Gründe, warum er ein perfekter Killer war.

»Was ist passiert?«

»Antonio ist tot.«

Sie grinste. »Du hast ihn umgebracht?«

»Nein!«

Sie blinzelte, als Madox die Faust hob und sie gegen die Wand hinter sich knallte.

»Verdammt.« Er drehte sich wieder zu ihr um und kam auf sie zu, umfasste ihr Handgelenk. »Du machst keinen Schritt mehr ohne mich. Ich werde dich nicht eine Sekunde lang aus den Augen lassen.«

Sie wand sich aus seinem Griff. »Auf gar keinen Fall!« Die Vorstellung, dass sie von jetzt an vierundzwanzig Stunden am Tag in seiner Nähe verbringen würde, versetzte sie in Panik. »Ich brauche keinen Babysitter, Madox. Ich kann auf mich aufpassen. Außerdem ist Antonio doch jetzt tot, oder? Das heißt, dass du der *capo* bist. Niemand wird wagen, mir etwas anzutun, wenn du es nicht willst.«

»Glaub mir, Saphira, gegen den, der uns jagt, kannst du dich nicht selber verteidigen.«

»Wen meinst du?«

Er presste die Lippen zu einer schmalen Linie zusammen und schwieg.

Sie verschränkte die Arme vor der Brust. »Warum erzählst du mir nicht einfach, was passiert ist, seit du heute Morgen dieses Zimmer verlassen hast?«

Madox fuhr sich mit beiden Händen durch die Haare und nahm einen tiefen Atemzug. Dann sah er sie mit ernstem Blick an und erzählte ihr, was sich ereignet hatte. Auch von Jacob berichtete er ihr.

Überrascht sah Saphira ihn an. »Also kennt ihr euch?«

»Ja, seit unserer Kindheit. Er wurde in der Zelle neben mir gehalten, wir hatten denselben Besitzer. Er war schon immer vom Wettbewerb besessen, wollte immer und überall die

Nummer eins sein. Und eines Tages sollten wir gegeneinander kämpfen.«

»Aber ich nehme an, dass Jacob den Kampf verloren hat?«

Madox nickte. »Seine erste und einzige Niederlage. Nachdem sie uns aus dem Käfig zurück in unsere Zellen gebracht haben, schwor er mir Rache. Jetzt ist er zurück in Palermo und bereit für seine Rache.«

»Ist er ebenfalls ein *uomo d'onore*?«, fragte sie.

Madox schüttelte den Kopf. »Nein. Er hat keinen Mafiahintergrund. Er war nur ein ganz normales Kind, das zur falschen Zeit am falschen Ort war.«

»Und was macht dich so sicher, dass du diesen Jacob so genau kennst, dass du seine Handlungen vorhersagen kannst? Vielleicht hat er dich inzwischen längst vergessen.«

Madox warf ihr einen langen Blick zu, in dem ein Hauch Traurigkeit mitschwang, der sie überraschte.

»Er war damals schon ein paar Wochen in diesem Gefängnis«, begann er mit leiser Stimme. »Wie gesagt, er hatte die Zelle neben mir, und ich kam an meinem ersten Tag zurück und hatte noch das Blut meines ersten Opfers an den Händen. Jacob hat mit mir geredet. Er hat gesagt, dass ich niemals Schwäche zeigen dürfte, weil sie das ausnutzen würden. In der ersten Nacht hielt er durch die Gitterstäbe meine Hand und erzählte mir, dass er an diesen Ort gelangt war, weil man ihn entführt hatte. Er hatte den Fehler begangen, im Dunkeln auf der Straße unterwegs zu sein, und von dort hatte man ihn geschnappt und hierhergebracht. Seitdem hatte er schon zwei Mal getötet, um zu überleben. Wir wuchsen quasi miteinander auf. Er war der einzige Mensch, dem ich ansatzweise vertraute. Wir waren Freunde. Bis wir gegeneinander kämpfen mussten. Ich wusste, dass sein Ehrgeiz das Ende unserer Freundschaft bedeuten würde.« Während Madox gesprochen hatte, war sein

Blick ins Leere gegangen, aber jetzt fokussierte er sich wieder auf sie. »Also glaub mir, Saphira, wenn ich dir sage, dass ich Jacob sehr gut einschätzen kann. Schließlich kenne ich ihn beinahe mein gesamtes Leben lang.«

Sie hielt einen Moment inne. Saphira konnte sich nicht vorstellen, wie Madox' Kindheit gewesen sein musste und wie schlimm es sich angefühlt haben musste, mit dem einzigen Menschen in den Ring zu steigen, dem man vertraute. Und zu wissen, dass dies das Ende ihrer Freundschaft bedeuten würde. Dennoch gab ihr eine Sache noch Rätsel auf.

»Aber was habe ich damit zu tun? Wenn er hinter dir her ist, sollte ich mich doch besser von dir fernhalten.«

»Du verstehst das nicht!« Madox schien wirklich aufgewühlt zu sein, und Saphira fragte sich, was für ein Mann dieser Jacob war, dass er Madox so aus dem Konzept bringen konnte. »Wir haben die gleiche Ausbildung erhalten. Aber er ist dazu noch völlig unberechenbar. Uns wurde beigebracht, das Opfer erst leiden zu lassen, bevor man eine Jagd vollendet. Und wie lässt man jemanden am besten leiden?«

»Indem man ihm alles nimmt, was ihm etwas bedeutet«, murmelte Saphira leise.

Madox kam auf sie zu und umfasste ihr Gesicht mit beiden Händen, sah sie eindringlich an. »Und du bist der einzige Mensch, der mir noch etwas bedeutet, Saphira.«

Seine Worte erschreckten sie, verunsicherten sie, sorgten dafür, dass ihr Herz raste. Saphira wollte sich abwenden, seinem Blick entgehen, aber Madox ließ sie nicht, zog sie näher an seinen Körper. Dabei wollte sie diese Dinge nicht von ihm hören.

»Jacob wird dich jagen, weil er weiß, dass er mich so am stärksten treffen kann.«

»Aber du hast mich betrogen. Nichts zwischen uns war echt. Es war alles nur ein Spiel.«

Er lehnte seine Stirn an ihre. Sie atmeten dieselbe Luft. Saphira legte die Hand auf seine Brust, spürte seinen wilden Herzschlag.

»Ich habe etwas für dich.«

Überrascht lehnte sie sich zurück und sah ihn fragend an.

Madox stand auf, öffnete die unterste Schublade seiner Kommode und zog ein schmales Gerät hervor, das Saphira verdammt bekannt vorkam.

»Woher hast du mein Handy?«

Das letzte Mal hatte sie es gesehen, als sie es Rabia gegeben hatte, um Emilio anzurufen. Es kam ihr vor, als wäre das in einem anderen Leben gewesen.

»Lauro hat es auf der Straße gefunden, nachdem der Kampf mit Rabia vorbei war.« Er kam zu ihr zurück und überreichte ihr das Handy.

Saphira entsperrte es, und was sie entdeckte, ließ ihr Herz ins Stottern geraten. Sie hatte unzählige verpasste Anrufe. Von Emilio. Er hatte versucht, sie zu erreichen, bevor er gestorben war. Natürlich.

»Er hat versucht, mich zu warnen«, flüsterte sie leise und drehte das Display so, dass Madox die verpassten Anrufe sehen konnte.

Ein leises Seufzen war seine Antwort. Was sollte er auch sagen? Dazu gab es nichts zu sagen. Sie wussten beide, dass es Emilio nicht mehr rechtzeitig geschafft hatte.

Madox nahm ihr das Handy wieder aus der Hand und legte ihr eine Hand in den Nacken, neigte ihren Kopf leicht nach hinten, berührte ihre Lippen mit seinen. Ganz sacht liebkoste er ihre Unterlippe, strich mit der Zunge über sie, bevor er sanft in ihren Mund eindrang.

In diesem Kuss lagen so viele Gefühle, dass es ihr den Atem nahm. Verzweiflung. Zorn. Trauer. Zuneigung. Lust. Das alles fegte durch ihren Körper wie ein Wirbelsturm, vernebelte jeden klaren Gedanken.

Madox hielt ihr Gesicht mit sanftem Griff, während er sie mit Lippen und Zunge eroberte. Er küsste sie, als wäre sie seine Rettung. Als könnte er gar nicht anders. Als würde er sterben, wenn er es nicht täte.

Und wie immer konnte sie die Reaktion ihres Körpers auch in diesem Augenblick nicht verbergen. Konnte das Kribbeln, das sich in ihrem Unterleib ausbreitete, nicht unterdrücken. Oder die Gänsehaut, die auf ihren Unterarmen entstand. Ein sanftes Prickeln erfasste ihren unteren Rücken und arbeitete sich von dort die Wirbelsäule entlang bis zu ihrem Nacken, sorgte dafür, dass sie den Rücken durchbog und sich gegen Madox presste.

Erst als ihr beinahe schwindelig wurde, löste sich Madox von ihren Lippen und lehnte die Stirn wieder an ihre. Saphira hielt die Augen geschlossen. Denn sie war sich sicher: Wenn sie ihm jetzt in die Augen sah, dann war sie verloren.

»Nichts zwischen uns war geplant«, murmelte Madox an ihren Lippen. »Ich wollte dir nicht so nahe kommen, wollte nicht, dass das alles zwischen uns passiert. Aber ich konnte mich nicht dagegen wehren.« Seine letzten Worte waren nur noch geflüstert.

Saphira schloss die Augen. Sie wollte ihm nicht glauben. Denn das würde alles wieder durcheinanderbringen. Sie wollte niemandem ganz vertrauen. Ihr halbes Leben lang hatte sie sich von ihren Gefühlen abgekapselt, hatte niemanden nah an sich heranlassen wollen, aus Angst, dass sie wieder verletzt werden würde. Und dennoch war es Madox gelungen, sie schon einmal zu verletzen. Wollte sie wirklich das Risiko eingehen, dass er das noch einmal tun konnte?

RABIA

Rabia saß Vito und Stella in deren altem Wohnzimmer gegenüber und bemühte sich um einen betroffenen Gesichtsausdruck.

»Ich bin so froh, dass ihr gekommen seid. Ich weiß, dass ihr euch nach Leandros Tod eigentlich aus dieser Welt zurückziehen wolltet.«

Vito ergriff die Hand seiner Frau und hielt sie fest. »Nachdem wir deine Nachricht erhalten haben, haben wir uns sofort auf den Weg gemacht.«

»Ich war mir nicht sicher, ob ihr kommen würdet.«

Vito sah sie an. Er war Saphiras Onkel, und vor Leandros Tod war er Saphiras Berater gewesen. Sie hatte ihm und seinem Urteil vertraut, seine Frau Stella und er bedeuteten Saphira etwas. Sie waren die letzten Überlebenden ihrer Familie. Und genau deswegen waren sie hier.

»Natürlich mussten wir kommen. Damals, nach Leandros Tod«, bei der Erwähnung ihres Sohnes zuckte Stella zusammen, »mussten wir einfach verschwinden. Es war zu viel. Ich hatte bereits meinen Bruder an die Cosa Nostra verloren und dann auch noch meinen Sohn. Aber Saphira gehört zur Familie. Sie ist meine Nichte, mein Blut.«

Rabia führte ihre Tasse an die Lippen und nahm einen Schluck Kaffee, um das verräterische Zucken ihrer Mundwinkel zu verbergen. »Deswegen fällt es mir umso schwerer, euch zu erzählen, was geschehen ist. Saphira wurde bei einem Angriff der Vargas schwer verletzt. Und es sieht gar nicht gut aus. Der Arzt sagt, dass sie es wahrscheinlich nicht schaffen wird.«

Stella hielt sich eine Hand vor den Mund, alles an ihr drückte Traurigkeit aus. Von der Art, wie ihre Schultern nach vorn fielen, bis zu den Tränen, die in ihren Augen schimmerten. »Können wir sie sehen?«

»Natürlich. Der Arzt ist gerade bei ihr, aber danach kann ich euch zu ihr bringen.«

Vito nahm einen tiefen Atemzug. Rabia wusste genau, wie er sich fühlte. In einem Moment war noch alles in Ordnung, und dann veränderte eine Nachricht alles. Er hatte seinen Bruder verloren. Er hatte seinen Sohn verloren. Und er würde seine Nichte verlieren. Allerdings nicht auf die Art, wie er dachte.

»Seit wann bist du zurück, Rabia? Ich dachte, dass wir gemeinsam die Stadt verlassen hätten.« Fragend sah Vito sie an.

»Oh, ich bin vor etwa drei Monaten zurückgekehrt. Nachdem Leandro …« Sie ließ die Stimme zittern, als würde ihr Herz bei der Erwähnung seines Namens erneut brechen. »Ich brauchte einfach eine Pause. Etwas Abstand. Ich musste erst wieder herausfinden, wer ich bin und was ich eigentlich will.«

»Das verstehe ich«, sagte Stella mitfühlend und lächelte sie an. »Er hat dich sehr geliebt, weißt du?«

Ja, das hatte er wohl. Bis sie ihn am Ende verraten hatte.

»Und ich habe ihn auch geliebt.« Rabia tat so, als wischte sie sich eine Träne von der Wange. »Jedenfalls habe ich irgendwann bemerkt, dass mir etwas fehlt. Und ich wollte Leandros Andenken bewahren. Also begann ich, mich mit seiner Arbeit für die *famiglia* zu beschäftigen. Wann immer ich das tat, fühlte es sich so an, als wäre er noch bei mir. Und so kehrte ich nach Palermo zurück, um Saphira zu unterstützen.«

»Wie hat sie reagiert?«, fragte Vito, der sie aufmerksam beobachtet hatte.

Hatte er bemerkt, dass ihre Tränen nicht echt waren? Rabia hatte von Anfang an gewusst, dass Vito zu einem Problem werden könnte. Stella war so gefühlsbetont, dass Rabia nur von ihrem Schmerz reden musste, um sie auf ihre Seite zu ziehen.

Aber Vito war ein aufmerksamer Beobachter. Aber sie musste nun nicht mehr lange die trauernde Witwe und Freundin spielen.

»Sie hat sich gefreut. Ich war eine willkommene Unterstützung. Es sieht nämlich nicht gut aus, weder für Saphira noch für die *famiglia*. Wir haben unser Bestes getan. Aber dann kam dieser Angriff. Es hat uns unvorbereitet getroffen.«

Es klopfte, und ein *soldato* steckte den Kopf zur Tür rein. »Wir sind so weit.«

Rabia nickte und stand auf. »Wollt ihr Saphira jetzt sehen?«

Gemeinsam gingen sie zu Saphiras ehemaligen Räumlichkeiten. Vito und Stella hatte sie erzählt, dass Saphira dort medizinisch versorgt wurde.

Rabia öffnete die schwere Holztür für die beiden und trat einen Schritt zurück. »Bitte, nach euch.«

Vito legte einen Arm um die Schultern seiner Frau und führte sie ins Zimmer. »Was zum Teufel …?«

Rabia lachte leise, folgte ihnen und schloss hinter sich ab. Schließlich wollte sie keinen Moment ihrer Rache verpassen.

Vor Vito und Stella standen Jacob und zwei weitere seiner Leute mit gezückten Waffen.

»Was ist hier los?«, verlangte Vito zu wissen und stellte sich schützend vor seine Frau.

»Wonach sieht es denn aus?«, fragte Rabia.

Er sah sie über die Schulter hinweg an. »Du hintergehst Saphira? Wo ist sie?«

»Oh, sie lebt. Noch jedenfalls.« Sie grinste. »Allerdings bin ich jetzt der *capo* dieser *famiglia*. Und ihr seid das letzte Puzzlestück, das für meinen Plan noch fehlt.« Sie nickte den wartenden Männern zu, die sich daraufhin in Bewegung setzten. Als Erstes wurde Stella dem Griff ihres Mannes entrissen und auf die Knie gedrückt.

»Vito!«

Als Jacobs Mann sie mit einem gezielten Schlag außer Gefecht setzte, sackte sie ohnmächtig in sich zusammen.

Vito, einst selbst *capo,* bevor sein Bruder die Position übernommen hatte, versuchte, sich gegen seinen Angreifer zu wehren, und konnte ein paar Schläge landen, wurde jedoch schnell überwältigt.

»Rabia! Was hast du vor?«, schrie er sie an.

»Das wirst du schon noch sehen«, antwortete sie, bevor Jacob Vito mit einem gezielten Faustschlag niederstreckte.

Kapitel 16

SAPHIRA

Saphira ließ den Blick über die Skyline von Palermo wandern, die vom Fenster ihres Zimmers zu sehen war. Am meisten stach die Kathedrale mit ihren hohen Türmen heraus. Während die Sonne langsam versank, gingen immer mehr Lichter an, verwandelten die Stadt in ein Meer aus leuchtenden Punkten vor dem Hintergrund des dunklen Horizonts. Die Nacht war bewölkt, und Saphira konnte den Mond nicht erkennen. Es war eine düstere Nacht, so als wäre sie eine Vorbotin der Schrecken, die sie noch erwarteten.

Madox war nicht bei ihr. Er traf sich mit seinen *capodecine*, um sie auf sich einzuschwören. Ursprünglich hatte er Saphira mitnehmen wollen, um sie in seiner Nähe zu wissen. Aber Saphira hatte ihn davon überzeugen können, dass es keinen besonders guten Eindruck machte, wenn er eine De Angelis mitbringen würde. Sie wusste noch immer nicht, was sie mit seinen Worten anfangen sollte.

Sie war die einzige Person, die ihm noch etwas bedeutete? Warum hatte er dann Leandro getötet? Das konnte sie ihm einfach nicht vergeben. Und sie war sich nicht sicher, dass sie seinem Widerspruch Glauben schenken konnte. Er hatte sie schon einmal betrogen. Es bestand das Risiko, dass er es erneut tat.

Aber das Leben besteht aus Risiken, die wir eingehen, flüsterte eine leise Stimme in ihrem Kopf. Saphira versuchte sie zu ignorieren. *Wann hast du dich das letzte Mal richtig lebendig gefühlt?*

Die Antwort war nicht sonderlich beruhigend: als sie in Madox' Armen gelegen hatte.

In diesem Moment wünschte sie sich so sehr, mit jemandem zu sprechen, dem sie vertrauen konnte. Rabia fehlte ihr als Freundin, und der Verrat war jetzt noch schwerer zu ertragen. Genauso vermisste sie schmerzhaft den Rat ihres Onkels. Sie glaubte kaum, dass Vito noch mit ihr sprechen wollte. Er war der Einzige, der noch lebte und dem sie vertraute. Aber sie hatte seinen Sohn nicht beschützen können. Er würde also kaum dazu bereit sein, ihr einen Rat zu geben.

Was sollte sie nur tun?

RABIA

Sie sah zu, wie Jacob Vitos Gesicht mit brutalen Schlägen in eine blutige, geschwollene Masse verwandelte.

Vito war längst wieder in Ohnmacht gefallen, und Stella, die neben ihm auf einen Stuhl gefesselt war, hatte zu schreien aufgehört und wimmerte nur noch leise vor sich hin. Ihr Gesicht war tränenüberströmt.

Verzweifelt sah sie Rabia an. »Warum tust du das? Wir sind doch eine Familie!«

»Rache«, war alles, was sie sagte, und das Wort ließ Stella erbleichen.

Rabia warf einen Blick auf Jacob, dessen enorme Rückenmuskeln mit jedem Schlag arbeiteten. »Es reicht«, sagte sie leise, und er hielt inne, sah sie über die Schulter an.

»Das sollte reichen.«

Rabia wandte sich an den Mann, der das Ganze mit einem Handy gefilmt hatte. »Haben wir alles?«

»Es sieht gut aus.«

»Dann schick mir das Video.«

Sie schaute zu Jacob. »Stell sicher, dass er keine Verletzungen hat, die ihn in den nächsten Stunden töten werden. Wir wollen doch nicht, dass Saphira das Beste verpasst. Danach könnt ihr euch auf den Weg in die Stadt machen.«

Grinsend nickte Jacob, und Rabia überließ ihn seiner Arbeit, als sie wieder in ihr Büro zurückkehrte. Dort lehnte sie sich im Schreibtischstuhl zurück und schnappte sich ihr Handy. Das Video war bereits angekommen, und Rabia sah es sich an.

Es war perfekt. Man sah genau, wie Vito verprügelt wurde, und konnte im Hintergrund Stellas Schreie hören, bis sie schließlich zu einem leisen Schluchzen wurden. Sie wusste genau, wie Saphira reagieren würde. Für sie gingen Familienbande über alles. Und sie würde alles tun, um Vito und Stella zu retten.

Rabia wusste genau, was sie von ihr verlangen würde. Es war an der Zeit, dass Saphira nach Hause zurückkehrte. Nicht als *capo*, sondern als Gefangene.

Aber dafür brauchte sie einen Anreiz, der stark genug war, um Saphira zu ihr zu locken. Vito und Stella waren dafür gerade recht.

Wenn Saphira erst einmal in ihre Falle gelaufen war, würde Madox natürlich zu ihrer Rettung eilen. Der Idiot empfand etwas für sie, das wusste Rabia schon lange. Wenn sie daran noch Zweifel gehabt hatte, wären sie in dem Moment ausgelöscht worden, als er Saphira bei Rabias Machtübernahme aus der Schussbahn gezogen hatte.

Alles, was sie jetzt noch tun musste, war, Saphira das Video mit einer entsprechenden Nachricht zukommen zu lassen.

Sie wusste nicht, ob Saphira ihr Handy wiederhatte, daher wählte sie kurz die Nummer an. Als Saphira ranging, legte Rabia auf. Sie wollte nicht mit Saphira reden. Nicht am Telefon. Was sie zu sagen hatte, würde sie ihr ins Gesicht sagen.

Lächelnd tippte Rabia die Worte, die Saphira ins Verderben locken würden, und schickte die Nachricht ab.

SAPHIRA

Rabia hatte sie angerufen. Und aufgelegt.

Saphira wusste nicht, was sie davon halten sollte. War es ein Versehen gewesen? Sollte sie zurückrufen? Aber was sollte sie dann sagen?

Von ihrem Platz am Fenster aus konnte sie die Männer sehen, die das Haus betraten. Sie alle kamen, um den neuen *capo* zu sehen.

Da sie in nächster Zeit nicht mit Madox rechnete, zog sie die Vorhänge zu und machte sich bereit, ins Bett zu gehen.

Gerade als sie die Decke zurückschlug, vibrierte ihr Handy erneut. Eine neue Nachricht.

Überrascht nahm sie das schmale Gerät in die Hand. Seit sie nicht mehr *capo* der De Angelis war, hatte es nicht mehr geklingelt. Niemand brauchte sie mehr oder wartete auf ihr Urteil oder einen Befehl. Und die Male, als sie es benutzt hatte, um Federico zu erreichen, war sie nur auf der Mailbox gelandet. Wahrscheinlich stimmten die Gerüchte, von denen ihr Lauro erzählt hatte, und ihre Leibgarde wurde gefangen gehalten.

Als sie den Namen auf dem Display sah, schlug ihre Überraschung in Zorn um.

Rabia. Schon wieder.

Warum zum Teufel sollte Rabia ihr schreiben? Was hatte sie vor?

Saphira öffnete die Nachricht.

Rabia: Du willst, dass sie überleben? Dann komm nach Hause. Alleine. Oder sie sterben.

Saphira startete das angehängte Video. Schon in den ersten Sekunden überlief sie ein kalter Schauer, als sie erkannte, dass es in ihrem Wohnzimmer aufgenommen worden war. Alles war hell erleuchtet, und sie konnte nur den Rücken eines Mannes erkennen. Dunkle Tattoos hoben sich stark von seiner hellen Haut ab. Er verdeckte jemanden, der vor ihm auf dem Stuhl saß. Es herrschte Stille, aber dann sprach jemand.

»Du wirst niemals gewinnen, Rabia.«

Saphiras Herz setzte einen Schlag aus, sie sank auf die Bettkante. Das war die Stimme ihres Onkels.

Der Mann trat einen Schritt zur Seite, und sie konnte Vitos Gesicht erkennen. Er blickte an der Kamera vorbei zu einer Person, die Saphira nicht sehen konnte. Sie vermutete, dass es sich dabei um Rabia handelte.

»Fang an.« Das war Rabia.

Der Mann, dessen riesige Gestalt einen Großteil des Bildschirms einnahm, hob den Arm. Sein Schlag traf Vito mitten ins Gesicht.

Dann begannen die Schreie.

Als das Video endete, waren Saphiras Hände eiskalt, und ihr war schlecht. Sie hätte niemals damit gerechnet, dass Rabia so weit ging. Vito und Stella wären beinahe ihre Schwiegereltern geworden! Wie konnte sie das tun?

Saphira verstand einfach nicht, was sie Rabia angetan haben sollte, dass diese ihre Familie so quälte. Sie waren zusammen aufgewachsen, sie hatten die gleichen Privilegien genossen. Sie hatten alles miteinander geteilt. Was war geschehen?

Sie wusste, dass ihre ehemalige Freundin keine leeren Drohungen aussprach. Rabia war ebenfalls ein Kind der Cosa Nostra. Vitos und Stellas Überleben hing davon ab, dass Saphira kooperierte. Und auch wenn sie wusste, dass sie das Anwesen der De Angelis nicht mehr lebend verlassen würde, musste sie doch alles tun, damit es ihrem Onkel und seiner Frau anders erging.

Saphira sah sich um. Aber wie sollte sie unbemerkt von hier verschwinden können? Sie konnte nicht mit Madox darüber reden, denn sobald er davon wusste, würde er sie mit Sicherheit nicht allein gehen lassen. Er würde sie beschützen wollen.

Und das konnte sie nicht zulassen. Schließlich wollte Rabia sie allein. Bei dem Gedanken daran, dass sie ihm nach seinem Geständnis nicht gesagt hatte, was sie wirklich für ihn fühlte, wurde ihr schlecht. Sie wollte nicht, dass sie so auseinandergingen. In diesem Moment, in dem ihr klar wurde, dass ihr Leben am nächsten Tag enden konnte, fielen alle Zweifel von ihr ab. Plötzlich spürte sie, wie ehrlich er zu ihr gewesen war. Und weil er es ihr gesagt hatte, war sie nun sicher, dass Madox Leandro nicht umgebracht hatte. Sie bedeutete ihm etwas. Und er … er bedeutete ihr auch etwas. Sie hatte ihm längst ihr Herz anvertraut, ohne dass sie es bemerkt hatte. So etwas konnte man nicht einfach wieder rückgängig machen. Egal, was zwischen ihnen vorgefallen war.

Sie musste an ihre Regeln denken, an denen sie sich so viele Jahre orientiert hatte:

1. Zeig keine Gefühle.
2. Erlaube dir keinerlei Schwäche.
3. Töte alles, was eine Bedrohung darstellt.
4. Verliebe dich niemals.

Aber war das tatsächlich noch die Wahrheit? Waren das noch die Grundsätze, nach denen sie leben wollte? Saphira war sich da längst nicht mehr so sicher.

Sie sah auf die Uhr. Elf Uhr abends. Vielleicht konnte sie eine letzte Nacht mit Madox verbringen, bevor sie für immer aus seinem Leben verschwinden würde. Denn dass sie ihn nicht einweihen würde, war ihr klar. Es wäre doch auch ein faires Ende für sie, oder? Ihr Leben im Austausch für das ihrer Familie. Vielleicht konnte sie so die vielen Tode wiedergutmachen, für die sie verantwortlich war, all die Leben, die sie nicht hatte beschützen können.

Entschlossen tippte sie ihre Antwort.

Saphira: Im Morgengrauen bin ich da. Wenn du dich an die Abmachung hältst.

Beinahe sofort traf eine weitere Nachricht von Rabia ein.

Rabia: Ich bin ein *capo* der Cosa Nostra. Ich halte mich an Abmachungen.

Saphira war nicht sicher, ob sie diesen Worten vertrauen konnte. Aber welche Wahl hatte sie schon? Sie musste es riskieren.

Sie nahm einen tiefen Atemzug und beruhigte ihre angespannten Nerven. Sie durfte sich nichts anmerken lassen. Sonst würde Madox sofort wissen, dass etwas nicht stimmte, und das würde Vitos und Stellas Tod bedeuten.

Sie versteckte ihr Handy unter dem Kopfkissen, ging zur Tür und öffnete sie. Madox hatte sie heute nicht mehr eingeschlossen. Vielleicht war er sich sicher, dass sie nicht verschwinden würde, oder aber er vertraute auf Lauro, der Wache hielt. Saphira wusste es nicht.

Als Lauro sie sah, lächelte er schüchtern. »Kann ich etwas für dich tun?«

»Ist Madox noch beschäftigt?«

»Ich bin mir nicht sicher, aber ich denke, dass die Männer bald wieder gehen werden.«

»Würdest du ihm sagen, dass ich ihn dringend sehen muss? Es ist wirklich wichtig.«

Lauro errötete. »Natürlich. Ich beeile mich.«

Saphira sah zu, wie der junge Mann den Flur hinuntereilte, und schloss die Tür wieder. Sie stellte sich erneut ans Fenster, warf einen Blick auf die Stadt, die per Geburtsrecht ihr gehören sollte. Sie würde sie nicht mehr zurückbekommen. Aber wenigstens konnte sie noch die Leben der Menschen retten, die ihr etwas bedeuteten.

MADOX

Die vielen Menschen gingen Madox auf die Nerven. Es waren zu viele, es war zu laut. Männer, die seine Hand schütteln und seine Gunst gewinnen wollten. Ihm schwirrte schon der Kopf von den ganzen Versprechungen von Treue und Ergebenheit, die er heute hatte anhören müssen. Und er konnte nur vermuten, dass weniger als die Hälfte tatsächlich ernst gemeint gewesen waren. Die anderen würden wahrscheinlich erst dann loyal sein, wenn er sich als *capo* bewiesen hatte. Wenn er der *famiglia* zu Ruhm verholfen und ihre Feinde ausgeschaltet hatte.

Madox hatte sich gerade von einem besonders eifrigen Mitglied der *famiglia* loseisen können, als Lauro neben ihm auftauchte.

Madox sah ihn an. »Bitte sag mir, dass es einen Notfall gibt und ich von hier verschwinden kann.«

»Saphira möchte dich sehen. Sie hat gesagt, dass es dringend ist.«

»Geht es ihr gut?«, fragte er beunruhigt.

Lauro nickte. »Ich glaube schon. Sie hat nicht gesagt, worum es geht.«

Ohne Umschweife machte sich Madox auf den Weg. Es war ihm egal, welchen Eindruck das hinterließ. Er hatte mit allen wichtigen Leuten gesprochen, genug Hände geschüttelt. Er wollte von hier verschwinden. Und Saphira hatte ihm die perfekte Ausrede geliefert.

Es dauerte nicht lange, bis er seine Privaträume erreicht hatte. Als er das Schlafzimmer betrat, stand Saphira vor dem Fenster. Er war froh, dass sein Zimmer abgelegen genug war, dass ein Scharfschütze sie hier nicht erreichen konnte.

»Ist alles in Ordnung?«

Endlich drehte sie den Kopf und sah ihn an. Langsam breitete sich ein Lächeln auf ihren Lippen aus. Sie sagte nichts. Stattdessen kam sie mit wiegenden Hüften und einem Leuchten in den Augen, das ihn mit dunklen Versprechen lockte, auf ihn zu.

Als sie ihn erreichte, griff sie nach dem schwarzen Hemd, das er extra für den Empfang angezogen hatte, zog es ihm aus der Hose und knöpfte es in Windeseile auf. Schon sank sein Oberteil zu Boden, und Saphira legte die Arme um ihn. Ihre Lippen nahmen seine gefangen, und als sie ihn küsste, durchfuhr es ihn wie ein Blitzschlag.

Ihre Hände fuhren durch seine kurzen Haare, zu seinem Nacken und hielten ihn dort fest. Ihr warmer, weicher Körper schmiegte sich an seinen, ihre Brüste drückten gegen seinen Oberkörper. Er wurde sofort hart.

Als Saphira den Kuss unterbrach, um über seinen Hals zu lecken und seinen immer schneller werdenden Puls zu küssen, umfasste er ihre Hüften und drückte sie leicht von sich weg. Etwas stimmte hier nicht. In ihren Bewegungen lag ein verzweifeltes Begehren, das er so vorher bei ihr noch nie gespürt hatte.

Was war passiert?

»Was tust du hier?«

»Wonach sieht es denn aus?« Sie löste sich aus seinen Armen, griff nach dem Saum des T-Shirts, das sie trug, und zog es sich über den Kopf. Darunter war sie nackt, und ihr Anblick raubte ihm wie immer den Atem. Selbst jetzt noch, obwohl die letzten Wochen und Monate sie Gewicht gekostet hatten und sie dünner war, als er es guthieß. Dennoch war sie noch immer die schönste Frau, die er je gesehen hatte.

Sie griff nach seinem Gürtel, löste ihn geschickt und zog ihn aus den Schlaufen seiner Hose.

»Saphira ...«, versuchte er es erneut.

Er wollte wirklich herausfinden, was hier vor sich ging, aber mit jeder Sekunde, die verging, wurde es schwieriger für ihn, sich zu konzentrieren. Besonders jetzt, da sie nackt vor ihm stand, seinen Gürtel in den Händen, und die Schnitte ihrer letzten Vereinigung sich noch immer frisch gegen ihre Haut abhoben. Wie sollte er ihr je widerstehen können?

Er hätte vielleicht eine Chance gehabt, wenn sie in diesem Moment nicht auf die Knie gegangen wäre. Ihre Lippen waren von dem Kuss geschwollen, und ihr dunkles Haar fiel ihr über die Schultern, umspielte ihre Brüste. Und dann tat sie etwas, von dem er wusste, dass es sich für immer in sein Gedächtnis einbrennen würde.

Sie hob die Hände, bot ihm seinen Gürtel dar und überkreuzte die Handgelenke. Ihr Blick suchte seinen.

»Fessle mich.«

Da war er verloren.

Ein Zittern erfasste seine Hände. Madox nahm Saphira den Gürtel aus den Händen und wickelte ihn um ihre überkreuzten Handgelenke. Es dauerte nicht lange, und er hatte sie wirkungsvoll gefesselt. Danach entledigte er sich seiner Hose. Seine Erektion sprang hervor, befand sich jetzt auf einer Höhe mit Saphiras Gesicht.

Er sollte vermutlich etwas mehr Beherrschung an den Tag legen, aber er konnte einfach nicht. Nicht bei ihr. Sie hatte ihn mit zwei Worten mehr gefesselt, als er es mit jedem Gürtel dieser Welt vermochte.

SAPHIRA

Ihr Herz schlug wie verrückt, ihre Haut war klamm, und ihre Hände zitterten. Ihr war heiß, und Feuchtigkeit sammelte sich zwischen ihren Schenkeln. Ihr raste der Puls in den Ohren, und es fiel ihr zunehmend schwerer, auch nur einen klaren Gedanken zu fassen. Aber genau das wollte sie ja auch gar nicht. Sie wollte nur fühlen. Nur Madox und sie. Ein letztes Mal.

»Öffne den Mund.«

Seine Stimme war rau vor Begierde, und Saphira gehorchte ihm ohne jegliches Zögern. Denn dafür war kein Platz, nicht in dieser Nacht. Sie wollte sich noch einmal vollends seiner Kontrolle überlassen.

Als er die Spitze seiner schweren Erektion in ihren Mund schob, atmete sie langsam aus.

»Saug daran.«

Sie schloss die Lippen um seinen Schwanz und begann in einem langsamen, aber harten Rhythmus an ihm zu saugen. Sein Geschmack war berauschend, genauso wie das Gefühl seiner Hand in ihren Haaren, die sie dirigierte. Das Stöhnen, das seinen Mund verließ, war sowohl Qual als auch Leidenschaft. Und sie wusste, dass Madox ihr in diesem Moment alles gegeben hätte, was sie von ihm verlangt hätte.

Seine Bewegungen wurden schneller, der Griff in ihren Haaren fester. Sie konnte spüren, dass er sich seinem Höhepunkt näherte, und saugte stärker, drückte ihre Zunge gegen die Unterseite seiner Erektion und strich vorsichtig mit den Zähnen über seine Haut.

Madox zischte und hielt inne. »Halt.«

Saphira gehorchte, auch wenn sie wollte, dass er die Kontrolle verlor. Sie konnte ihn an ihrer Zunge pulsieren fühlen.

»Öffne den Mund.«

Sie gehorchte, und Madox machte einen Schritt zurück, ergriff ihre gefesselten Handgelenke und zog sie auf die Füße.

»Aufs Bett. Auf alle viere.«

Sein Blick war voller Versuchung und dunkler Begierde. Es war der Blick eines Mannes, der wusste, was er wollte und dass er es bald bekommen würde.

Ein Zittern durchlief ihren Körper, und sie musste einmal tief durchatmen, bevor sie ihren Beinen wieder zutraute, sie sicher zum Bett zu bringen.

Ihre Knie berührten das Laken, und Saphira ließ sich auf der Mitte der Matratze nieder. Sie nahm sich das Kissen, unter dem ihr Handy nicht lag, legte es sich unter den Kopf, senkte ihren Oberkörper und präsentierte Madox ihren Hintern.

Sie konnte ihn scharf einatmen hören, und im nächsten Moment wurde ein Folienpäckchen aufgerissen. Die Matratze senkte sich hinter ihr. Dann waren starke Hände an ihren Hüften, hielten sie fest und brachten sie in die richtige Position. Sie spannte sich an, erwartete jeden Moment zu fühlen, wie Madox mit einem geschmeidigen Stoß in sie eindrang.

Stattdessen löste er wieder eine Hand von ihrer Hüfte. Bevor sie sich noch fragen konnte, was er vorhatte, schlug Madox zu.

Überrascht schrie Saphira auf, als seine Handfläche auf ihrer rechten Pobacke landete. Da war kein langsames Aufwärmen der Haut, kein Vorbereiten. Nur ein harter, fester Schlag und dann Schmerz. Und als der Schmerz wieder verging, war da nichts als Euphorie.

Stöhnend ließ sie den Kopf nach vorn fallen. Der nächste Schlag folgte schneller, als sie damit gerechnet hatte. Sie ballte die Hände zu Fäusten, bis sich ihre Fingernägel in die Handfläche bohrten. Madox ließ die Hand über ihre Haut gleiten und verstärkte dadurch das Brennen.

»Und jetzt zähl mit«, flüsterte er mit dunkler Stimme hinter ihr.

Saphira schluckte. Sie musste die Kiefermuskeln erst wieder entspannen, weil sie sich beim zweiten Schlag auf die Lippe gebissen hatte.

Seine zweite Hand verschwand von ihrem Hintern. Saphira holte tief Luft. Madox schlug zu. Sie schluckte den Schrei hinunter.

»Eins.«

Er ließ eine Hand zwischen ihre Beine gleiten, und Saphira war beinahe beschämt über die Nässe, die er dort vorfand. Aber eben nur beinahe.

»Braves Mädchen.« Seine Stimme klang rau vor Zufriedenheit und Besitzanspruch.

Saphira war so auf seine Finger zwischen ihren Schenkeln konzentriert, dass sie überrascht zusammenzuckte, als der zweite Schlag landete.

»Zwei«, keuchte sie.

Dann machte Madox weiter, und mit jedem Schlag hatte sie das Gefühl, dass die Schmerzen schlimmer wurden. Ihre Haut brannte und war heiß. Das Prickeln zog sich von ihrem Hintern bis hoch zur Wirbelsäule und sorgte dafür, dass sich ihr Körper in einem Zustand der Angespanntheit befand. Nach jedem Schlag wartete sie zitternd auf den nächsten. Und jedes Mal, wenn der Schmerz verging, stöhnte sie ins Kissen.

»Zehn.« Inzwischen war ihre Stimme heiser, und sie hatte das Gefühl, dass sie jeden Moment ohnmächtig werden konnte. Gleichzeitig fühlte es sich an, als würde sie an einer Klippe stehen und die nächste Berührung konnte sie in den lustvollen Abgrund stürzen.

Angespannt und schwer atmend wartete Saphira auf Madox' nächste Bewegung. Er war ganz still hinter ihr. Sie konnte über dem Rauschen in ihren Ohren nicht einmal seinen Atem hören. Nur die starke Hand zwischen ihren Beinen sagte ihr, dass er noch da war.

Sie hatte die Augen geschlossen und die Stirn auf dem Unterarm abgelegt und versuchte, ihr wild schlagendes Herz zu beruhigen. Aber dann spürte sie Madox' Daumen plötzlich an ihrer Klit, als er harte und schnelle Kreise beschrieb. Alles in ihr konzentrierte sich jetzt nur noch auf das kleine Nervenbündel zwischen ihren Schenkeln. Ihre Haut kribbelte, ihre Bauchmuskeln spannten sich an. Der Orgasmus war zum Greifen nah. Madox hielt inne. Sie hielt den Atem an. Er drang mit einem einzigen, harten Stoß in sie ein, und Saphira kam mit einem erlösenden Stöhnen, sie sah Sterne. Ihr Körper wurde von solch starken Zuckungen geschüttelt, dass sie auf die Matratze gesunken wäre, hätte Madox sie nicht mit einer Hand an der Hüfte abgestützt.

Es dauerte eine gefühlte Ewigkeit, bis sie wieder etwas ruhiger atmete. Und Madox wartete genau diesen Moment ab, um sich aus ihr zurückzuziehen und sie auf den Rücken zu drehen.

Ihr Körper war wie Wachs in seinen Händen, und als er sich über sie beugte und sich mit einer Hand abstützte, während er mit der anderen den Gürtel um ihre Handgelenke löste, konnte sie ihn nur anstarren.

Sein Gesicht war leicht gerötet, die Kiefermuskeln angespannt. So wie jeder andere Muskel in seinem Körper. Ein feiner Schweißfilm bedeckte seine Haut. Der Blick aus seinen hellblauen Augen traf ihren, und plötzlich war ihr, als würden sich all ihre Gefühle für diesen Mann zu einem schmerzhaften Knoten in der Brust sammeln. Sie konnte nicht atmen, nicht denken. Sie hatte nur noch das Bedürfnis, ihm alles zu sagen. Alles, was sie empfand. Und alles, was sie tun würde, sobald er eingeschlafen war. Aber das war unmöglich.

Als Madox die Stirn runzelte, als könnte er in ihrem Blick etwas lesen, legte sie ihre nun wieder freien Hände an seine Wangen, zog seinen Kopf zu sich herunter und küsste ihn. Zeigte ihm mit ihrem Körper, was sie mit Worten nicht konnte.

Saphira hoffte nur, dass er, wenn diese ganze Sache vorbei war, ein freies Leben führen konnte. Frei von Rache. Frei von Schmerz. Wahrscheinlich würde er sich an Rabia rächen wollen, sollte sie tatsächlich am Ende über Saphira triumphieren. Aber danach. Danach konnte er endlich frei sein.

Seine Hände strichen über ihren Körper und waren dabei so sanft, dass sie am liebsten geweint hätte.

Als er schließlich wieder in sie eindrang, trafen sich ihre Blicke erneut, und darin konnte Saphira alles lesen, was sie wissen musste. Sie bedeutete ihm etwas, hatte es irgendwie geschafft, dass dieser herzlose Killer, in dem jeder nur eine Tötungsmaschine sah, sie in sein dunkles Herz geschlossen hatte. Aber sie würden nicht mehr als diese Nacht haben.

Stöhnend schloss sie die Augen, vergrub das Gesicht an seinem Hals, leckte über die salzige Haut und atmete seinen vertrauten Geruch ein.

Anders als sonst waren Madox' Stöße sanft, beinahe zärtlich. Als würde er jede Bewegung bis ins letzte Detail auskosten. Als würde er sie nicht einfach nur flachlegen, sondern sie … lieben.

Saphira unterdrückte den Schluchzer, der sich Bahn brechen wollte, indem sie sich auf die Unterlippe biss und sich auf das konzentrierte, was er sie fühlen ließ.

Von ihrem Höhepunkt war sie noch so empfindlich, dass jeder Stoß ein lustvolles Prickeln auslöste. Ihre Bauchmuskeln spannten sich an, genauso wie die Muskeln um seinen Schwanz. Madox stöhnte, biss ihr hart in die Schulter. Beinahe so hart, dass sie sich sicher war, dass er eine Wunde hinterlassen würde.

Sie konnte bereits wieder dieses bestimmte Kribbeln fühlen, das ihr sagte, dass der Orgasmus kurz bevorstand. Sie legte die Beine um Madox, überkreuzte die Knöchel an seinem unteren Rücken.

Dadurch glitt er bei seinem nächsten Stoß noch tiefer, und sie stöhnten beide auf. Saphira kam ihm entgegen, bog den Rücken durch und wölbte das Becken nach oben, wenn er in sie eindrang.

Das Prickeln wurde stärker, bis sie das Gefühl hatte, dass es sie jeden Moment zerreißen würde. Und dann waren da nur noch Lust und Erlösung, als der Orgasmus sie überrollte. Sie stöhnte seinen Namen, als sie den Kopf in den Nacken warf. Sie konnte ihn leise ihren Namen flüstern hören, als auch ihn der Höhepunkt erfasste.

Danach lagen sie eng umschlungen auf dem Bett. Madox hatte sie vollständig in eine warme Umarmung gehüllt. Sein Gesicht hatte er an ihrem Hals vergraben, und sie strich mit den Fingern über seinen Rücken, folgte den Linien des riesigen Tattoos, ohne sie sehen zu können.

Sie war völlig erschöpft, und doch war sie sicher, dass sie in dieser Nacht nicht würde einschlafen können. Zu schwer lag das Gewicht der kommenden Ereignisse auf ihren Schultern. Saphira hoffte nur, dass Madox bald einschlafen würde. Sie wusste nicht, wie spät es war. Aber sie würde sich bald auf den Weg machen müssen.

Eine ganze Weile herrschte Schweigen, und Saphira lauschte nur auf ihren eigenen Herzschlag. Entspannung hatte ihren Körper weich und anschmiegsam werden lassen.

Aber als Madox Luft holte, um etwas zu sagen, verspannte sie sich.

»Saphira …«

»Sch«, machte sie leise, legte ihm einen Finger auf den Mund. »Sag es nicht.« Sie wollte nichts von Gefühlen hören. Nicht, wenn sie vielleicht in den nächsten Stunden sterben würde.

Er schwieg. Da er bald einschlafen musste, begann Saphira mit einer leichten Nackenmassage. Und als er das erste Mal leise seufzte, summte sie noch die Melodie eines ihrer Lieblingsstücke. Die *Mondscheinsonate* von Ludwig van Beethoven.

Als sie das Stück ein zweites Mal begann, fühlte sie, wie Madox' Atem ruhiger wurde und er einschlief.

Eine einzelne Träne lief ihr über die Wange, als der letzte Takt in ihrem Kopf verklang.

Kapitel 17

SAPHIRA

So behutsam wie möglich stieg sie aus dem Bett, darauf bedacht, Madox nicht zu wecken. Aber er wurde dennoch unruhig, streckte den Arm nach dem Kissen aus, auf dem sie gerade noch gelegen hatte.

Saphira beugte sich über ihn, strich mit den Fingerspitzen über seine Wange.

»Ich bin gleich zurück«, flüsterte sie.

Das schien ihn wieder zu entspannen, und seine Atmung wurde ruhiger.

Auf leisen Sohlen ging sie zur Couch, auf der das Outfit lag, das sie für den nächsten Tag bereits herausgelegt hatte. Sie schnallte sich ihr Messer an den Unterarm, bevor sie in die Jeans und einen dünnen Pullover schlüpfte. Danach hinterließ sie einen kleinen Zettel auf ihrem Kopfkissen, wo Madox ihn finden würde. Die einfachen Stiefel nahm sie in die Hand, um ihn nicht zu wecken, als sie ging.

Es war spät genug, dass niemand vor der Tür Wache stand. Außerdem war Madox ja im Zimmer, und niemand anderes musste sie bewachen. Und auch sonst herrschte nächtliches Schweigen im Haus. Nach einem letzten Blick auf Madox schloss sie lautlos die Tür.

Saphira nahm sich noch einen Moment Zeit und lehnte die

Stirn gegen das Holz. Sie konnte Madox noch auf ihrer Haut riechen, und das machte ihr den Abschied nicht gerade leichter. Aber dann erinnerte sie sich an Stellas Schreie, und ihre Füße setzten sich wie von allein in Bewegung.

Auf dem Weg nach draußen musste sie ein paar Männern ausweichen, die Wache hielten. Dabei versteckte sie sich in angrenzenden Fluren oder schlüpfte schnell in leere Zimmer. Aber dann hatte sie es schließlich bis hinunter zur Einfahrt geschafft. Nachdem sie sicher war, dass ihr niemand gefolgt war, sah sie sich nach einem Auto um. Sie musste eine Weile zu Fuß gehen, doch dann entdeckte sie einen Wagen.

Saphira war in der Cosa Nostra groß geworden. Und so dauerte es nur wenige Minuten, bis sie das Auto kurzgeschlossen hatte und auf dem Weg zu ihrem Familienanwesen war.

Sie hatte sich gar nicht erst um Waffen gekümmert, da sie davon ausging, dass man sie sowieso kontrollieren und ihr dann alles abnehmen würde. Das Messer an ihrem Unterarm hatte bis heute noch niemand bemerkt. Außer vielleicht Madox. Aber da wusste sie immer noch nicht, ob er es ihr tatsächlich überlassen oder auch nicht bemerkt hatte. Deswegen trug sie es als einzige Waffe mit sich. Es stellte auch ihre letzte Verteidigung dar.

Sie kam ohnehin nicht, um Krieg zu führen. Stattdessen war ihr Plan ganz einfach, dafür, dass er wahrscheinlich mit ihrem Tod endete. Sie würde sich an Rabia ausliefern und sicherstellen, dass Vito und Stella das Anwesen sicher verließen.

Und wenn sie in dieser Nacht schon sterben musste, dann würde sie Rabia mit sich reißen.

Die alte Villa der Familie De Angelis erhob sich in ihrer ganzen Pracht vor ihr, als Saphira vor dem Haus vorfuhr. Am Tor schien man sie bereits erwartet zu haben, da es ohne Umschweife geöffnet worden war.

Das dunkle Blau der Morgendämmerung verlieh der Situation eine beinahe gespenstische Atmosphäre. Saphira nahm noch einen letzten, tiefen Atemzug, bevor sie den Motor ausschaltete und ausstieg.

Sie hatte gerade einen Fuß auf die Treppe gesetzt, als die Tür geöffnet wurde. Heller Lichtschein fiel auf die steinernen Stufen, blendete Saphira für einen Moment, bevor sie wieder klar sehen konnte.

Vor ihr stand Rabia, ein breites Lächeln auf den Lippen. Sie sah noch genauso aus wie die Frau, die Saphira einst gekannt hatte. Dennoch war sie jetzt eine völlig Fremde. Und neben ihr stand ein Mann. Saphira erkannte ihn auf den ersten Blick. Die dunklen Tattoos, die riesige Gestalt. Es war der Mann aus dem Video, der ihren Onkel verprügelt hatte.

»Wie schön, dass du es einrichten konntest.«

»Es war nicht freiwillig.«

Rabia lachte leise. »Stimmt.«

Wie aufs Stichwort ertönte ein metallisches Klicken, und als Saphira sich umsah, entdeckte sie zwei *soldati*, die ihre Waffen auf sie richteten.

»Bitte, komm doch herein«, sagte Rabia mit einer Stimme voller Genugtuung.

Saphira musste sich zwingen, einen Fuß vor den anderen zu setzen. Sie drückte den Rücken durch und hob das Kinn. Niemals hätte sie damit gerechnet, dass sie ihr eigenes Haus einmal als Bittstellerin betreten würde.

Drinnen sah sie sich um und musste auch hier feststellen, dass sich nichts verändert hatte. Dennoch fühlte sie sich alles andere als willkommen. Die wenigen Männer, die sie entdecken konnte, erwiderten ihren Blick entweder voller Verachtung oder wichen ihm beschämt aus.

Wie gern hätte Saphira sie alle für das bezahlen lassen, was sie ihr angetan hatten, aber das lag nicht länger in ihrer Macht. Vielleicht würde Madox sie eines Tages rächen.

Madox.

Saphira verbot sich, an ihn zu denken. Sie hatten ihren Abschied gehabt. Mehr war ihnen einfach nicht vergönnt gewesen. Wie hatte Saphira auch mit etwas anderem rechnen können? Sie hatte unzählige Menschenleben auf dem Gewissen. Sie war keine Heilige. Sie war eine Sünderin. Und Sündern stand kein Glück zu.

In der Eingangshalle sah Rabia sie an. Man konnte ihr ansehen, wie sehr sie diesen Moment genoss.

»Ich habe ein Zimmer für dich vorbereiten lassen.« Ihr Blick wanderte zu dem Mann, der neben ihr stand. »Jacob, du wartest hier. Nur falls noch jemand auftauchen sollte.«

Saphira verbarg ihre Überraschung. Jacob. Der Killer, von dem Madox ihr erzählt hatte. Für Rabia war es geradezu perfekt, sich mit Madox' Feind zusammenzutun. Sie hätte es an ihrer Stelle so gemacht.

Rabias Blick richtete sich auf die Männer hinter Saphira. »Durchsucht sie nach Waffen.«

Saphira blieb stocksteif stehen, während die Männer ihren Körper abtasteten. Aber sie trug ja nichts bei sich. Außer dem Messer an ihrem Unterarm, und das wurde nicht gefunden. Denn genau dafür war es gemacht worden. Sehr schmal, sehr leicht, sodass es den meisten niemals auffallen würde.

Zufrieden mit dem Ergebnis drehte sich Rabia um und stieg die große Eingangstreppe in den ersten Stock hinauf. Der Lauf einer Waffe wurde Saphira in den Rücken gedrückt, und sie folgte ihrer ehemaligen besten Freundin.

Sie kannte jeden Winkel dieses Hauses, jeden Zentimeter. Deswegen wusste sie auch sofort, wohin der Weg sie führte. Zu ihren eigenen Räumlichkeiten. Dort war auch das Video gedreht worden, und Saphira ging davon aus, dass Vito und Stella noch immer da waren.

Ihre Vermutung wurde bestätigt, als sie schließlich das Wohnzimmer betraten, wo Vito und Stella an Stühle gefesselt waren.

Vito sah schlimm aus. Teile seines Gesichts waren beinahe bis zur Unkenntlichkeit geschwollen und wiesen dunkle Schattierungen von Blau und Lila auf. Überall war Blut, und sein Blick war nicht ganz klar, als er sie ansah. Stella hingegen schien unverletzt, und als sie Saphira entdeckte, fing sie wieder an zu weinen.

»Saphira, oh Gott, hilf uns!«

»Das werde ich«, versprach sie leise.

Rabia, die vor ihr stand, deutete auf einen freien Stuhl links von Vito.

»Bitte, nimm doch Platz. Dann hast du es bequemer.«

Da Saphira keine Wahl hatte, ging sie zu dem Stuhl. Einer ihrer Begleiter machte sich sofort daran, sie grob zu fesseln.

»Jetzt wirst du sie gehen lassen«, forderte Saphira mit all der Autorität in der Stimme, die sie sich über die Jahre angeeignet hatte.

»Werde ich das?«, fragte Rabia.

»Wir haben eine Abmachung, Rabia. Wir sind die Cosa Nostra. Wir halten uns an die alten Regeln. Du hast es versprochen.«

Rabia lächelte. »Stimmt. Das hatte ich gesagt.« Sie blickte die Wache an, die neben der Tür stehen geblieben war, und streckte die Hand aus. Kommentarlos wurde ihr die Pistole in die Hand gelegt, und Rabia richtete sie als Erstes auf Stella.

Vito begann sich heftig zu wehren. »Nein! Verflucht, Rabia! Tu das nicht!«

Aber schon zerschnitt ein lauter Knall die Luft, und Stella

starrte die Frau, die beinahe ihre Schwiegertochter geworden wäre, mit großen Augen an. Ein blutiges Loch klaffte auf ihrer Stirn. Dann sackte sie nach vorn.

Vito zerrte so heftig an seinen Fesseln, dass Saphira befürchtete, er würde sich jeden Moment ein Gelenk auskugeln.

Rabia richtete die Waffe auf ihn.

»Dafür wirst du in der Hölle schmoren.«

Das waren Vitos letzte Worte, bevor Rabia abdrückte und auch ihn tötete.

Fassungslos starrte Saphira die beiden Leichen an. Rabia hatte ihr die letzten Mitglieder ihrer Familie genommen. Ihre Tante und ihren Onkel, für die sie sich hatte opfern wollen. Das war die Abmachung gewesen. Ihr Leben gegen das von Vito und Stella.

Rabia wendete sich ihr zu und lächelte, als hätte man ihr gerade das schönste Geschenk gemacht. »Ich hatte dir ja nicht gesagt, wohin genau ich sie gehen lassen würde, oder?« Sie sicherte die Waffe und steckte sie sich hinten in den Jeansbund. »Und ich bin mir sicher, dass sie jetzt an einem viel besseren Ort sind.«

Saphira starrte die Frau an, von der sie einmal gedacht hatte, sie wäre ihre beste Freundin. Und sie stellte sich vor, wie sie zu ihr gehen und ihr mit einem einzigen Schnitt die Kehle durchschneiden würde. Sie stellte sich vor, wie das Blut hervorspritzte und Rabia mit einem überraschten Gesichtsausdruck zu Boden sank. Sie konnte die qualvollen Geräusche hören, die sie von sich geben würde, wenn sie an ihrem eigenen Blut erstickte. Saphiras Vorstellung war so intensiv, dass sie beinahe das Blut schmeckte.

Aber es war nicht mehr als das. Eine Vorstellung. Denn sie war an einen Stuhl gefesselt und konnte nichts unternehmen. Vito und Stella waren tot. Und Saphira konnte sie nicht rächen. Stattdessen würde sie ihnen wohl schon bald folgen.

»Wieso tust du das alles?«, fragte sie leise. Verzweiflung und Trauer färbten ihre Stimme.

»Wieso?« Rabia lachte. »Du weißt es wirklich nicht, oder?« Sie starrte Saphira an, und zum ersten Mal konnte Saphira die Wut in Rabias Blick sehen. »Du hast nicht die geringste Ahnung, was du mir angetan hast.«

»Was soll ich dir denn angetan haben?«, fragte Saphira ehrlich verwirrt. »Wir haben dich als Kind aufgenommen. Wir sind eine Familie.«

Rabia schnaubte. »Wir sind gar nichts, Saphira. Du hast mir alles genommen, was mir jemals etwas bedeutet hat.«

Sie verstand wirklich nicht, was hier vor sich ging. »Was soll ich dir genommen haben?«

»Meinen Verlobten!«, schrie Rabia.

Saphira lehnte sich zurück und versuchte unauffällig, ihre gefesselten Hände zu lösen. Die Fesseln waren nicht besonders sorgfältig gebunden, und wahrscheinlich würde Saphira sie irgendwann lösen können. Die Frage war nur, ob sie es noch rechtzeitig schaffte. Und dafür musste sie Rabia beschäftigt halten.

»Deinen Verlobten? Ich habe Leandro nicht getötet.«

Rabia lächelte. »Nein. Leandro hast du nicht getötet. Den Idioten habe ich töten lassen.«

Saphira erstarrte. »Was? Aber ihr habt euch doch geliebt.«

»Geliebt?« Rabia schüttelte den Kopf. »Als hätte ich Leandro lieben können. Er war nur ein Mittel zum Zweck, und dann hat er etwas herausgefunden, das er besser nicht hätte wissen sollen. Also musste er verschwinden.«

Saphira konnte nicht glauben, was sie da gerade hörte. Sie hatte Rabia gesehen, direkt nachdem sie Leandros Leiche gefunden hatte. Sie war am Boden zerstört gewesen. War sie wirklich eine so gute Schauspielerin? Saphira hatte nichts gemerkt.

»Wen meinst du dann?«

Etwas, das Saphira für echte Trauer hielt, zeigte sich auf Rabias Gesicht. »Paco.«

»Wer ist Paco?«, fragte sie und arbeitete währenddessen weiter an den Fesseln. Inzwischen schmerzte jede Bewegung, da das raue Seil ihre Haut aufgeschürft hatte. Vermutlich blutete Saphira auch bereits, aber darauf konnte sie keine Rücksicht nehmen.

»Wer *war* Paco«, korrigierte Rabia sie. »Ich lernte ihn kennen, als du nach dem Autounfall verschwunden bist. Er war meine große Liebe, und du hast ihn mir genommen.«

»Ich erinnere mich an niemanden mit diesem Namen«, murmelte sie leise.

»Natürlich nicht.« Rabia sah sie abfällig an. »Als du zurückgekommen bist, warst du davon besessen, eine Drogengang auszulöschen. Du hast den verdammten Supermarkt in die Luft gesprengt. Paco hatte keine Chance.« Rabia kam zu ihr herüber, beugte sich nach vorn, bis ihre Gesichter nur noch Zentimeter voneinander entfernt waren. »Und dafür wirst du bezahlen, Saphira. Ich habe Leandro töten lassen. Ich habe Stella und Vito vor deinen Augen erschossen.« Sie lächelte. »Und jetzt werden wir gemeinsam auf Madox warten. Und nachdem auch er vor deinen Augen gestorben ist, werde ich dich von deinem Leid erlösen.«

»Rabia, das tut mir leid. Ich habe es nicht gewusst.« Saphiras Magen krampfte sich zusammen. Panik drohte über ihr zusammenzuschlagen. Aber dann erinnerte sie sich daran, dass Madox nicht wusste, wo sie war. Er war in Sicherheit.

Rabia schnaubte. »Ich glaube dir kein Wort. Du bist ein herzloses Miststück, Saphira. Und ich will, dass du genauso leidest wie ich.«

»Madox wird nicht kommen.«

»Oh, das sehe ich anders. Er wird bestimmt kommen, um dich zu retten. Und dann wird Jacob ihn in der Eingangshalle erwarten.«

Verdammt. Saphira befürchtete, dass Rabia recht haben könnte. Wenn Madox wach wurde und bemerkte, dass sie verschwunden war, würde er bestimmt nach ihr suchen. Und es gab nicht besonders viele Orte, an denen sie sein konnte. Vor allem nicht, nachdem sie ihm eine Nachricht hinterlassen hatte. In diesem Moment bereute sie ihre unbedachte Handlung. Aber sie hatte nicht einfach so verschwinden wollen.

Offensichtlich mit sich zufrieden, richtete Rabia sich wieder auf und ging ein paar Schritte zurück. Währenddessen nestelte Saphira immer noch an dem Seil, mit dem ihre Hände gefesselt waren. Sie musste es schaffen. Sie durfte nicht zulassen, dass auch Madox ihretwegen zu Schaden kam.

Saphira musste dem Ganzen ein Ende bereiten. Hier und heute.

Plötzlich waren schnelle Schritte auf dem Flur zu hören, und im nächsten Moment wurde die Tür aufgerissen. Ein Mann tauchte im Türrahmen auf. In seinem Gesicht stand Angst.

»Wir werden angegriffen.«

Rabia sah Saphira an. »Ich wusste doch, dass er kommen würde.« Sie deutete auf die beiden Wachen, die sich noch immer mit ihnen im Raum befanden. »Geht mit ihm. Seht nach, was los ist.«

Die Tür schloss sich wieder hinter den Männern. Es klickte, und Saphira blickte auf, starrte in den Lauf von Rabias Waffe.

»Wir werden hier auf Madox warten.«

MADOX

Er konnte Saphira etwas flüstern hören, bevor er zurück in den Schlaf sank.

Aber irgendwann später wurde er erneut unruhig, und als seine Hand die kalte Matratze berührte, öffnete er die Augen. Es dauerte einen Moment, bis er sich an die Dunkelheit gewöhnt hatte, aber dann konnte er erkennen, dass er allein war.

Er setzte sich auf. »Saphira?«

Sie war nicht im Zimmer, und auch das Badezimmer war dunkel und leer. Sofort setzte sich Angst in seinem Magen fest. Hatte man ihn betäubt und sie mitgenommen?

Schnell schaltete er die Nachttischlampe an und wollte gerade aufstehen, als sein Blick auf einen Zettel auf dem Nachttisch fiel. Er konnte auf den ersten Blick Saphiras Handschrift erkennen.

Verzeih mir, ich hatte keine Wahl. Saphira.

Er starrte die Worte an, und sein Herz begann zu rasen. Sie hatte ihn verlassen.

Aber wieso? Was hatte sie dazu bewegen können, zu gehen? Und wieso hatte sie keine Wahl?

Eigentlich konnte es dafür nur einen Grund geben: Rabia. Sie musste irgendetwas gegen Saphira in der Hand haben. Denn auch wenn Jacob ebenfalls hinter Saphira her war, war er vermutlich noch nicht lange genug da, um Saphira so weit aus der Reserve locken zu können. Rabia hingegen kannte Saphira seit Jahren und wusste genau, wo ihre Schwachpunkte lagen. Und jetzt war Saphira wahrscheinlich bei ihr. Allein. Ohne jegliche Unterstützung. Madox holte zischend Luft. Wut brachte sein Blut zum Kochen.

Das war Saphiras Todesurteil.

Hastig sprang er aus dem Bett, riss dabei Kopfkissen und Decke mit sich. Aber darum kümmerte er sich nicht, sondern streifte rasch seine Kleidung über und suchte nach den Waffen.

Im Schein der Nachttischlampe fiel sein Blick auf ein Handy, das zwischen dem Kissen und der Decke auf dem Boden lag. Stirnrunzelnd hob er es auf. Das musste Saphiras sein.

Schnell entsperrte er den Bildschirm. Saphiras Code dafür hatte er schon vor längerer Zeit herausgefunden, indem er sie dabei beobachtet hatte, wie sie ihn eingegeben hatte. Es war noch ein Chat geöffnet. Schnell überflog er die wenigen Nachrichten und sah sich auch das Video an. Ein derber Fluch kam ihm über die Lippen, und seine Hände ballten sich zu Fäusten, bis das Gehäuse des Handys protestierend knackte.

Saphira hatte sich ausgeliefert. Und deswegen hatte sie ihn zuvor noch einmal sehen wollen und er das Gefühl gehabt, dass etwas nicht gestimmt hatte. Sie hatte geahnt, dass sie das Haus nicht wieder lebend verlassen würde, und war dennoch gegangen.

Er warf das Handy zurück aufs Bett, zog sich sein Holster über und legte die Waffen an. Danach stürmte er aus dem Zimmer. Sein erster Weg führte ihn zu Lauro. Er hämmerte mit der Faust an dessen Tür. Dabei fiel sein Blick auf das Wolfstattoo, das er auf dem Handrücken trug. Das Symbol eines Auftragskillers. Er war dafür ausgebildet worden, Menschen zu töten. Nun würde er zum ersten Mal ein Leben retten.

Mit verschlafenem Blick öffnete Lauro ihm die Tür. »Madox?«, fragte er verwirrt.

»Ruf alle zusammen. Wir ziehen in den Krieg.«

Wie eine dunkle Woge rollten die Autos der Vargas durch die Stadt. Das Tor der De Angelis war mit Wachen besetzt, aber Madox würde sich nicht davon aufhalten lassen. Stattdessen schaltete er einen Gang höher und drückte das Gaspedal durch. Das Feuer wurde eröffnet, aber die Kugeln durchdrangen nicht die gesicherte Karosserie. Mit einem lauten Knall sprengte der SUV das Tor und raste die Einfahrt hinauf, die *famiglia* im Schlepptau.

Am Ende der Einfahrt sprang Madox aus dem Wagen, noch bevor dieser zum Stillstand gekommen war. Seine Männer folgten ihm auf dem Fuß. Die ersten Schüsse fielen, und die Wachen vom Tor, die ihnen gefolgt waren, starben.

Die Eingangstür wurde aufgerissen, einige Männer eilten in geduckter Haltung zur gegenüberliegenden Mauer der Einfahrt. Madox hob die Pistole, und einige Männer stürzten getroffen zu Boden. Der Weg in die Eingangshalle war frei, und er rannte hinein. Dort angekommen wurde er direkt von einem *soldato* gerammt, und sie gingen zu Boden. Die Pistole rutschte Madox aus der Hand. Er kassierte einen Schlag gegen den Kiefer, bevor er die Oberhand über den Kampf gewann und seinem Gegner mit einem Ruck das Genick brach. Sofort sprang Madox wieder auf die Füße und sah sich nach seiner Pistole um.

Plötzlich hielt er mitten in der Bewegung inne. Seine *soldati* waren hinter ihm hereingekommen und stürzten sich sofort in den Kampf mit den dort wartenden De-Angelis-Männern. Aber Madox konnte nur eine Person ansehen, die mitten im Raum stand und auf ihn zu warten schien.

»Hallo, Madox.« Jacob sah ihn grinsend an.

Was zum Teufel machte der Bastard hier? Arbeitete er etwa mit Rabia zusammen?

»Jacob«, knurrte er.

Jacob hielt nur ein langes Messer in der Hand. Madox zog seine Lieblingsklinge. Er hatte nicht viel Zeit. Er musste sofort zu Saphira.

Um ihn herum wurde geschossen, und Madox suchte Deckung hinter einer der marmornen Säulen in der Eingangshalle. Dabei behielt er Jacob im Auge, der es ihm gleich tat.

»Was machst du hier?«, fragte er laut genug, dass Jacob ihn verstehen konnte.

»Ich habe mir eine neue Partnerin besorgt, als ich hörte, dass du nach Hause zurückgekehrt bist.«

Also arbeitete er wirklich mit Rabia zusammen. So eine verdammte Scheiße.

»Du hast mir ja keine Wahl gelassen, als dir zu folgen, Madox. Schließlich haben wir noch eine Rechnung offen.«

»Noch immer nicht darüber hinweg, dass ich dich besiegt habe?«

Jacob verspannte sich. »Das war nur Glück.«

»Wohl kaum. Ich bin einfach besser.« Madox machte sich kampfbereit. Er wollte das hier so schnell wie möglich hinter sich bringen. »Wo ist Saphira?«

»Du bist zu spät, *cerbero*. Sie ist schon tot.«

Das konnte nicht wahr sein. *Durfte* nicht wahr sein. Und davon würde er sich gleich selbst überzeugen. Knurrend stürzte er sich auf Jacob.

Madox drückte sich eine Hand auf die Seite, wo Jacobs Messer ihn gerade verletzt hatte. Er konnte das Blut, das zwischen seinen Fingern hervorquoll, warm auf der Haut spüren.

Schwer atmend starrte er Jacob an. Sie standen sich in einem gewissen Abstand gegenüber, bluteten beide aus unzähligen Wunden und waren angeschlagen. Aber keiner von ihnen würde aufgeben. Nicht, bis einer von ihnen starb.

Ihr Kampf hatte sie in den hinteren Bereich der Eingangshalle getrieben. Weiter vorn herrschte Krieg. Immer wieder fielen Männer tot zu Boden, Schüsse vermischten sich mit schmerzerfüllten Schreien. Blut und Körperteile befleckten Boden und Wände. Es war ein Schlachtfeld.

Und Madox konnte nur daran denken, dass er Saphira finden musste. Aber davon durfte er sich jetzt nicht ablenken lassen. Er musste sich völlig auf Jacob konzentrieren, sonst würde er ihn nicht besiegen. Und das war keine Option. Denn er glaubte nicht daran, dass Saphira tot war. Das durfte einfach nicht stimmen.

In diesem Moment kam Jacob erneut auf ihn zu. Das Messer blitzte auf. Madox duckte sich unter dem Stich hinweg, versuchte, seine eigene Klinge zwischen Jacobs Rippen zu stoßen, traf aber nur seinen Arm. Jacob grunzte vor Schmerz, als das Messer sich durch Haut und Muskeln bohrte und schließlich auf Knochen traf.

Madox nutzte diesen Moment und trat nach Jacobs Knie. Es knirschte, und schon ging er zu Boden. Madox stürzte sich auf ihn, aber Jacob hatte das kommen sehen. Seine Faust traf Madox' Schläfe, ließ ihn für einen Moment schwarz sehen. Jacob nutzte diese Schwäche, um ihn auf den Boden zu drücken und ihm die Klinge an den Hals zu setzen. Im letzten Moment konnte Madox seinen Unterarm zwischen Messer und Hals bringen, weswegen es nur seine Haut ritzte, anstatt Luftröhre und Halsschlagader zu durchtrennen.

Er zischte vor Schmerz und starrte in Jacobs Gesicht. Der hatte eine lange Schnittwunde, die einmal quer über sein Gesicht verlief. Blut bedeckte beinahe jeden Zentimeter seiner Haut, aber das Funkeln in seinen Augen ließ alles andere in den Hintergrund treten.

»Du wirst heute sterben, *cerbero.*«

Madox versuchte, Jacob abzuwerfen, aber der drückte ihn mit seinem Gewicht nieder und blockierte seine Beine.

Jacob beugte sich ganz nah zu ihm herunter. »Soll ich dir ein

Geheimnis verraten?« Er übte genug Druck aus, dass Madox langsam aber sicher das Atmen schwerfiel.

Er musste sich schleunigst aus dem Griff befreien.

»Saphiras Schreie haben unglaublich süß geklungen.«

Mit einem Brüllen warf er Jacob von sich und hob gleichzeitig das Messer. Er warf sich auf den Gegner und trieb seine Klinge zwischen Jacobs Rippen. Es entstand ein kurzer Widerstand, als er den Herzmuskel berührte, aber dann gab das Organ nach, und das Messer bohrte sich in Jacobs Herz.

Madox hielt inne. Jacob starrte ihn ungläubig an. Dann ging sein Blick ins Leere, und sein letzter Atemzug verließ ihn mit einem Seufzen.

SAPHIRA

Der Kampflärm, der von unten zu ihnen hinaufdrang, wurde immer lauter. Man konnte Schüsse und Schmerzensschreie hören. Saphira kannte diese Geräusche. Außerhalb dieses Zimmers herrschte Krieg. Und das konnte nur bedeuten, dass Madox gekommen war. Und er war nicht allein. Erleichterung durchfuhr sie, als sie verstand, dass sie diesen Tag vielleicht doch noch überleben konnte.

Wenn es ihr nur endlich gelang, diese verdammten Fesseln zu lösen!

Inzwischen waren ihre Hände blutig, und das Blut ließ die Fesseln leichter gleiten, ermöglichte ihr, die Hände weiter herauszuziehen. Aber sie musste vorsichtig sein, denn Rabia bewachte sie mit gezogener Waffe.

»Wie hast du dir das hier eigentlich vorgestellt?«, fragte Saphira, um Rabia abzulenken.

»Das ist ganz einfach. Ich lasse dich zusehen, wie jeder Mensch, der dir etwas bedeutet, stirbt. Und danach wirst du ihnen folgen.«

»Das ist sehr viel Aufwand für Rache.«

»Viel Aufwand?« Rabia lachte. »Nein, es ist genau richtig. Du sollst genauso leiden wie ich seit dem Tag, an dem du Paco getötet hast.«

»Deswegen duldest du die Drogengang, oder?« Sie würde jeden Moment eine Hand herausziehen können. Saphira schätzte bereits den Abstand zwischen sich und Rabia ein. Ein beherzter Sprung konnte reichen.

»Weswegen?«

»Wegen Paco. Er gehörte zu einer Drogengang, richtig?«

»Nein, nicht richtig. Das war nur ein netter Zufall. Schließlich musste ich dich ablenken, während ich langsam die *famiglia* übernahm. Und Jacob war nur zu gerne bereit, mir dabei zu helfen.«

Jacob. Der Mann, der hinter Madox her war. Er schien auch der Anführer der Drogengang zu sein.

Ein lauter Knall ertönte, und das Haus erzitterte für einen Moment. Saphira und Rabia erstarrten. Es hatte sich so angefühlt, als hätte jemand eine kleine Bombe oder zumindest eine Handgranate gezündet.

Was zum Teufel ging da draußen vor?

Rabia schien sich dieselbe Frage zu stellen, denn sie wendete sich von Saphira ab und ging zur Tür, um nach draußen zu sehen.

Das war ihre Chance. Saphira zog den Arm nach oben, so gut sie konnte, und zuckte zusammen, als sie einen stechenden Schmerz in der Schulter fühlte. Aber sie ließ nicht nach, zerrte, bis eine Hand frei war. Nun konnte sie die andere Hand ebenfalls aus der Schlinge ziehen.

Während sich Rabia noch auf dem Flur umsah, schob Saphira mit einer blutigen Hand den Ärmel des dünnen Pullovers, den sie trug, hoch und zog ihr Messer.

Gerade noch rechtzeitig, denn in diesem Moment drehte sich Rabia um und schloss die Tür wieder hinter sich. Sie entdeckte Saphira und starrte sie überrascht an.

Saphira nutzte diesen Schockmoment und stürzte nach vorn. Rabia hob die Waffe, doch Saphira rannte auf sie zu. Als sie gegen die Wand prallten, fiel Rabia die Pistole aus der Hand.

Saphira starrte ihrer ehemaligen besten Freundin in die Augen.

Rabia riss das Bein hoch, und Saphira musste zurückweichen, damit das Knie sie nicht direkt in den Bauch traf. Sie wich hastig zurück, brachte etwas Distanz zwischen sich und Rabia, dann drehte sie die Hand, in der sie das Messer hielt, um ihr Gelenk aufzuwärmen, machte sich bereit für den Kampf.

Draußen herrschte noch immer Krieg, aber sie vertrieb jeden Gedanken an das, was dort geschah. Zuerst musste sie diesen Kampf gewinnen. Dann konnte sie sich darum kümmern, was draußen vor sich ging.

Die Pistole lag zwischen ihnen. Beide sahen auf die Waffe, mit der sie den Kampf für sich entscheiden konnten. Rabia stürzte vor, und Saphira folgte ihr. Aber Saphira war schneller und trat die Pistole außer Reichweite.

Rabia starrte sie wütend an. Ihr Blick fiel auf den Dolch. »Wie konnten meine Leute den übersehen?«

»Da leben wir jahrelang im selben Haus, und doch ist dir nie das schmale Messer aufgefallen, das ich immer am Unterarm trage«, antwortete sie lächelnd.

»Das wird dir auch nicht helfen.«

Saphira hatte keine Lust, sich mit Rabia zu unterhalten. Sie wollte das hier endlich zu Ende bringen. Sie stürzte sich auf

Rabia, täuschte einen direkten Stoß mit dem Messer an. Wie erwartet riss Rabia den Arm hoch, und Saphira nutzte ihren Schwung, drehte sich einmal um die eigene Achse und trat Rabia mit voller Wucht gegen die Rippen. Sie konnte Knochen knirschen hören.

Rabia schrie, hielt sich die Seite. Sie hatte sich nie ernsthaft fürs Kämpfen interessiert. Saphira hingegen war *capo* der Cosa Nostra. Sie hatte jahrelang mit Emilio trainiert, damit sie sich selbst retten konnte. Und genau das war jetzt ihr Vorteil.

Mit der freien Hand schlug sie Rabia in den Bauch, danach ins Gesicht. Rabia sank auf die Knie. Saphira packte ihre Haare und zog sie daran nach oben, bis sie wieder auf Augenhöhe miteinander waren. Blut tropfte von Rabias Unterlippe, und ihr Blick war genauso schmerz- wie hasserfüllt.

»Du kannst mich nicht besiegen, Rabia.«

»Ich hasse dich!«, schrie Rabia. Alles Schöne und Zarte war aus ihren Gesichtszügen verschwunden, zurückgeblieben war nur eine verbitterte Frau, die der Vergangenheit nachtrauerte.

Saphira empfand Mitleid. Für das, was Rabia durchlebt hatte. Aber es gab nichts, was sie tun konnte, um die Vergangenheit zu ändern. Und Rabias Verlust entschuldigte nicht, was sie getan hatte. Saphira dachte an Vitos und Stellas Tod, an Emilios Tod, an den Drogenhandel in der Stadt, der auf Rabias Konto ging. Und ihr Mitgefühl verschwand.

»Ich hoffe, du verrottest in der Hölle.« Ihre Stimme klang kalt, und sie gab Rabia auch keine Chance mehr zu antworten. Stattdessen trieb sie ihr das Messer tief in den Bauch. Die scharfe Klinge glitt durch Fleisch, Muskeln, Sehnen und Adern wie durch Butter.

Und während langsam Rabias Blut über Saphiras Hand lief, blickte sie ihr direkt in die Augen. Wie oft hatten sie zusammen gelacht? Sie waren zusammen aufgewachsen. Saphira hatte ihr vertraut. Rabia war der letzte Mensch aus ihrer Vergangenheit. Die letzte Person, die Saphira noch mit einer Zeit verband, in der sie eine Familie gehabt hatte. Die letzte Person, die Saphira als Kind gekannt hatte.

Saphira hasste sie. Sie war wütend über Rabias Verrat. Enttäuscht. Verletzt. Dennoch hatten sie eine gemeinsame Geschichte.

Rabia blickte sie ungläubig an, als könnte sie nicht fassen, was gerade passiert war. Saphira ließ ihre ehemalige Freundin los und beobachtete mitleidslos, wie Rabia zu Boden sank, eine Hand auf den Bauch gepresst.

Jetzt gab es niemanden mehr, mit dem sie die gemeinsamen Erinnerungen an ihre Vergangenheit teilen konnte. In diesem Moment starb nicht nur eine Freundin, die sie verraten hatte, sondern auch ein Großteil ihrer Vergangenheit, für den es nun keine Zeugen mehr gab.

Kapitel 18

MADOX

Madox hatte sein Lieblingsmesser gegen die mit Klingen besetzten Schlagringe getauscht, nachdem er Jacob besiegt hatte.

Gerade hatte er damit einem Mann das Brustbein zertrümmert und die Luftröhre durchtrennt. Durch die Kämpfenden und immer darauf achtend, dass er sich keine Kugel einfing, bahnte er sich einen Weg zu Saphiras Zimmern. Dort würde er seine Suche nach ihr beginnen.

Er hatte gerade den Flur betreten, der ihn zu ihren Räumlichkeiten führen würde, als aus einem Seitengang ein weiterer Angreifer auf ihn zukam. Madox duckte sich unter dem Messer hinweg, streifte mit seiner Klinge die Kniekehle, durchtrennte Sehnen, sodass der Mann schreiend auf die Knie fiel. Madox holte aus, schlug ihm seine Faust immer und immer wieder ins Gesicht, bis der Schädel knackend nachgab und der Mann starb.

Das Monster in ihm, das nach Blut dürstete und Gewalt forderte, brüllte jubilierend auf. Das hier war sein Element. Dafür war er geboren und trainiert worden. Und so sehr er bangte, ob Saphira noch am Leben war, genoss er jede einzelne Sekunde davon.

Madox stand wieder auf und rannte weiter. Er konnte Saphiras Zimmertür schon sehen. Er hörte jemanden schreien, bevor der Laut abrupt wieder verschwand und ein Poltern zu hören war. Er kannte diese Art von Geräuschen. So klang es, wenn jemand zu Boden ging.

Nein! Nicht Saphira!

Er rannte schneller, betete, dass er nicht zu spät kam. Die Tür wurde vor seinen Augen geöffnet. Er machte sich bereit, jeden niederzumetzeln, der ihm entgegentrat, aber plötzlich stand Saphira vor ihm. Madox blieb stehen, starrte sie an.

Sie hielt ein schmales Messer in der Hand, dessen Klinge mit Blut bedeckt war. Ihr Gesichtsausdruck war emotionslos.

»Saphira!« Er überbrückte die kurze Distanz, die sie noch trennte, und schaute sich um. Als Erstes sah er Rabia auf dem Boden. Dann fiel sein Blick auf Vito und Stella, deren Leichen an Stühle gefesselt waren. Madox streifte sich die Schlagringe von den Fingern und tastete Saphiras Körper ab. Zum Glück konnte er keine lebensbedrohlichen Wunden finden.

Er umfasste ihr Gesicht, zwang sie dazu, ihn anzusehen. »Geht es dir gut?«

Ihr Blick schien durch ihn hindurchzugehen. »Nein.«

Madox schüttelte sie ganz sacht, damit sie sich auf ihn konzentrierte, und endlich blinzelte sie, und es kam wieder etwas Leben in ihre Augen.

»Was ist passiert?«, fragte er.

»Ich habe gewonnen.«

SAPHIRA

Sie sah ihn an. Blut und Knochensplitter klebten an ihm. Er sah aus wie ein Dämon aus der Hölle. Und sie vermutete, dass sie ganz ähnlich aussah.

Aber das alles war jetzt egal. Denn noch war dieser Krieg nicht vorbei. Sie hörte noch immer Schüsse und Schreie.

»Mit wie vielen *uomini d'onore* bist du hier?«, fragte sie.

»Mit einer kleinen Armee.«

Sie nickte. Das war gut. Es könnte genau das sein, was sie brauchte, um diesen Tag tatsächlich lebend zu überstehen. Und endlich ihre *famiglia* zurückzubekommen.

Sie blickte Madox direkt in die Augen. »Stehst du auf meiner Seite, oder bist du mein Feind?«

»Ich habe gerade über ein Dutzend Männer getötet, um zu dir zu kommen, Saphira. Ich habe eine Armee mitgebracht, um dich zu retten. Natürlich stehe ich auf deiner Seite!«

Tief in ihr hatte sie das gewusst, besonders nachdem sie wusste, dass Rabia für Leandros Tod gesorgt hatte. Aber sie hatte es aus seinem Mund hören müssen, um wirklich die letzten Zweifel zu beseitigen.

»Ich vertraue dir«, sagte sie leise und sah, wie sich Madox' Augen bei diesem Geständnis weiteten. »Es wird Zeit, dass wir das hier beenden.«

Durch die großen Fenster fiel das Sonnenlicht auf das Schlachtfeld und beleuchtete das Blut. Der Kronleuchter zauberte faszinierende Lichtreflexe auf die Leichen. Ein morbider Kontrast. Die Schönheit eines neuen Tages, der nach so viel Tod anbrach.

Saphira stand am oberen Ende der Treppe, die in die Eingangshalle führte. Sie starrte die Männer an, die sie seit Jahren kannte und die jetzt kämpften. Für eine Frau, die Saphira hintergangen hatte.

Sie nickte Madox zu, und er hievte Rabias Leiche von seiner Schulter und ließ sie auf die Treppe fallen. Mit einem dumpfen Geräusch landete sie auf den Stufen.

Die kämpfenden Männer in der Eingangshalle hielten inne

und blickten von der Leiche zum Beginn der Treppe. Dort entdeckten sie Saphira und Madox, die nebeneinander standen, und stoppten ihre Kämpfe. Immer mehr hielten inne, bis alle Blicke auf sie gerichtet waren.

»Rabia ist tot!«, rief sie mit lauter Stimme. Sie konnte Angst in den Gesichtern erkennen, als alle verstanden, was das für sie bedeuten konnte. »Ich bin der *capo* dieser *famiglia*, und ich befehle euch, die Waffen fallen zu lassen!«

Metallisches Scheppern war zu hören, als Messer und Pistolen zu Boden fielen. Aus dem Augenwinkel sah sie, wie Madox seinen Leuten ein Zeichen gab und sie ebenfalls ihre Waffen senkten. Aber sie war noch nicht fertig.

»Die Vargas sind nicht länger unser Feind!« Ihre Stimme hallte durch die Eingangshalle, während sie Madox' Blick festhielt. »Es wird keinen Krieg mehr zwischen uns geben!« Sie senkte die Stimme zu einem Flüstern. Das, was jetzt kam, war nur für seine Ohren bestimmt. »Du musst jetzt gehen.«

Verwirrt sah er sie an. »Aber du bist hier nicht sicher.«

»Ich habe meine *guardie*. Sie werden mich beschützen.«

»Und wo sind deine *guardie*?«, fragte Madox.

»Im Keller. Rabia hat sie dort gefangen gehalten.«

Madox sah Lauro an und gab ihm ein Zeichen. »Geh in den Keller. Such Saphiras Leibgarde.«

»Madox«, warnte sie leise.

»Lass mich noch diese eine Sache für dich tun.«

Saphira gefiel es nicht, dass Madox die Kontrolle an sich riss. Aber in diesem Moment ließ sie ihn gewähren, und wenige Augenblicke später öffnete sich die Tür in der Eingangshalle, die in den Keller führte. Zuerst kam Lauro raus, gefolgt von Saphiras Leibgarde. Die Männer sahen mitgenommen aus nach all diesen Tagen in Gefangenschaft. Die Ungewissheit, was aus ihnen werden würde, hatte an ihnen gezehrt.

Aber mit wenigen Blicken schienen sie die Situation zu erfassen, und ohne dass Saphira etwas sagen musste, bauten sie sich am Fuß der Treppe auf, um sie zu beschützen, angeführt von Federico.

Stolz sah Saphira Madox an. »Siehst du? Ich bin hier sicher. Außerdem wird mir keiner der Männer mehr folgen, wenn ich das nicht alleine wieder hinkriege. Sie werden jeden Respekt verlieren, wenn du mir hilfst.«

Er sah ganz und gar nicht glücklich aus. »Das gefällt mir nicht.«

»Es ist nicht deine Entscheidung, Madox. Geht jetzt.«

»Saphira …«, setzte er an, aber sie schüttelte den Kopf. »Bitte.«

Das ließ ihn innehalten. Saphira glaubte nicht, dass sie ihn schon einmal um etwas gebeten hatte. Und offenbar hatte das eine spezielle Wirkung auf ihn.

Plötzlich streckte er die Hand aus, umfasste ihren Arm. Er zog sie zu sich heran, legte eine Hand an ihren Hals, neigte ihren Kopf nach hinten, bis sich ihre Blicke wieder trafen. Dann legte sich sein Mund auf ihren. Sie konnte Blut schmecken. Und Leidenschaft. Begierde. Verzweiflung. Und Emotionen, die viel tiefer als das gingen.

Er eroberte sie wie das erste Mal, als er sie geküsst hatte. Seine Zunge tanzte mit ihrer. Sein Körper drückte sich an ihren. Und wie beim ersten Mal war sie ihm hilflos ausgeliefert.

»Wie du wünschst«, murmelte Madox an ihren Lippen. »Aber vergiss nicht, dass du mir gehörst, Saphira De Angelis. Du bist meine Königin.«

Kapitel 19

4 Wochen später

SAPHIRA

Saphira stand am Strand, vergrub die nackten Zehen im warmen Sand und starrte aufs Meer hinaus. Der Herbst war da und blies ihr kühle Luft ins Gesicht. Aber die Sonne besaß noch immer Kraft, und jetzt, am frühen Abend, war der Sand noch warm.

Das tat sie seit dem Kampf gegen Rabia öfter – sich Zeit für sich selbst nehmen. Sie hatte die letzten Jahre nur für die *famiglia* gelebt und kein Privatleben gehabt. Sie hatte sich nicht darüber beschwert, weil es wichtig war, dass sie das Erbe ihres Vaters bewahrte. Und sie war gern ein *capo*. Dazu war sie geboren worden.

Aber die Zeit mit Madox hatte ihr gezeigt, dass es auch noch etwas anderes gab. Und jetzt nahm sie sich hin und wieder eine Auszeit, um einfach sie selbst zu sein. Meistens kam sie dann hier zum Strand und sah auf das Meer. Ließ das Rauschen der Wellen seine beruhigende Wirkung auf sie entfalten.

Es war jetzt vier Wochen her, seit Rabia tot war. Danach hatten noch einige Männer versucht, sich gegen sie zu stellen, und dafür mit dem Leben bezahlt. Einmal war sie sogar in ihrem Wohnzimmer angegriffen worden. Aber sie hatte jedes Mal gesiegt. Saphira war aufmerksam gewesen, hatte ihre *uomini d'onore* genau beobachtet und noch mehr Männer töten müssen. Jetzt war ihre *famiglia* deutlich dezimiert. Dafür konnte sie sich aber der Loyalität ihrer Männer sicher sein. Es würde zwar noch lange dauern, bis sie wieder vollständiges Vertrauen in alle setzen konnte, aber irgendwann würde es so weit sein. Daran wollte und musste sie glauben.

Ihre *guardie* hatten Rabias Machenschaften größtenteils überlebt und halfen Saphira dabei, die Ordnung wiederherzustellen.

Auch das Problem mit der Drogengang hatte sich erledigt. Saphira hatte sich in der Stadt umgehört und deren Standort herausgefunden. Wie schon vor so vielen Jahren hatte sie eine kleine Armee, bestehend aus den Resten ihrer *famiglia*, zusammengestellt und war dort eingedrungen. Sie hatte keine Überlebenden zurückgelassen. Zwar waren noch immer Drogen im Umlauf, aber in ein paar Wochen würde Saphira jeden noch so kleinen Rest vernichtet haben. Dann war ihre Stadt wieder sauber. Und würde es bleiben.

Saphira hörte Schritte hinter sich und drehte sich um. Federico kam auf sie zu und blieb schließlich neben ihr stehen.

»Ich habe drei neue Männer gefunden.« Seine gewohnt ruhige Stimme trug dieses Mal einen Hauch von Freude mit sich. Nach Emilios Tod hatte er die Position von Saphiras Chefleibwächter eingenommen und erledigte seine Aufgaben zu ihrer vollsten Zufriedenheit.

Das war im Moment Federicos Aufgabe. Neue Männer für die *famiglia* zu akquirieren. Saphira hatte es damit nicht eilig, aber irgendwann würde sie wieder aufstocken müssen.

»Gib ihnen kleine Aufträge und berichte mir dann, wie sie sich schlagen.«

»Natürlich. Gibt es sonst noch etwas, das ich für dich tun kann?«

»Wie laufen die Aufräumarbeiten im Haus?«

»Ich habe heute Morgen mit der Firma gesprochen. Alles sollte nun wieder sauber sein. Alle kaputten Gegenstände wurden nach deinen Wünschen entweder entsorgt oder ersetzt.«

»Was ist mit den Leichen?«

»Rabias Leiche wurde verbrannt, genauso wie die meisten der gefallenen *soldati*, deren Familien keinen Anspruch auf die Leichen erhoben haben. Die anderen wurde an die Familien übergeben. Vito und Stella wurden, wie von dir gewünscht, auf dem Friedhof beerdigt, den du mir genannt hast.«

»Gute Arbeit«, lobte sie und sah, wie Federico erfreut lächelte. Auch das tat sie jetzt öfter. Sie lobte ihre Männer, anstatt immer einfach nur Befehle zu erteilen.

Saphira hatte vor, die Gräber von Vito, Stella und auch Emilio bald zu besuchen. Aber noch wollte sie sich dieser Aufgabe nicht stellen. Ein Grab hatte immer etwas Endgültiges, und sie hatte in letzter Zeit genug Tote gesehen. Sie wollte eine kleine Pause.

»Das wäre dann alles, Federico.«

Er nickte, drehte sich um und ließ sie wieder allein. Saphira blickte erneut hinaus aufs Meer. Heute war es leicht bewölkt, und nur hin und wieder traf ein Sonnenstrahl auf die Wasseroberfläche und ließ die Wellen glitzern.

Sie sollte zufrieden sein, oder? Sie hatte ihre *famiglia* zurück, alle Feinde waren tot. Es gab derzeit keine Probleme, um die sie sich kümmern musste. Es war beinahe so etwas wie Alltag eingekehrt.

Und sie war auch zufrieden, aber sie war weit entfernt von glücklich.

Sie musste nicht lange überlegen, um den Grund dafür zu

finden. Madox fehlte ihr. Und das hielt sie davon ab, wirklich glücklich zu sein.

Sie hatte kein Wort mehr von ihm gehört, seit er vor vier Wochen das Anwesen verlassen hatte. Aber das hatte sie auch nicht erwartet. Er war gekommen, um sie zu retten, und hatte ihr damit alles über seine Gefühle für sie gezeigt, was sie wissen musste. Sie hatte ihn weggeschickt. Jetzt war es an ihr, den ersten Schritt zu machen und sich zu ihm zu bekennen. Und sie hatte nur darauf gewartet, dass sie die Auswirkungen von Rabias Verrat wieder in Ordnung gebracht hatte.

Ging sie damit ein Risiko ein? Definitiv. Sich einem anderen Menschen anzuvertrauen, sich auszuliefern, barg immer das Risiko, verletzt zu werden.

Aber war es nicht genau das, was das Leben ausmachte? Risiken eingehen. Verletzt werden. Aber auch Liebe finden. Freundschaft. Nicht länger allein sein.

Saphira nahm einen tiefen Atemzug, schloss die Augen und sah Madox' Gesicht vor sich. Er lächelte sie an, seine hellblauen Augen strahlten.

Mit einem leisen Seufzen der Aufregung ließ sie den Atem entweichen, sie öffnete die Augen wieder und hob die Schuhe auf, die neben ihr im Sand lagen.

Es war an der Zeit, dass sie ein Risiko einging.

MADOX

Seit vier Wochen wartete er darauf, dass Saphira zu ihm zurückkehrte. Er wusste, dass sie erst ihre Angelegenheiten regeln musste, und so lange würde er auf sie warten.

Madox lehnte sich auf seinem Bürostuhl zurück und blickte

an die Decke. Seine neue Position als *capo* beinhaltete wesentlich weniger Gewalt, als es ihm lieb war. Dafür musste er sich ständig mit irgendwelchen Leuten treffen und sie davon überzeugen, dass es besser war, ihn nicht zu verärgern. Dabei hätte er lieber genau das Gegenteil getan und zugelassen, dass sie ihn verärgerten. Denn dann könnte er wieder jemanden von seinem Leben erlösen. Das entsprach mehr seinem Stil.

Aber erst am Tag zuvor hatte er zwei Stunden bei einem Abendessen mit dem Polizeichef verbracht. Er wusste, dass der Idiot auch auf Saphiras Gehaltsliste stand, aber auch Madox musste sichergehen, dass die Polizei seine *famiglia* nicht belästigte. Es war ein schrecklicher Abend gewesen, an dessen Ende Madox entweder sich oder den Polizeichef hatte erschießen wollen. Mitten im Restaurant. Stattdessen hatte er gelächelt und Hände geschüttelt und sich nach Hause fahren lassen.

Dennoch erfüllte es ihn auch mit Stolz, dass er jetzt das Erbe seines Vaters antrat. Das hätte sein Vater für ihn gewollt. Madox würde sich schon noch an die Arbeit gewöhnen. Und wenn er Glück hatte, würde es bald doch jemand wagen, eine Grenze zu überschreiten.

Ein zaghaftes Klopfen unterbrach seine Gedanken.

»Ja?«, rief er.

Lauro trat ein. Madox hatte ihn zu seinem persönlichen Assistenten gemacht, der junge Mann kümmerte sich um die komplette Organisation. Das schien mehr seinen Fähigkeiten zu entsprechen und sorgte dafür, dass er nicht bei der nächsten Schießerei mit einem Loch im Kopf endete.

»Du hast Besuch«, sagte Lauro mit einem kleinen Lächeln.

Madox unterdrückte ein Stöhnen. Nicht schon wieder! »Aber für heute standen doch keine Termine an.«

»Dieser Besucher ist unangekündigt.« Sein Lächeln wurde breiter, und Madox wurde misstrauisch. Was war hier los?

»Dann schick ihn weg.«

»Ich glaube nicht, dass das besonders klug wäre.«

Madox sprang auf. »Wer zum Teufel ist es denn?«

»Ich.«

Madox stockte. Er kannte diese Stimme.

Lauro trat einen Schritt zur Seite, und plötzlich stand Saphira vor ihm. Sie kam in sein Büro, und Lauro schloss die Tür hinter ihr.

Da war sie. Seit vier Wochen hatte er jeden Tag an sie gedacht und beinahe jede Nacht von ihr geträumt. Und jetzt war sie einfach so da.

»Saphira«, murmelte er, während er um den Tisch herum ging. »Du bist zurück.«

»Hast du daran gezweifelt?«

Er schob die Hände in die Taschen seiner Jeans, damit er sie nicht sofort an sich zog und nie wieder gehen ließ. »Vier Wochen sind eine lange Zeit.«

»Ich hatte viel zu tun.«

»Ich habe davon gehört.« Natürlich hatte er das. Schließlich hatte er alle Aktionen der De Angelis genau beobachtet. Er hatte über alles gut informiert sein wollen. Nur für den Fall, dass Saphira doch zu ihm kam und um Hilfe bat. Aber das hatte sie nicht.

»Und jetzt?«, fragte er, nachdem das Schweigen unerträglich für ihn geworden war. Es sah ganz danach aus, als wären sie beide in diesem Moment unsicher, was sie tun oder sagen sollten.

Saphira machte einen Schritt auf ihn zu. Dann noch einen. Bis es keinen Abstand mehr zwischen ihnen gab. Ihre Hände schoben sich über seine Oberarme in seinen Nacken. Dort verschränkte sie die Finger und zog ihn damit näher an sich heran.

Madox griff sich in den Nacken und umfasste Saphiras

Handgelenke. Er zog sie nach vorn und hinter ihren Rücken, hielt sie dort fest. Mit einem Ruck zog er sie an seinen Oberkörper, und überrascht atmete sie aus, starrte ihn mit großen Augen an, bis sich schließlich ein sündiges Lächeln auf ihren Lippen ausbreitete.

»Ich will dich«, flüsterte Saphira und sah ihm dabei direkt in die Augen.

Madox wollte es genau wissen. »Für jetzt?«

Sie atmete tief durch. »Für immer.«

SAPHIRA

Saphira seufzte leise, als Madox hinter sie trat und die Arme um sie legte. Seine Wange ruhte an ihrer Schläfe, und sie konnte seinen warmen Atem auf ihrer Haut spüren. Gemeinsam sahen sie auf die Skyline von Palermo, die sich vor ihnen ausbreitete. Inzwischen war die Sonne untergegangen, und die Lichter der Stadt funkelten wie die Sterne am Himmel.

Sie wusste nicht, was genau die Zukunft bringen würde, aber sie und Madox würden gemeinsam über diese Stadt herrschen.

»Heute Nacht habe ich etwas Besonderes mit dir vor«, flüsterte er an ihrem Ohr und brachte sie damit zum Zittern.

Seine Hände lösten sich von ihren Hüften, und er trat einen Schritt zurück. Sie sah ihn über die Schulter hinweg an.

»Zieh dich aus.«

Lächelnd drehte sich Saphira um. »Dabei wirst du mir aber helfen müssen.«

»Was soll ich tun?«, fragte er.

»Öffne den Reißverschluss in meinem Rücken.«

Madox kam noch näher, bis ihre Oberkörper sich berührten.

Dann griff er um sie herum, und der Reißverschluss glitt mit einem leisen Rascheln auseinander.

»Jetzt kannst du wieder gehen«, sagte sie lächelnd.

Er beugte sich vor und biss sie kurz in die Unterlippe. Erst danach trat er wieder zurück. Natürlich ließ dieser Mann sich nicht einfach so herumkommandieren.

Saphira wartete, bis er etwas Abstand zwischen sie gebracht hatte, bevor sie die Ärmel ihres knielangen Kleids nach unten schob.

Madox' Blick klebte förmlich an ihr, schien jeden Zentimeter ihrer Haut abzutasten. Saphira bekam eine Gänsehaut.

Als er ihr schließlich wieder in die Augen sah, machte sie weiter. Immer weiter schob sie das Kleid nach unten, über ihre Hüften, an ihren Oberschenkeln vorbei. Dann ließ sie los, und der Stoff glitt an ihren Beinen zu Boden. Saphira machte einen Schritt zur Seite.

»Halterlose Strümpfe?«, fragte Madox mit einem leisen Stöhnen.

»Für dich.«

Sein Blick bekam etwas Wildes, und sie erwartete schon, dass er sich jeden Moment auf sie stürzte. Stattdessen blieb er an Ort und Stelle stehen und sah sie einfach nur an.

»Weiter«, befahl er mit dunkler Stimme, die genau preisgab, wie schwer ihm die Selbstbeherrschung in diesem Moment fiel.

Saphira griff hinter sich, öffnete den BH, und im nächsten Moment landete auch dieses Kleidungsstück auf dem Boden, direkt neben ihrem Kleid. Danach hakte sie die Daumen unter den Bund ihres Seidenslips, beugte sich nach vorn und zog auch diesen aus. Sie konnte Madox scharf einatmen hören.

Sie blieb in ihrer nach vorn gebeugten Position, während sie erst den einen Strumpf abrollte und dann den anderen folgen ließ. Zusammen mit den halterlosen Strümpfen stieg sie aus den High Heels. Sie richtete sich wieder auf und sah Madox an. Jetzt war sie nackt.

Er starrte sie an. All die aufgestaute Begierde stand ihm deutlich ins Gesicht geschrieben. Aber er schien wirklich etwas Besonderes vorzuhaben, denn anstatt sie endlich an sich zu ziehen, deutete er mit einer Hand aufs Bett.

»Leg dich hin.«

Saphira ging hinüber, streckte sich in der Mitte aus. Das Laken fühlte sich kalt an ihrer erhitzten Haut an, und sie bekam eine Gänsehaut. Ihre Nippel zogen sich um die Piercings herum zusammen, und das schickte kleine Blitze direkt zwischen ihre Schenkel.

Madox trat an das Fußende des Bettes und fing ihren Blick ein. »Jetzt schließ die Augen.«

Sie gehorchte ihm sofort. Alle Zweifel und jeder Funken Misstrauen, den sie ihm gegenüber gehegt hatte, waren weg. Nichts stand mehr zwischen ihnen. Sie vertraute Madox. Er würde sie nicht verletzen. Sie lächelte über ihre eigenen Gedanken. Schließlich kannte sie Madox' Vorlieben. Er würde sie jedenfalls nicht ernsthaft verletzen.

Saphira konnte hören, wie er sich im Raum bewegte. Eine Schublade in der Nähe wurde geöffnet. Ein dezentes Stoffrascheln. Dann spürte sie seine Hände an ihrem rechten Handgelenk. Stoff wickelte sich darum. Ihr Arm wurde nach oben gezogen, und als sie ihn kurz darauf wieder nach unten nehmen wollte, stieß sie auf Widerstand. Madox hatte sie gefesselt.

Schon war er an ihrem rechten Fußgelenk. Die gleiche Prozedur folgte, und sie war auch dort gefesselt. Danach ging er auf ihre linke Seite, und kurz darauf konnte sich Saphira nicht mehr bewegen. Ein aufgeregter Schauer durchfuhr ihren Körper und schickte noch mehr Feuchtigkeit zwischen ihre Schenkel.

Danach hörte sie ihn wieder durch den Raum gehen, und immer wieder ertönte ein leises Klicken, das Saphira zwar schon einmal gehört hatte, aber in diesem Moment nicht genau zuordnen konnte.

Die Matratze sank auf ihrer rechten Seite ein. Madox' Hand legte sich auf ihren Bauch.

»Öffne die Augen.«

Saphira tat, was er gesagt hatte, und stockte. Überall im Zimmer brannten Kerzen. Auf jeder Oberfläche standen Kerzen herum und warfen ihren flackernden Schein in den Raum, verbreiteten gleichzeitig Wärme.

»Madox«, flüsterte sie und sah ihn fragend an. Sie hatte bei ihm mit allem gerechnet. Nur nicht mit Romantik.

Er strich ihr mit einer Hand eine lose Haarsträhne aus dem Gesicht. »Ich hatte doch gesagt, dass ich etwas Besonderes vorhabe.« Madox beugte sich vor und küsste ihre Stirn, bevor er sie wieder ansah. »Jetzt schließ die Augen wieder.«

Sie sah ihn ein letztes Mal lächelnd an, bevor sie die Augen wieder schloss.

MADOX

Er stand vom Bett auf und blickte auf Saphira hinab, die auf dem Bett lag. Herrlich nackt und für ihn ausgebreitet. Das Wissen, dass er in diesem Moment alles mit ihr tun konnte, was er wollte, brachte sein Blut zum Kochen. Er war hart, seitdem sie sich für ihn ausgezogen hatte, und das Wissen, dass es noch eine ganze Weile dauern würde, bis er in ihr war, machte ihn wahnsinnig.

Aber er hatte diese Nacht ganz genau durchgeplant. Hatte sich nächtelang vorgestellt, was er mit Saphira tun würde, wenn sie wieder zu ihm zurückkehrte. Und jetzt würde er jedes Detail in die Tat umsetzen.

Er ging wieder zu der Kommode, aus der er bereits die geflochtenen Seile geholt hatte, mit denen er Saphira gefesselt hatte. Madox griff nach der langen Feder und dem kleinen Rädchen, das mit Metallspitzen gespickt war.

Er legte beide Utensilien neben Saphira auf die Matratze, bevor er sich sein Shirt über den Kopf zog und es achtlos auf den Boden warf. Danach kniete er sich über Saphira auf die Matratze und nahm die Feder in die Hand. Er begann an ihrem linken Handgelenk und zog eine feine Spur bis zu der Unterseite ihrer Brust.

Ihre Atmung stockte für einen Moment, und gleichzeitig bildete sich eine Gänsehaut. Saphira biss sich auf die Unterlippe, und Madox zog weiter Kreise mit der Feder, während er das Rad mit den Metallspitzen in die andere Hand nahm. Er nahm die Feder weg und ersetzte es durch sein kleines Folterwerkzeug. Ohne Vorwarnung drückte er es hart gegen das weiche Fleisch ihrer Brust und zog einen Kreis um ihren Nippel. Die Metallspitzen bohrten sich in ihre Haut, und Saphira schrie leise auf, als das sanfte Vergnügen durch harten Schmerz ersetzt wurde.

Dann nahm er das Rädchen weg und ließ sie warten. Saphiras Atmung hatte sich beschleunigt, ihre Brust hob und senkte sich in rascher Abfolge. Sein Körper drängte ihn dazu, die Jeans auszuziehen und in Saphira einzudringen. Jetzt. Sofort. Aber das war nicht der Plan.

Deswegen schloss Madox für einen Moment die Augen und zählte langsam von zehn rückwärts. Als er sicher war, dass er sich wieder unter Kontrolle hatte, hob er die Lider und legte die Feder wieder auf Saphiras Haut.

Die Feder glitt bis zu ihrer rechten Ellenbeuge, bevor Madox sie durch das Rädchen ersetzte. Die Metallspitzen bohrten sich in die empfindliche Haut, und Saphira holte zischend Luft. Er machte weiter, bis er ihre Brust erreichte. Kleine, rote Punkte erblühten auf Saphiras Haut, und jede Markierung schien Madox' Namen zu tragen. Es war ein sehr befriedigender Anblick.

Saphira keuchte, und er zog sich zurück, sah ihr ins Gesicht, damit er sicherstellen konnte, dass sie die Augen weiter geschlossen hielt. Aber sie folgte seinem Befehl und sah ihn nicht an. Sie hatte jedoch die Zähne in die Unterlippe gebohrt, und ihre Wangen waren gerötet. Genauso wie auf ihrem Dekolleté konnte er überall die kleinen, roten Punkte entdecken. Im Morgengrauen würden sie wieder verschwunden sein, aber im Moment verschafften sie Madox große Genugtuung. Und noch bevor die Nacht vorbei war, plante er, dass Saphira zwei dauerhafte Zeichen seines Besitzanspruches trug.

SAPHIRA

Ihr war heiß. Gleichzeitig durchlief sie immer wieder ein leichtes Zittern. Saphira konnte Madox spüren, der über ihr kniete. Seine starken Oberschenkel, die sich gegen ihre Hüften pressten und sie dadurch noch zusätzlich in ihrer Position hielten. Der raue Jeansstoff, der bei jeder Bewegung über ihre Haut rieb.

Sie wusste nicht, welche Werkzeuge genau er benutzte, aber einmal war es sanft und weich, und im nächsten Moment spitz und hart.

Der Kontrast zwischen angenehm und schmerzhaft war berauschend und machte jeden klaren Gedanken unmöglich. Stattdessen konnte Saphira nur auf Madox' nächste Bewegung achten, sie erwartete seinen nächsten Zug, fragte sich, ob es wehtun oder angenehm sein würde.

Plötzlich lag seine Hand um ihren Hals, durchbrach ihre Gedanken und ihr hektisches Atmen. Dann spürte sie seine Lippen auf ihren. Er eroberte ihren Mund, strich mit der Zunge an ihrer vorbei und erforschte sie, lockte sie. Spielte mit ihr. Gleichzeitig drückte seine Hand langsam zu, erhöhte mit jeder Sekunde den Druck auf ihre Luftröhre. Sie keuchte, wimmerte in seinen Mund. Aber sie bekam keine Gnade. Madox kannte gar keine Gnade. Er würde alles von ihr einfordern, was er wollte. Und erst wenn er sich ihre Kapitulation errungen hatte, würde er wieder aufhören. Doch sie würde nicht einfach so nachgeben, sich nicht einfach so unterwerfen. Das wäre zu einfach. Und es würde ihr und Madox einen Großteil des Vergnügens nehmen.

Er küsste sie, bis sie das Gefühl hatte, sie würde von innen verbrennen. Ihre Muskeln zuckten, und heiße Feuchtigkeit erblühte zwischen ihren Schenkeln. Saphira riss an den Fesseln, wollte Madox berühren, aber sie konnte sich keinen Zentimeter bewegen. Und Madox drückte immer weiter zu. Dann verschwand der Druck ganz plötzlich, und der ersehnte Sauerstoff füllte ihre Lungen. Gleichzeitig schwemmten Adrenalin und Endorphine ihren Körper, ließen ihre Haut prickeln und unglaubliche Erregung durch ihre Adern rasen.

In diesem Moment wollte Saphira unbedingt die Augen öffnen, Madox' Blick suchen. So konnte sie vielleicht versuchen, seine Absichten dort abzulesen. Aber der Befehl war gewesen, ihre Augen geschlossen zu halten, und so lange er noch dieses spitze Werkzeug benutzte, wollte sie ihn lieber nicht verärgern.

Es wurde wieder sanft und angenehm, als Madox sein weiches Werkzeug ansetzte und von ihrem Bauchnabel zur linken Seite ihrer Hüfte strich. Dann verschwand die weiche Berührung erneut, und sie hielt den Atem an. Ihre Bauchmuskeln spannten sich an. Sie wartete. Der Moment zog sich in die Länge.

Ein Schrei löste sich aus ihrer Kehle, als Madox plötzlich das spitze Werkzeug direkt oberhalb ihrer Scham ansetzte und in einer harten Linie bis zu ihrer Klit hinunterzog. Dann spürte sie seine Finger an ihrer Klit, und aus dem Schrei wurde ein beinahe verzweifeltes Stöhnen.

Mühelos ließ Madox einen Finger in sie gleiten, und Saphira wünschte sich, dass sie mehr Bewegungsfreiheit hätte, um sich an seiner Hand zu reiben. Sie war bis zum Zerreißen gespannt, und dennoch lag der Orgasmus noch immer außerhalb ihrer Reichweite.

Sie wand sich, so gut sie konnte, und versuchte, etwas mehr Druck zu bekommen. Etwas mehr Reibung. Aber Madox wich jeder ihrer Bewegungen aus und berührte sie nur federleicht. Der Druck auf dem sensiblen Nervenbündel zwischen ihren Beinen war beinahe nicht spürbar, und dennoch brachte er sie zum Zittern.

Als Madox schließlich einen zweiten Finger in sie gleiten ließ, stöhnte sie wohlig, sie versuchte, ihr Becken nach oben zu wölben.

Endlich begann er mit einem schnelleren Rhythmus, er ließ seine Finger tief in sie gleiten, bevor er sie fast vollständig wieder zurückzog, während sein Daumen kleine Kreise auf ihrer Klit beschrieb. Saphira biss sich auf die Unterlippe, als die Erregung ihre Haut glühen ließ.

Der erlösende Druck baute sich in ihrem Unterbauch auf, sorgte dafür, dass sich ihre Muskeln krampfartig zusammenzogen. Sie wölbte den Rücken, krallte die Hände in die Seile. Der Orgasmus rückte in greifbare Nähe, sie konnte ihn beinahe schon auf der Zunge spüren. Und dann … hörte Madox auf. Er ließ sie an der Kante zappeln, bis der Druck in ihrem Inneren wieder abfiel und sie frustriert stöhnte.

Madox lachte leise, und in diesem Augenblick war Saphira froh, dass sie festgebunden war, denn sonst hätte sie Madox vermutlich getreten.

Ihr lag schon ein derber Fluch auf den Lippen, als Madox schließlich seine Bewegungen wieder aufnahm. Sie grub die Zähne in die Unterlippe, um sich von jeglichen Geräuschen, die Madox etwas über ihren Zustand verraten konnten, abzuhalten. Aber ihr Körper verriet sie dennoch. Ihre Zehen krümmten sich, ihre Bauchmuskeln zuckten, und ihr Becken wölbte sich seiner Hand entgegen. Sie zuckte zusammen, als sie plötzlich wieder die harten Spitzen auf ihrem Unterbauch spürte. Aber das war ihr in diesem Moment völlig egal, denn sie konnte ihre Erlösung beinahe schon wieder spüren, und die kurzen, scharfen Schmerzmomente trugen nur dazu bei.

Immer höher trugen sie Wellen der Erregung, bis sie ein leises Wimmern nicht mehr zurückhalten konnte. Ihre Fingernägel bohrten sich in ihre Handflächen. Sie bog den Kopf nach hinten, spannte sich an und … Madox hörte wieder auf. Ließ sie erneut an der Schwelle zum Höhepunkt stehen.

Frustriert schlug Saphira die Augen auf und starrte ihn an, wie er so zwischen ihren Beinen kniete. »Du verfluchtes Arschloch!«

Er lachte leise. »Hatte ich dir nicht gesagt, dass du die Augen geschlossen halten sollst?«

»Du kannst mich mal!« Ihre Brust hob und senkte sich in schneller Abfolge. Ihre Haut war gerötet. Saphiras Blick fiel auf das kleine, silbrig glänzende Rädchen mit vielen kleinen Spitzen, das auf ihrem Bauch lag. Das hatte also den scharfen Schmerz ausgelöst. Und daneben, auf der Matratze, lag eine lange Feder.

Sie sah wieder Madox an, der sie mit einem sinnlichen Grinsen betrachtete.

»Wirst du ein braves Mädchen sein?«

»Fick dich doch, Madox.« Als würde sie ihm jetzt gerade auch noch einen Gefallen tun.

Er lachte. »Das heißt wohl nein.« Damit begann er erneut, sie zu streicheln.

Saphira war inzwischen schon so empfindlich, dass die kleinste Berührung sie zum Zittern brachte. Aber er hörte erneut auf, als sie kurz vor dem Orgasmus stand.

Und damit machte er weiter, bis sie das Gefühl hatte, dass sie jeden Moment in ihre Einzelteile zerspringen musste. Sie war schweißgebadet und so empfindsam, dass sie bei jeder noch so kleinen Berührung zusammenzuckte. Und noch immer hatte Madox sie nicht kommen lassen.

Aber auch ihn ließ seine Folter nicht unberührt. Immer wieder zuckte ein Muskel in seinen geröteten Wangen. Seine Oberarme spannten sich bei jeder ihrer Zuckungen reflexartig an.

»Verdammt, Madox!«, schrie sie, als er sie erneut hatte hängen lassen. »Was willst du?«

Er richtete sich auf, nur um sich wieder auf sie gleiten zu lassen, sein Gesicht direkt über ihrem, sodass sich ihr Atem vermischte.

»Versprichst du, dass du meine nächste Frage mit Ja beantworten wirst?« Er blickte sie so ernst an, dass Saphira sich fragte, was er vorhatte. Kurz flackerte Misstrauen in ihr auf. Aber Madox hauchte in diesem Moment einen Kuss auf ihre Lippen.

»Die Frage betrifft nur uns beide«, flüsterte er, und alle Zweifel verflogen wieder.

Dennoch fragte sie sich, was das für eine Frage war, dass Madox unbedingt eine positive Antwort haben wollte.

Als sie schwieg, presste er seine noch von der Jeans bedeckte Erektion gegen ihr Geschlecht. »Versprichst du es?«

Ihr Körper summte förmlich vor ungestillter Befriedigung, und im Moment war es ihr eigentlich auch egal, was Madox von ihr verlangen würde. Hauptsache, er würde sie endlich kommen lassen.

»Ich verspreche es.«

Er grinste sie so breit an, dass sie kurz befürchtete, sie wäre gerade einen Deal mit dem Teufel eingegangen.

Madox sprang quasi aus dem Bett und entledigte sich seiner Jeans, streifte sich in wenigen Augenblicken ein Kondom über und kam wieder zu ihr. In Windeseile löste er die Fußfesseln, legte sich ihre Beine um die Hüften und drang mit einem harten Stoß in sie ein.

Saphira keuchte, wölbte den Rücken, als Madox sie mit seiner Härte ausfüllte, sie weitete, bis es sogar schmerzte. Seine starken Hände umfassten ihre Hüften und hielten sie in Position, während er schnell und hart in sie stieß.

Hoffentlich zum letzten Mal baute sich der vertraute, beinahe qualvolle Druck in ihrem Inneren auf. Saphiras Atmung beschleunigte sich, ihr rauschte der Puls in den Ohren, ihr Herz raste.

Und genau in dem Moment, in dem der Druck unerträglich zu werden schien, explodierte sie. Saphira warf den Kopf zurück und schrie Madox' Namen, als der Höhepunkt sie überrollte. Wie aus weiter Ferne hörte sie ein befriedigtes, männliches Stöhnen.

Sie vermutete, dass sie sogar einen Moment ohnmächtig geworden war, denn als sie die Augen das nächste Mal öffnete, lag Madox neben ihr und löste die Fesseln um ihre Handgelenke.

Sobald sie frei war, legte sie die Arme um ihn und zog ihn an sich, verschloss seine Lippen mit einem Kuss. Er schmeckte nach Madox und Sex. Es war das Berauschendste, was sie je gekostet hatte. Als sie sich wieder von ihm löste, biss sie ihm hart genug in die Unterlippe, dass sie Blut schmeckte. Erst dann ließ sie ihn wieder los.

Madox betastete seine Lippe und starrte auf den Blutstropfen auf seiner Fingerspitze. »Das war fies.«

»Ausgleichende Gerechtigkeit.« Sie war noch immer ein wenig wütend auf ihn. Allerdings hatte der Orgasmus sie auch besänftigt.

Madox grinste und raubte ihr noch einen schnellen Kuss, bevor er sich über sie beugte. »Tu mir einen Gefallen und schließ die Augen.«

»Wieso sollte ich? Du hast mich gerade gefoltert.«

Grinsend vergrub er das Gesicht an ihrem Hals. »Du hast es aber genossen. Und jetzt schließ die Augen, Saphira. Tu es für mich.«

Seufzend schloss sie die Augen. Jetzt hatte er sie doch wieder dazu gebracht, seinem Befehl zu gehorchen.

Madox stieg aus dem Bett, und sie runzelte verwirrt die Stirn. Was hatte er vor? Eine Schublade wurde geöffnet und geschlossen, dann kletterte er wieder zu ihr ins Bett und legte sich an ihre Seite.

»Vergiss nicht, dass du meine nächste Frage mit Ja beantworten wolltest.«

»Dann solltest du vielleicht endlich fragen«, zischte sie.

Sie hörte, wie er tief Luft holte und sie langsam wieder entweichen ließ. Sein Atem strich über ihre Haut.

»Öffne die Augen.«

Blinzelnd hob sie die Lider und erstarrte. Ihr stockte der Atem. Sie blickte auf eine Schmuckschatulle. Darin lag ein Ring, in dessen Mitte ein großer, schwarzer Diamant eingefasst war. Das Ringband selbst war mit kleinen, weiß glitzernden Diamanten besetzt. Zu viele, als dass Saphira sie zählen konnte.

Ihr Blick flog zu Madox, der sie mit einem sanften Lächeln betrachtete.

»Saphira De Angelis, möchtest du meine Frau werden?« Er klang ehrfürchtig, einen bittenden Klang in der Stimme.

Sie blickte zwischen ihm und dem Ring hin und her.

Sie lächelte. Er hatte sich ihr Ja erkauft. Aber das wäre nicht nötig gewesen. Diesem Mann gehörten ihr Herz und ihr Körper. Länger, als sie es selbst gewusst hatte.

»Ja, Madox. Ich will deine Frau werden.«

Sein Kuss war wild und stürmisch, raubte ihr den Atem. Dann zog er sich zurück und nahm den Ring aus der Schatulle, ergriff ihre linke Hand und streifte ihr den Ring über.

Das Gewicht war ungewohnt, und Saphira blickte fasziniert auf das Schmuckstück. Madox nahm ihre Hand, küsste erst den Ring, bevor er sie in den Arm nahm und ihre Lippen küsste, bis ihr schwindelig wurde.

MADOX

Sie hatte Ja gesagt. Sie hatte wirklich Ja gesagt. Saphira De Angelis würde ihn heiraten.

Noch vor wenigen Wochen war er sicher gewesen, dass er sie niemals wiedersehen würde. Dass er sie verloren hatte und sie die nächstbeste Gelegenheit ergreifen würde, um ihn zu töten.

Aber jetzt lag sie bei ihm. In seinen Armen. In seinem Bett. Und trug seinen Ring am Finger.

Und das war nur das erste Zeichen seines Besitzanspruchs, das Madox ihr in dieser Nacht geben wollte.

Er löste sich von ihren Lippen, sah ihr in die dunklen Augen, die ihm so vertraut waren. »Ich habe noch etwas für dich«, murmelte er gegen ihre Haut.

»Noch mehr Geschenke?«

Er nickte. »Und genau wie den Ring wirst du es den Rest deines Lebens tragen.«

Damit rollte er sich aus dem Bett und ging wieder zu der Kommode, aus der er auch den Ring geholt hatte. Er nahm die flache, viereckige Schatulle heraus und ging damit zum Bett hinüber, hielt sie für Saphira hoch.

»Öffne sie.«

Sie sah ihn an. »Was werde ich darin finden?«

Er lächelte. »Das musst du schon selbst herausfinden.«

Madox sah das leichte Zittern ihrer Hände, als sie den Verschluss öffnete und den Deckel nach oben klappte. Er wusste, was sie jetzt vor sich sah. Ein Halsband, bestehend aus geflochtenen, runden Kettengliedern, die sich perfekt an ihren schmalen Hals schmiegen würden. Und vorn gab es einen, ebenfalls aus geflochtenem Platin bestehenden Kreis, an dem eine kleinere Ausgabe des schwarzen Diamanten ihres Verlobungsrings hing. Es war perfekt, und er hatte es speziell für Saphira anfertigen lassen, damit dieses Halsband ihren Charakter einfangen würde.

Und wenn sie es trug, konnte jeder sehen, dass sie vergeben war. Dass sie ihm gehörte.

»Das ist eine nicht gerade dezente Art und Weise, um jedem mitzuteilen, dass ich dir gehöre.«

»Ich wollte auch nicht, dass es dezent wirkt.«

Saphira lächelte. »Du hast es selbst entworfen?«

Als er nickte, legte sie ihm eine Hand an die Wange. »Es ist wunderschön.«

»Wirst du es für mich tragen?«

»Dann solltest du aber auch ein Zeichen meines Besitzanspruchs bekommen.«

»Daran habe ich bereits gedacht. Der Termin ist nächste Woche.«

Sie stutzte. »Aber du konntest doch nicht wissen, wann oder ob ich zurückkehre?«

»Aber ich wusste, dass ich dir gehöre. Egal, wie deine Entscheidung ausfallen würde.«

Saphira legte die Arme um ihn, küsste ihn mit all der Leidenschaft, die sie hatte. Und dieses Mal war sie es, die ihm den Atem raubte.

Diese Frau besaß alles von ihm. Seinen Körper und jeden Winkel seines dunklen Herzens.

DANKSAGUNG

Ich möchte meinen Lesern danken. Denn ihr habt diese Dilogie zu dem gemacht, was sie heute ist. Und ich könnte euch wirklich nicht dankbarer sein.

Ich bin sehr stolz auf *Cold Princess* und *Fire Queen*. Daher macht es mich einfach glücklich zu sehen, dass meine beiden Bücher euch so ein Lesevergnügen bereitet haben.

Dann danke ich natürlich auch dem wunderbaren Team, das mit mir an diesem Buch gearbeitet hat. Besondere Erwähnung finden dabei meine Lektorinnen Ann-Kathrin und Katharina. Ohne euch wären diese Bücher nicht das, was sie jetzt geworden sind!

Außerdem möchte ich meiner herzensguten Freundin Janine danken. Nicht nur, dass du mich und die Cosa-Nostra-Dilogie von Anfang an unterstützt hast. Sondern du weißt auch, was echte Freundschaft bedeutet, und ich bin sehr froh, dass du in meinem Leben bist.

Übrigens: Wer ihren YouTube-Kanal *The Empire of Books* noch nicht kennt, hat da eindeutig was nachzuholen!

Und natürlich danke ich auch meinem Papa. Du bist meine größte Stütze, und dafür kann ich dir gar nicht genug danken!